結果は今回も私の敗北だ。
まあ、泥沼処理専門のトラブルシューターなのだから構わんがね。
では諸君、次も金と情報の集まる戦場でまた会おう。

――とある『死神』のつぶやき

HEAVY OBJECT
Project Whiz Kid

ヘヴィーオブジェクト
最も賢明な思考放棄

和馬
KAMACHI

序章

人間に支配されるのと機械に支配されるの、どっちが良い？

おっと迂闊《うかつ》に答えない方が良い。この質問にはその人間の内面へ鋭く切り込む仕掛けが施されているからだ。

種明かしをしてしまうと、ここで機械の方がマシと答えた人間にはある特徴が見られる。それは、自分自身が支配者の側に立てるとは信じていない事。自分以外の誰かに追い抜かれ、踏みつけにされるくらいなら、いっそ平等な機械に裁定してほしい、という心の動きが働いている訳だな。

ならもう一つは？　人間と答えた方は自分にもその支配者側に立てる可能性があると考えている。そういう人種にとっては機械グループの存在は『自分が入る事のできない枠組みで』対立候補を増やすだけだ。つまり意味がない。それなら『人間が支配する仕組み』を維持したまま、自分が下剋上《げこくじょう》で頂点に立てるよう努力するのがベターになる。

気を悪くしたかな？

だけど世の中はこんな選択で溢《あふ》れている。普段何気なく選んでいるようなものが、君がずっと胸の奥にしまっていると信じているモノをこれでもかと言わんばかりにさらけ出そうとしている。検索履歴を気にした事はあるかい？　あるいは通販の購入記録は？　基本無料で遊べるアプリなんかどうだろう。少しは心当たりが出てきたかな。

では、それらを踏まえた上で次の質問を見てもらおう。
・貧乏人と大富豪はどっちが幸せ？
・加害者になるのと被害者になるの、どっちが怖い？
・生まれ変わったら同性と異性、どっちになりたい？
そうそう、この質問にはなんて答えるかはあまり関係ないんだ。仕掛けがあると分かってズレた答えを出してしまうか、いつも通りに答えるか。そこで人間性を測るだけだから。

でも気にする必要はないよ。

どうせこの質問も全部、ただの冷たい機械に出力させたものに過ぎないんだからね。

第一章　砲弾と過労はどっちが怖い？　≫メコン方面戦車随伴戦

1

一〇月。

一口にアジアと言っても内陸の砂漠から海に囲まれた『島国』まで様々な地域や気候があるが、赤道近くの南洋となるとこの季節でもまだまだ暑い。アジア特有の湿気がそうした熱を逃がさず包み込み、鬱蒼《うっそう》と茂る亜熱帯の森の腐った木々と泥の匂いが特有の『空気』を醸成していた。

メコン方面に潜って『一仕事』を終えてきたクウェンサー＝バーボタージュとヘイヴィア＝ウィンチェルの馬鹿二人は、他の兵士達と一緒にうんざりした顔で透き通る海水が寄せては返す砂浜へ目をやっていた。

「……あそこ、俺達の回収ポイントだったはずだよね？」

「ったく五日も風呂に入らずマングローブん中潜り続けて白い粉の精製工場吹っ飛ばしてきた

っていうのに何なんだあのお祭り騒ぎは。超美形天才貴族へイヴィア様の凱旋《がいせん》パレードでも企画してるってのかよ」

巷《ちまた》で何かの流行みたいにバンバン飛び交っている合成薬物に押されてシェアを荒らされると でも焦《あせ》ったのか、無理して増産を決めた事で地図の上に浮かび上がってきた旧来のヘロイン工場を爆破しての帰り道であった。ちなみにこの辺ちょっとややこしいが、芥子《けし》の実《み》から採れるのが阿片《あへん》、阿片の中に入っている主成分がモルヒネ、さらにそのモルヒネを化学的に手を加えるとヘロインになる。テストには出ないが全部アブないので要注意。ともかく軍閥与の噂《うわさ》も囁《ささや》かれるこの薬品工場を爆破してさあ帰ろうという段までは漕《こ》ぎ着《つ》けたのだ。

沖に停泊している軍艦へ戻るための、輸送ヘリとの合流予定地点。

そこにもっと馬鹿デカいものが待っていた。


所属不明の巡洋戦艦である。


打ち上げられていた。

完全に白い浜辺に上がっちゃっていた。

若干ながら青みがかった灰色で塗られた、全長二〇〇メートル強もの鋼の塊。三連ワンセットの主砲が雛段《ひなだん》みたいに並べられ、さらに右寄りに大きな艦橋がそびえているのが分かる。とはいえ実際に主力となるのは艦橋以下、船体後部でずらりと並んでいる垂直ミサイル発射管の方だろう。他にも左右両翼にはガトリング砲と魚雷発射管が通りに並ぶ街路樹みたいにずらりと整列しているのが分かる。

「どうするよ、森の潜伏基地まで戻るか？」

「どこをヘロイン工場の残党がうろついてんのか分かんねえのにか？　俺らが逃げ込んだ事で秘密施設の存在全部が露見しちまったら味方の命まで危険にさらしちまうぞ」

衛星から作戦状況をモニタリングしていた銀髪爆乳のフローレイティア＝カピストラーノ閣下からありがたい通信が入ってきた。

『クウェンサー、ヘイヴィア。予定変更よ』

「何なんですかあれ……？」

『アジアの秋口はサイクロンの季節でもあるらしい、お前達も昨日は難儀したろ。嵐に揉《も》まれた「情報同盟」の軍艦が浜に打ち上げられたのね。沖で展開している我々も救難信号を摑《つか》んでいる、徹夜明けで悪いが慈善奉仕作業を手伝ってくれ』

「はあ⁉　助けろってのか殺せじゃなくて⁉」

『「海難事故」には戦争の他に国際ルールがあるんだ。事故で沈んだ船の乗組員を助けるためによその勢力の潜水艇が乗り出したって話を聞いた事はないか？　こういう時は敵味方ノーサイドで助け合うと美談になるらしい』

「……あれが海に戻ったらそのまま俺らのケツが狙われんだぞ」

『今のままでも艦のディーゼルと兵装は活《い》きているらしいから、敵対行動を取れば今すぐ粉々にされるが歩兵ちゃんはそれでも良いのか？』

浜に打ち上げられた鉄の船というのもそれはそれで厄介だ。

土手っ腹に風穴一つ空ければ勝手に沈んでいく海の上と違って、黙らせるために必要な火薬の量も段違いになってくる。

『ま、オブジェクトで吹っ飛ばせじゃなくて手を貸してやれと命令が下ったからには、「安全国」の評議会でも綱引きがあったんでしょ。平たく言えば貸しを一つ作って世界の裏側の戦争を一つ撤収させるハラだ。これは形を変えた戦争だ、大勢の命と平和な時代がその肩にかかっているぞ。失敗したら降って湧いた外交カードがコケて評議員サマに睨《にら》まれるから気合を入れろ』

通信の切れた機材へしばし目をやっていた馬鹿二人は、もうどうしようもなくなって両手で顔を覆っていた。

「シャワーを浴びる時間もねえのかよ……」

「あのドSのフローレイティアさんにそんなの通用するか？　夜通しサイクロンの暴風雨を頭から被《かぶ》ってたろって返されるのがオチだって、さっさと済ませて沖の艦隊に戻ろうよ」

さてそれではミッション開始だ。

『情報同盟』の巡洋戦艦は全長二〇〇メートル強、重さはざっと見て七万トンくらいか。当然ながら四駆のワイヤーで繋《つな》いで引っ張る訳にはいかないし、足元に丸太を並べて転がす事もできないだろう。理論は間違っていないのだが、相手が大き過ぎる。

「ホテル・フラッグシップ019へようこそ！」

不自然なくらい真っ白な砂浜を歩いて、誰かがこちらに近づいてくる。

海難事故とやらをやらかして他国の手を借りているというのに割と元気な老人が声をかけてきたのだ。船の上のお仕事だからか迷彩効果を全く気にしていない白の軍服に、周りは複数の護衛つき。しかも守りは全員純白のセーラーを纏《まと》ったお姉様軍団であった。……しかしこれ、水兵なら特に何も間違っていないはずなのだが、グラマラスな皆様には不釣り合いにも見えてしまうのは何故《なぜ》だろう……？

まさにブルジョワ死すべしといった彼の正体は、

「当艦フラッグシップ019の艦長を務めるアルフレッド＝シルバーキングだ。人類は善意に満ちているな、今回の救援感謝する」

「手は貸すが旗下に入ったつもりはねえ。だから言葉も作法も変えねえぞ」

「結構」

白髪の老人が太いパイプを取り出すと、護衛の女性の一人が慣れた仕草で火を入れてくる。

「すでに沖から上陸してきた諸君のお仲間達には作業をしてもらっているが、まあこちらは頼んでいる側だ。何度でも求められれば説明をしようではないか」

「……何でいちいち上から目線なんだこのじいさんは」

「生まれの問題だ。我々の目的は一刻も早くこの浜から船を海へ戻す事だが、当然ながらまともな方法では七万トンを押したり引いたりはできん」

「オブジェクトに繋《つな》いで沖まで引っ張ってもらえよ馬鹿」

「艦が真っ二つになるよ、砂にも摩擦があるからな」

反省の色も全くなく護衛の尻を撫《な》でるのに必死な老人の案内で馬鹿二人と愉快な仲間達は白い砂をさくさく踏んでフラッグシップ０１９とやらへ近づいていきながら、

「幸い、当艦は鋼の塊ではなく、内部に大きな中空空間を持った船である。座礁時に穴が空いたという報告もない。なら基本に立ち返るのが一番だ。船は陸にある造船所で造られるが、完成される時には海へ送られている。それはどうやって？」

眉をひそめたのはクウェンサーだった。

「……真下を水で満たす？」

「正解。幸い、船の真下はきめ細かい砂だからな。やろうと思えばいくらでも掘り返せる。まず艦が倒れないよう左右両翼から柱で支える。ああ、荷重が一点に集中しないよう片翼一〇〇本以上でな。そうしたら重機で船の下の砂を掘り返して大きな空間を作り、最後に大量の海水を誘導すれば一丁上がり。当艦フラッグシップ０１９は再び海に浮かび、沖へ帰れるという寸法だ」

「おいおいおい!!　おいッ!!　簡単に言ってくれるがよ、実際問題どんだけ大量の砂を掘り返せば良いってんだ!?　船の真下はもちろん、沖に出るまでのルートでも腹を擦《こす》っちゃならねえんだろ。ここで運河工事でもやれってのか!?」

「だから最初に言ったろう、今回の救援感謝すると」

白髪のスケベジジィはしれっとしたものであった。

うちの上官は銀髪爆乳の美女でほんとに良かったとクウェンサーは神に感謝しつつ、

「……でも実際、トロール漁みたいに『ベイビーマグナム』にワイヤー付きのバケットを引きずらせて海底を掘れば、沖までのルートは難しくないな。問題なのはそういう大雑把な手が使えない浜辺の方か」

「こんなクソ野郎のために頭を回してんじゃねえよクウェンサー、『資本企業』じゃねえんだ、くそったれな社畜根性が染《し》みついてやがるぜ」

浜辺には即席のバリケードが雑に突き刺さっていて、その中を『正統王国』印の作業車が早くも行き交っていた。クレーンやショベルカーというより、装甲車や戦車にそういう機材をくっつけたといった方が近い。

ヘイヴィアは砂浜に刺さった伝説の聖剣ぽんこつシャベルにうんざりした目を向けながら、

「冗談じゃねえぞ。うちの軍はまだ完全自動運転じゃねえんだ」

「兵器は絶対に手動操作を一枚噛《か》ませるから完全にコントロール預ける事はないよ。機械のやる事に法的責任は問えないし、たとえオート化したって『責任者』は乗せるだろうね」

「タンカーだって豪華客船だって人件費削減のために自動航行を使ってんだろ。軍艦だって似たようなもんじゃねえか。空撮ドローンだの爆撃機だのは言うに及ばず。海も空も無人化が進んでんのに、陸だけ聖域って決まりはねえんじゃねえの？」

が、クウェンサーは勤勉なる皆さんよりも他のものが気になっていた。

消火ホースよりも太い何かが、巡洋戦艦の甲板から砂浜へと降ろされ、そのまんまバリケードの外側にまでのたくっていたのだ。

九メートル上の甲板を見上げながら、不思議そうな顔で『学生』は尋ねる。

「あれは？」

「ああ。艦のディーゼルは細かくオンオフするより常にある程度回しておいた方が燃費は良いのだ。しかしそれでもエネルギーの無駄遣いなのでな、エンジンが作った余剰電力については地元の集落へ流している。サイクロンの直後だし、向こうも向こうで千切れた基幹電線の復旧を待たずに朝食を作れると感謝されているよ」

「……腹黒い軍関係が何の利害もなくボランティアに走るって事はねえよなあ？」

「何を言う、我々は防衛目的で設立された平和維持の軍隊だよ」

まったくとんでもねえ事をアルフレッドは嘯《うそぶ》きながら、

「実際問題、ただでさえ災害直後でピリピリしている中、不意のお客さんに不満をぶつけてストレス解消されるような環境は揃《そろ》えたくないのも事実でな。スムーズな作業のためならこちらから飴《あめ》を与えておく。武力で頭を押さえ付けるだけが対テロ活動とは限らんという訳だ」

……どうやらバリケードはあるが大雑把で隙だらけなのも、そういうイメージ作りの一環らしい。完全に立入禁止の領域を作ってしまうと、よそ者が自分達の土地を勝手に占拠している、という反感を受けかねないのだ。『安全国』の工事現場の囲いも一部はわざと透明にして、中が見えるようにしていると聞く。あれと同じ心理効果だろう。

『鉄のくじらだー』

『ねえ、あれ写真に撮っても良い？』

『鉄のくじら、上からお水かけなくても干からびないのかなー』

早くも現地のガキンチョにまで大人気である。この辺りの人心掌握術は流石《さすが》の『情報同盟』といったところか。

アルフレッド＝シルバーキングはプレス会見向けといった笑顔でバリケードの向こうへ片手を振りながら、

「君達も君達の仕事の後で大変そうではあるが」

「愚痴りてえけど軍事機密だから話すに話せねえ……」

「メコンのヘロイン工場の件かね？　その程度ならこちらでもモニタリングしていたよ。『信心組織』は映画産業が、すなわち最も国際世論誘導が遅れた勢力ではあるが、ＣＧの密度を高めるために汚れた金を頼るようになったらエンターテイメントはもうおしまいだよなあ」

「筒抜けだろうが何だろうがこっちからは何も話せねえんだクソが‼」

と、そんな風に言い合っていた時だった。

股間以外全部老いた艦長の取り巻きの若い女性、セーラー服を纏《まと》う護衛の一人が耳元に片手を当て、それからアルフレッドへそっと何かを囁《ささや》いた。艦長は太いパイプを口から離すと、代わりに滑らかな女性の手から無線機を受け取る。

「アルフレッド＝シルバーキングだ」

『准将、トラブルシューターとして派遣された私からの連絡が何を意味しているかは理解しているな？　急な話で済まないが問題発生だ。今すぐ陸戦専門の戦力を見繕ってくれ。質は潜入メイン、量は小隊規模で構わん。優先は質の方だ』

「我が艦は海軍所属なのだが。人魚に足を与える魔女の薬に心当たりが？」

『この有事の真っ最中でも下手クソ極まる反発を貫くのは「情報同盟」の流儀に則《のっと》って私からタダで情報を引き出す腹か准将？　まったく驚嘆に値する愚鈍ぶりだが国際法に触れて吊《つ》るし上《あ》げにされたいなら好きなように時間を浪費しろ、責任者は貴様だぞ』

「……純粋な感想だ。戦力に心当たりはないよ。世界で最も人を殺す生物を知らんのか。蚊だ、様々な病原菌を媒介する蚊は年間で七〇万人以上を殺す。もはや事件や戦争以上だな。重ね重ね申し訳がないが、マラリアその他アジア圏ジャングル仕様の予防接種を行った兵はいない」

『今は海難事故の真っ最中でノーサイドのはずだろ。必要なら「正統王国」側から調達しても構わん、とにかく急げよ』

「どうやって？」

『真実は最大の切り札だ、我々の問題に巻き込まれるとお宅も残らず全滅するぞとでも言ってやれ。今は隣家の火事で、風向きはすこぶる悪そうだ、とな』

通信が切れた。

馬鹿二人はすんごく嫌な予感がした。

そして白髪のスケベジジィはこちらへ振り返ると、にっこり笑顔でこう提案してきた。

「さて諸君、スコップ片手に砂掘りと銃火渦巻く戦場へとんぼ返りはどっちが良いかね？」

相手が銀髪でも爆乳でも美人でもなかったので思わずヘイヴィアが摑《つか》みかかり、周囲を固めていた白いセーラー服を纏《まと》う若い女性の護衛達にぶん投げられてしこたまご褒美《ほうび》を頂戴していた。

2

スチームオーブンの中でじっくり蒸し料理にされてヘルシーに脂をカットされていくかのような東南アジアの野外作業とは別に、クウェンサーとヘイヴィアの二人が案内されたのは、巡洋戦艦フラッグシップ019の艦内であった。

アルフレッド＝シルバーキングとは別れ、若い男の兵士に案内されてしばし。

巡洋戦艦というにはあまりに広い、いっそヘリ空母や揚陸艦にある無骨で広い船倉のようなスペースにはパラソルと簡易テーブルや椅子があり、一二歳くらいの長い金髪の少女が足を組んで紅茶を嗜《たしな》んでおられた。

一般とは明らかに違う、黒い軍服の少女は目線だけをこちらへ投げて、

「ようこそ諸君」

「……『情報同盟』にゃ上から目線のドS志望しかいねえのか？」

「ヘイヴィア、この馬鹿どもに多くは望めない。せいぜい白髪のジジイから美少女にバトンタッチしただけありがたく思っておこうよ……」

「はーはっはー？　美少女、これが美少女だって⁉　クウェンサーちゃんよ、どんなに譲歩したって『貴族』の慣例になってるハナタレ坊主相手の任命式か、あるいは『島国』のシチゴサンだろ。こんなちんちくりん内角低め腰狙いのデッドボールだぜ、どう考えたってカテゴリ的には幼jぶぐっうぇふぉっっっ‼⁉⁇」

途中で変な音が混ざったのは、黒い軍服の死神が顔色一つ変えずにアツアツの紅茶が入った

ティーカップをぶん投げたからだ。どうやらこの男、スケベジジィ選《え》りすぐりの美女達からスカート装備のまんま散々踏んづけられた程度ではご褒美《ほうび》が足りなかったらしい。ここは敵軍の艦内だという事をもう忘れているのか。

「さて。愛すべき妄言は完全に無視するとして、ナイスバディでオトナな高級軍人がお相手つかまつろう」

金髪の少女が足を組んだまま片目を瞑《つぶ》って別のカップを適当に虚空《こくう》へ差し出すと、執事のような青年が新しい紅茶を注いでいる。そちらを見る事もなく、幼女いや少女いやいやいや美女いやいやいや超絶グラマラス未亡人いやいやいやいやいややっぱり嘘《うそ》はつけないどう考えてもＡＡＡの幼女は細い顎《あご》で同じテーブルの椅子を指し示す。

座れという事らしい。

「レイス＝マティーニ＝ベルモットスプレーだ、『情報同盟』軍でトラブル処理を専門に請け負っている。敬称か蔑称かは知らんが、『繋《つな》ぎの死神』などとも呼ばれているな。正直に言って全く長い付き合いにはしたくないが一応よろしく」

「俺達は……あれ、名前は言って良いんだっけヘイヴィア？」

「言ってんでしょ今ァ⁉　ま、まあ所属と氏名だけなら問題ねえんだけどよ」

早速のやり取りにレイスは軽く息を吐いて、

「クウェンサー＝バーボタージュ戦地派遣留学生。ヘイヴィア＝ウィンチェル上等兵」

「うっ？」

「そっちが足の裏でそっちが腋《わき》の下《した》」

「ううっ⁉」

「これくらいで驚くな、無垢《むく》なる馬鹿ども。我々は『情報同盟』だぞ」

含蓄があるんだかないんだかな根拠を発する金髪少女。

いつの間にか性癖までバレてるクウェンサーとヘイヴィアは、巨大な電ノコを股の間に差し込まれて金玉ギリギリで止められている気分でおずおずと席に着きながら、

「それでその、本題は？」

「馬鹿は馬鹿なりに話が早くて結構、誠実とは美徳だな。すでに准将から話は聞いているかもしれんが問題発生だ。だがただでさえ浜に座礁して身動きが取れない我々には対応戦力が存在せん。お宅も垣根を越えて海難事故の救助中で今この時だけは一蓮托生《いちれんたくしょう》、そんな訳で『正統王国』にも問題解決のため手伝ってもらうぞ」

まるで料理のメニューでも置くように、直立待機していた青年がテーブルの上に紙の資料を並べていった。個々の端末に送らないのは、デジタルデータを『完全』に消去する術《すべ》はない事を考慮しての判断か。

何かの癖なのか、レイスは特に必要のないペンを手元でくるくる回しながら、

「今現在『情報同盟』と『正統王国』がノーサイドでいられるのは、座礁した船は軍規上沈没

扱いで航行能力がないものとみなされ、陸での継続的交戦能力も持たん乗組員二〇五名をこのまま放置すれば見殺しにしてしまう、という人道的観点によるものだ。まったく美しき茶番だな」

「戦う力がないから助けてくれって事だろ？　だったらどうした」

　クウェンサーの言葉にレイスはため息をついて、

「……実際には、継続的に陸で戦う力を隠し持っているとしたら？」

「あん？」

　不穏な響きにヘイヴィアが眉をひそめる。

　金髪少女もうんざりした顔で、

「さっきも言ったが私はトラブルシューターとして後から派遣された身の上でな。だから状況を把握するのに遅れたのは認める。……フラッグシップ019め、軍艦でありながら腹の中に主力戦車を五両抱えてやがった。別にあのスケベジジィどもを庇《かば》うつもりはないが、これは意図した隠蔽《いんぺい》というよりは申告洩《も》れに近いだろう」

「海に浮かべる船なのに、戦車だって……？」

「事情は分からん。通常ルートでは運びたくない、タンク041の存在を記録に残せん隠密作《おんみつさく》戦《せん》の途中だったのかもな」

　何ともおかしな話だが、そもそもクウェンサー達が今いるこの『みっちり詰まった軍艦にしてはやけに広いスペース』の正体は何なのか。

　ひょっとすると、フラッグシップ019は単純に海上戦力を提供する軍艦だけではなく、武装した輸送船としての顔も持っているのかもしれない。

「……なんかもうどんどん悪い方向に話が進んでいる気がするよ。この白タク絶対ホテルに向かってないよ……」

「ああすまんすまん、親愛なる馬鹿ども。この話は墓まで持っていけよ」

「おいっ!!　聞くのか聞かねえのかの質問を忘れてるぜ！　刺してから謝るんじゃねえ!!」

「そんな事を言われても我々は『情報同盟』だからなあ」

「こいつっ……。最初から俺らが引き返せねえような形で引き出しを開け閉めしやがった……!!」

「賢明かつ慈悲深いこの私は貴様達の間抜けな権利を保障する。故にここまで来て引き返すのも貴様達の自由だが、そうした場合はおそらく私の管轄外にある暗殺リストへ勝手に名前が載るのを忘れんようになー」

　もう目を剝《む》くしかない馬鹿二人だが、すでに機密作戦の真っただ中だ。よそで下手な事を言えば越境しての報復作戦が実行されかねない。

「話を戻すぞ。地上でも動ける戦力を保有したままだというのは『問題』だ」

しれっとした顔でレイスはカップの紅茶を軽く口に含みつつ、

「海難事故の救援協定は『すっかり沈んでしまって酸欠で死を待つばかりの潜水艦に小型の潜水艇を差し向ける』くらい切羽詰まった状況で初めて成立する案件だからな。自前で動かせる力があるなら何とかしろと言われてしまっては今ある状況が崩れてしまう」

……当然ながら戦車を五つ程度並べたって二〇〇メートル七万トンの塊を海へ戻せるはずもないのだが、そこはそれ。『安全国』でルールブックを鼻先いっぱいに広げて自分の視界を全部覆っちゃっている連中には現場の事情なんぞ見えるはずもない。

「今この場で即刻ノーサイドを破棄、となれば『情報同盟』のフラッグシップ０１９は為《な》す術《すべ》もなくオブジェクトに吹き飛ばされるだろう。だがフラッグシップ０１９の艦砲も捨てたもんじゃないぞ。挙げ句、勤勉なる『正統王国』の豚どももゼロ距離までひっついているからな。火蓋が落とされたら沖に逃げ帰る暇もなく、両者共倒れになる。いいや最悪、海にいるお前達のオブジェクトの主砲で浜を逃げ回るお前達歩兵が吹っ飛ぶかもしれん」

「うえぇ……」

「……あ、ありえる。あの凶悪なお姫様と爆乳が同じデッキに組み込まれてる以上は何が起こるかなんて分かったもんじゃねえぜ」

「こちらも間抜けな突発戦闘は望むところではない、被害規模の計算が面倒なのでな。よって一刻も早く邪魔な戦車五両をよそへ移してしまいたい。そうだな、今朝のニュースの第一報はもはや毎度の事になっている『視聴者による撮影』の変に縦長な映像の切り貼りで乗り切っているだろう。実際にプレス用の取材証を首から下げた記者団どもが現場入りするまで概算で一二時間。それまでには確実に、だ」

言いたい事は分かってきた。

クウェンサー達としても、『情報同盟』と事を構えるのは良いが今ここではない。亜熱帯の森の奥まで潜ってヘロイン工場をぶっ潰してきた後にそのまま次の戦争なんて真っ平だ。過酷なコンビニ店長よりもえげつないタイムテーブルなんぞ一度でも認めたら最後、次からそれが当たり前になってしまう。あのドSの爆乳なら絶対そうする。何の比喩《ひゆ》表現《ひょうげん》でもなくまんま戦争業界でデスマーチなんて願い下げである。

その上で気になるのは、

「でも今時カメラレンズなんてどこの誰でも持っているんじゃあ？　それこそケータイ一つあれば全世界に縦長の動画を配信できると思うけど」

「我々は腐っても『情報同盟』だぞ、民間衛星サービス込みで、素人《しろうと》の目撃談なんぞいくらでも潰して回れる。フェイクニュースと叫んだり映像に合成の痕跡があるとでっちあげたりな。何だったら自作自演のサイバー攻撃でもかましてやれば良い。極論には極論を、真っ白と真っ黒の水掛け論に発展させてしまえば民衆のジャッジはグレーゾーンで宙ぶらりんにできる。ある程度説得力を持った、『マス』と冠のつくメディア記者でない限りは持《も》ち堪《こた》えるよ」

難しい事を考える必要はない。

戦車五両のエンジンを回して、今すぐ現場から遠ざければ良い。

クウェンサー達は道中を護衛するだけだ。

「一二〇キロ北上すると空港跡地がある。元々は我々『情報同盟』の野戦飛行場だったが、ちゃんと戦って真面目に殺す『信心組織』が幅を利《き》かせてきたおかげで放棄した跡地だな。とりあえずここのバンカーまで邪魔な戦車を運んでくれ。後は状況が安定してから我々『情報同盟』の手で改めて回収作戦を立案するよ」

「……となると当然」

「今までヘロイン工場潰すために森の中を這《は》いずっていたなら分かるだろ。戦争国だが実質的には『信心組織』の支配圏だ。アジアの南の方はヒンドゥーとブッディズムの坩堝《るつぼ》だよ。そしてヤツらに移動中の戦車を爆破されたり鹵獲《ろかく》されたりしても困る、物的証拠はそのまま不利な外交カードに化けてしまうからな」

テーブルの上に並べられた資料には、単純な地形や気象条件の他にいくつか想定される敵やその装備も羅列されていた。

問題の主力戦車タンク０４１にとって脅威となるのは、歩兵の携行ロケット、対戦車地雷、対戦車壕《たいせんしゃごう》、不発弾にそれを利用したＩＥＤ、有刺鉄線、戦車や攻撃ヘリ、そして……。

「これは実際に『かいくぐってきた』諸君らの経験というデータに『情報同盟』流の敬意を表してあてにしたいのだが」

「おい冗談だろ……」

「『信心組織』の第二世代、『コイルガン073』が不定期に巡回している。ああ、そっちの尊敬すべき間抜けなセンスを極めた敵性コードでは『ペーパービキニ』だったかな。……こんな中で絶対に歩を進めたくはないがこちらにも時間がないのだ。何とかしてくれ」

「……、」

「……。」

思い出して、二人は思わず沈黙していた。

常にしゃべっていないと窒息するような馬鹿二人がである。

言ってみれば虎穴に入って虎の赤ちゃんを捕まえてきて、ようやっと無事に森を抜けて、もう二度とあんなバケモノと顔を合わせる事はないぞやったーと万歳したところで、車のキーを洞窟の最深部に落としてきた事を思い出したような悪夢である。

とはいえ、すでに尻に火は点《つ》いている。

黙っていても導火線が縮んで大爆発に巻き込まれるだけなのだ。

前も後ろも地獄。

それでも一%でも流血沙汰を抑えられるチャンスがあるのは、前へ進む方である。

「最後に質問なんだけど」

「何かね？」

「……この合同作戦、うちらの大ボスであるフローレイティアさんには話を通して？」

恐る恐る尋ねると、レイス＝マティーニ＝ベルモットスプレーは優雅にティーカップをソーサーへ戻した。

そして細い人差し指と人差し指を可憐《かれん》な唇の前で交差させる。

口元で小さなバッテンを作った金髪少女は、やや上目遣いでとんでもない事をおねだりしてきた。

「もちろんナイショで頼む」

3

そんなこんなで。

「最悪だ、マジで鉛弾で死ぬか過労で死ぬかの二択だぜ……」

呻《うめ》くような声があった。

辺りは鬱蒼《うっそう》と茂る森だが足元は確かな地面ではなく、むしろふくらはぎの半分くらいまで潮水が押し寄せている。俗に言うマングローブというヤツだ。おかげで普通の森より足場は悪く、湿気も強くて熱が籠《こも》り、しかもその辺に座って休憩を取る事もできない。

その昔、人権無視の牢獄《ろうごく》には床一面へうっすら水を張る事で横になって睡眠を取れないようにする『水牢《みずろう》』や、狭い空間の中を何の意味もなく延々歩き回る事を強要され少しでも立ち止まると鉄格子《てつごうし》の隙間から長い棒切れで小突き回される『徒労刑』などなど、肉体的疲弊によって精神の方をぶっ壊しにかかる悪夢のような部屋があったと聞くが、寝不足全開の中マングローブ地帯での行軍はもはやそのレベルに達している。

地獄のような蒸し暑さの中でも潮水なので口にはできないし、自棄《やけ》になって水浴びでもしようものなら浸透圧の関係でやはり細胞単位で疲弊していく事間違いなし。そんな中を五つの鋼の塊が縦一列にゆっくりと進んでいく。陸地と水辺が絶えず入れ替わる、それなり以上の悪路なのだが、戦車の群れはピタリと等間隔を維持していた。

地球温暖化にがっちり適合した南国のマングローブは結構な速さで景色を侵食しているようで、そこらにはオブジェクトのレーザーに焼かれて落ちたまんま緑に覆われた戦闘機や輸送ヘリなどもちらほらと散見された。小さな海老やカニの漁礁になっているかと思うと金玉が縮む。

「流行《はや》りの完全自動運転車ってヤツなのかね」

「あん？　まあ『情報同盟』とか好きそうだよな、そういうの」

明らかに人の足を意識した最徐行は、もちろん随伴しているクウェンサーやヘイヴィアなど歩兵戦力に周囲を守らせるための配慮だ。

「……ふざけんなよちくしょうが。厚さメートル超えの複合装甲の塊を守るために生身の人間様を四方に配置するとか絶対に間違ってんだろ。何だ俺らは鉄の果物を守る肉のクッションか？」

「大名行列の最前列に比べりゃマシじゃないの……？　ジャンケンに負けた連中、戦車がワイヤーや地雷を踏まないよう先を歩かされているって話でしょ」

「ここ最近の地雷ってどこまで進化してんだっけか？」

「知らない。なんか自分で飛び跳ねて戦車の頭の上に落ちてくる地雷とか、誤爆防止のために引っかかってもカメラの映像だけがオペレーターに伝わって、敵兵って目視で確認してからスイッチ入れる地雷もあるとか、色々話は出てるけど」

「地面に埋まってるだけが地雷じゃねえのかよ……」

「パラボラみたいなのを地面に置いて、自動で首振りして戦車の横っ腹を狙う地雷とかもあるらしい。凹面鏡と同じ理屈で爆風を一点に集中させて、何十メートルも先から槍《やり》みたいに細い爆風を飛ばして装甲をぶち抜くんだと」

一般に対人地雷と対戦車地雷では設定荷重が違うため、人が間違って踏んづけても爆発しないとされている。……が、ここはさっきも言った通り一面うっすら海水のマングローブ地帯。見た目は数十センチほどの深さでも、元の水圧を考えると人が踏んでドカンという可能性もなくはない。そしてガラスやプラスチックで作った地雷の場合、ライフルの先に銃剣みたいに取りつけた金属探知機だけでは発見できないのですーぱー注意が必要である。

「ここは人類滅亡後か。そこらじゅうで兵器の残骸が緑に呑《の》まれてるぞ……」

「たった数年でこのざまだぜ、くそったれのオセアニアの緑地化技術としても小金を稼いでいたらしいな。向こうの独裁者が紙なんて信用におけねえとか言ったせいでオブジェクトの技術までセット販売される事はなかったらしいが」

ただの直射日光とも違うビニールハウスのような蒸し暑さにうんざりしながら、ヘイヴィアは顎《あご》を伝う汗を手の甲で拭《ぬぐ》って、

「切羽詰まった状況から真面目に大隊を守ろうとしてんのに爆乳にゃあそれが見えちゃいねえ。俺ら砂掘りの仕事サボってくつろいでいるように映ってんだぜ……?」

「……その辺については今は情報漏洩対策《じょうほうろうえいたいさく》が最優先として、流石《さすが》に全部終わったらレイスたんから説明が入ると期待したい」

ちなみにノーサイドが効力を発揮している間なら『正統王国』も『情報同盟』も一つのくくりの中であるため、一応命令不服従の脱走兵にはならない……とこれも願いたい馬鹿二人。

問題の主力戦車――『情報同盟』ではタンク041と呼ぶらしい――については、目立たないよう『正統王国』っぽい迷彩カラーでおざなりにペイントされていたが、見る人が見ればすぐに分かるだろう。無骨な直線の塊という印象はあまりなく、車体や回転砲塔については前から後ろへ流れるような流線形が意識され、高さ全体も低く抑えるようデザインされている。

何となくスポーツカーや高速鉄道の先頭車両なんかをイメージしてしまうクウェンサー。

　こいつをどこぞの野戦飛行場跡地まで運んでやらなくてはならない。

　全体を電話帳サイズの小箱で覆われた戦車を横目で見ながら、つい呟《つぶや》く。

「……戦車って言っても無条件で森の木をバキバキへし折って前に進める訳じゃないんだな」

　そして直近の戦車の方から、クリアな音声で通信が入ってきた。

『複合装甲の塊って言っても一両数十トンくらいだからね。でっかいトレーラーなんかをイメージしてくれれば分かりやすいんじゃない？　映画なんかじゃド派手にコンクリ壁をぶち破ったりしているけど、実際は結構簡単に止まっちゃうものよ。それでも強引にバリケード破らないといけない場合は砲身傷つけないよう真後ろに向け直してから突っ込まないといけないし』

「どちらさん？」

『おっと紹介が遅れたか。ドロテア＝マティーニ＝ネイキッドです。よろしくう☆』

　馬鹿二人は思わず顔を見合わせる。

「……マティーニだって？」

「その名前はさっきも聞いたぜ」

『ああ、私達はほら、そういう規格だから。マティーニシリーズ。ま、この辺はあんまり深入りしない事を推奨するけど』

　通常運転の外にある突発的な作戦行動に、なんか自分達の知らない裏方にあるし思《おぼ》しき繋《つな》がり。総じて言えばすでに嫌な予感しかしない。

「(……あのう、ひょっとしてもう俺達何かにハメられてないか?)」

「(……軍なんてそんなもんだろ。敵に騙《だま》されるか味方の陰謀に乗せられるかだ。前と後ろ、どっちから突っ込まれてえのかってな)」

潮と泥の匂いにディーゼルの排ガスまで胸いっぱいに頂戴して、クウェンサーとヘイヴィアはレールから脱線した列車の行く末に暗澹《あんたん》たる想《おも》いになる。

支給された無線機の感触もいつもと違う。

『正統王国』フォーマットの無線機や携帯端末は砂浜の『災害救助基地』に置いて、今は『情報同盟』フォーマットのものを渡されていた。みんなのかわいいレイスたんの話によると情報《じょうほう》漏洩対策《ろうえいたいさく》の一環らしいのだが、一度疑ってしまえば何だって怪しく見えてくる。

向こうは全く気にしていなかった。

『いやあ久しぶりの団体行動は胸が躍りますなあ。この状況を楽しんでいるという事は私もまだまだひきこもりじゃないみたい。ノーマルで良かったあ☆』

「自動運転で楽しやがって、せめて戦車の上に乗っけてくれりゃあ良いんだ」

『一発六九・九九ドル、お小遣いで買えちゃう携行ロケットで九〇〇万ドルの戦車が吹っ飛ばされないよう全面びっちり爆発反応装甲貼り付けているから、ほとんど対人地雷の山に腰掛けるような羽目になると思うけどそれでもよければ。うちの感度良過ぎて誤爆すんだよね』

「ひいいいいっ⁉」

「ん？　というか久しぶりって？？？　戦車って一両四、五人で回しているもんじゃないのか」

クウェンサーの疑問に対しては、戦車を操るドロテアはわざわざ砲塔を左右にぐいんぐいん細かく振ってから、

『まあ戦車が出てきた当初からの慣習を引きずってりゃそうなんだろうけど、今ってもう光ファイバー使ったドライブバイライト使えば操縦から射撃管制まで一極集中できちゃうのよね。普通の車だってそろそろ自動運転の時代でしょ。確かに故障したり泥にハマったりした時に復旧させるのには人手はいるけど、それも運動補助スーツとか作業ロボットとか積み込む事で対処できるし』

砲塔の上にあるバスケットボール大の半球状多目的カメラの他に、前後左右に細かく小さなレンズが取り付けられているのも一人でみんな賄うための一環なのだろうか。

「なら何で俺達の戦車は四人乗りのままなんだろう……？」

『さあ？　「正統王国」のコンセプトは知らないけど、ひょっとしたら孤独対策かもね。最前線の鉄の棺桶《かんおけ》で無期限待機って、それはそれで結構堪《こた》えるのよ。だから複数搭乗方式を採用するのも無意味な事じゃない。ま、うちら「情報同盟」なら無線や赤外線のネットを拡充してチャットで紛らわすけどね。人件費の無駄だし。にゃっふー、トレバー、マギエンツ、エネジー、ロキセウス。寂しい夜のおとも達ー』

にゃっふにゃっふー、と無線越しにマイナースラングな呼びかけが連呼されていた。確かに鉄の棺桶《かんおけ》に引きこもったネット人間達はいつでも騒がしそうだ。

「……これみんなマティーニなのか？」

『まさか。そこまでお安くなくてよ？　にゃっふー』

そんな無駄なやり取りも長くは続かなかった。

そもそも何だかんだでひたすら歩くのだ。それも整ったアスファルトではなく、ごつごつの木の根が張り巡らされ、くるぶしくらいまで海水に浸《つ》かるマングローブの森の中だ。

きちんとペースを考えて行軍しても一〇時間歩き通しても四〇キロくらいが関の山だ。当然、サボる事にかけては誰よりも努力を怠らない『正統王国』の真面目なクソ野郎どもが我慢を続けるはずもなかった。

「おいクウェンサー、工作の時間だ！　やってられるか!!」

「分かってる、そっちで落ちて緑の苔《こけ》まみれになった戦闘機を引っ張り出そう。低圧タイヤもパンクしないで残ってるぞ。後は輸送ヘリの方から吊《つ》り下《さ》げ用のウィンチワイヤーを拝借」

「肝心要《かんじんかなめ》の台車はどうすんだよ⁉」

「折れた主翼でもありゃ十分だ」

ほとんど対人地雷と変わらない爆発反応装甲だらけの戦車の上には乗れないのだ。ならタイヤ付きのソリでも作って、ワイヤーで引っ張ってもらえば良い。

『アンタら何で汗水垂らしてサボってんの？』

「快と楽のためならどこまでも突き詰めるの。ほらドロテア、四《よ》つん這《ば》いのコスプレトナカイちゃんを容赦なく鞭《むち》でしばくから極悪サンタのソリを引きずり回してくれーい」

　そんなこんなで路線変更だ。

　ディーゼルの排ガスを顔に頂戴するのと泥除《どろよ》け無用な履帯が巻き上げる海水を頭から被《かぶ》るのを除けば、まあまあ悪い乗り心地ではない。これで大分時間も短縮されるはずだ。今日中にケリをつけたい。

「ひーはー、行け行け！　ビシバシ、わっはっはー!!」

『……こいつ戦車の後ろ姿さえ眺めればイマジネーションの中で私の尻を嬲《なぶ》れる人種か。まだ顔も合わせていないはずなのに、てっ、手強《てごわ》い……』

　と、その時だった。

　変化があった。一〇トン以上の塊をパワフルに動かすディーゼルエンジンの太い唸《うな》りが不意にピタリと止《や》んだのだ。ただし前進は止めたものの、戦車自体の火が消えた訳ではない。非常用で数十分しか動かせないが、完全電気駆動にモードを切り替えたのだ。引っ張ってもらう事ばっかりでアクセルもブレーキも用意していなかった馬鹿どもの台車がそのまんま戦車の尻に顔から突っ込んでいく。馬鹿みたいな話で危うく昇天しかけるクウェンサー達。

　同時にあれだけかしましかった無線も完全に封鎖される。

小鳥のさえずりすら心臓を打つほどの静寂の中、『それ』がゆっくりと目の前の視界を埋めていく。

全長五〇メートル以上もの巨大な塊。

『信心組織』軍の第二世代、『ペーパービキニ』だ。

目の前の現実を全て放り捨てて逃げ出そうとするヘイヴィアを摑《つか》んで押《お》し留《とど》め、クウェンサーは台車を降りると最寄《もより》の戦車の側面へと張り付く。

己の呼吸すら苦しい中、せっかく助けた馬鹿が涙目で喚《わめ》く。

「(……殺されるっ！　こんな鉄の棺桶《かんおけ》、オブジェクトにゃあ通用しねえよ‼　ドデカい金属反応の塊でしかねえ。向こうにバレたらまとめて吹っ飛ばされる‼)」

「(……ちょっと黙ってろヘイヴィア！)」

「(……森に逃げようぜ‼　伏せてやり過ごすならせめて金属反応から離れた方が良い、さっきの緑に埋もれた戦闘機だの輸送ヘリだのもあいつのレーザーの仕業だろっ⁉)」

「(……アホかもう何十キロ進んでいると思ってんだ⁉)」

向こうは明確にこちらをロックオンしている訳ではなさそうだ。数キロ先、それでもオブジェクトのサイズから見れば目と鼻の先といった距離を、右から左へとゆっくり流れている。戦車は意外と辺りの木々を薙《な》ぎ倒《たお》せない、といったドロテア＝マティーニ＝ネイキッドの話とは違い、あっちは本当に苦もなくマングローブを引き裂きながら進んでいる事だろう。

『ペーパービキニ』。

全長五〇メートルもの球体状本体を左右から挟み込むように、長方形を斜めに潰したような菱形《ひしがた》に近いエアクッション式フロートが特徴的なシルエットを形作る。主砲についてはやはり左右に二門、しかし正面には向いていない。いっそ馬鹿馬鹿しいほど巨大なコイルガンが両側面一八〇度をカバーしている。

代わって真正面にあるのは二枚の分厚い盾状装甲。

各々《おのおの》の役割を思い出しつつ、クウェンサーが呻《うめ》くように口をもごもご動かす。

「（……正面はあくまで突破力だけ。バリケードをぶっ壊して敵陣深くに切り込んでから馬鹿デカい砲弾をばら撒《ま》く第二世代、か）」

「（……機動兵器の運用方法が第一次世界大戦まで遡《さかのぼ》ってやがる。それで実際にこのシビアな時代を生き抜いてんだからどうしようもねえっ。旧来の運用法って事はスマートじゃねえって事だ。見つかっちまったら最後、楽には死なせてもらえねえぞ……）」

だが最大の特徴は、その形状や運用方法ではなく、素材にあるだろう。

紙。

信じられないだろうからもう一度明記するが、あの紙である。

『ペーパービキニ』は本来鋼の塊であるべきオブジェクトらしからぬ、『紙』を起点に設計建造された超大型兵器だった。例えば古来、アジアの大国の鎧《よろい》には電話帳のように分厚く紙を束ねて形を整えたものもあったらしいが、そうしたコンセプトなのだろう。

アラミドやガラス繊維、蜘蛛《くも》の糸などの防弾ジャケットと同じ衝撃を吸収拡散させる防護の極み。主砲についても何百何千と防弾紙を貼り合わせて十分な強度を確保した円筒の内側を大量の電磁石で埋め尽くしたコイルガンで、砲弾まで特殊な接着剤でガチガチに固め先端を尖《とが》らせ、円錐形《えんすいけい》に整えた七五〇キログラムの塊が採用されていた。

紙はアイデア一つで強度や性質を自在に変える。例えば身近な所では段ボールなども革命を生んだ。『ペーパービキニ』の場合は極小のカーボンナノチューブの織り方でも研究が進んでいる多重格子構造《たじゅうこうしこうぞう》を利用し、戦略レベルで常識を覆《くつがえ》そうとしているのだ。

以前の戦闘でも、お姫様は何度か『ペーパービキニ』の装甲を毟《むし》り取《と》っているのだ。

しかし今はあの通り。

装甲のグラム単位でのコストは向こうの方が圧倒的に優れている。くず鉄を溶かして再利用するより、紙を溶かして粗く漉《す》き直《なお》す再生紙の方が効率は良いからだ。つまり、いくら破壊されても動力炉を破壊されない限りは何度でも装甲を張り直して挑んでくる。単純な戦闘スペックだけでなく、両者共にボロボロになるまで殴り合えば先にこちらの財政が逼迫《ひっぱく》するという、来たるべき『餓《う》えの時代』を見越しての経済戦略まで備えたモデルであった。

【ペーパービキニ】
PAPER BIKINI

全長…110メートル

最高速度…時速490キロ

装甲…多重格子構造式軍用再生紙実験装甲

用途…敵防衛線突破用兵器

分類…水陸両用第二世代

運用者…『信心組織』軍

仕様…エアクッション式推進システム

主砲…コイルガン×2

副砲…コイルガン、レーザービームなど

コードネーム…ペーパービキニ
（紙でできた装甲から。
『信心組織』軍正式にはハリーティ）

メインカラーリング…白

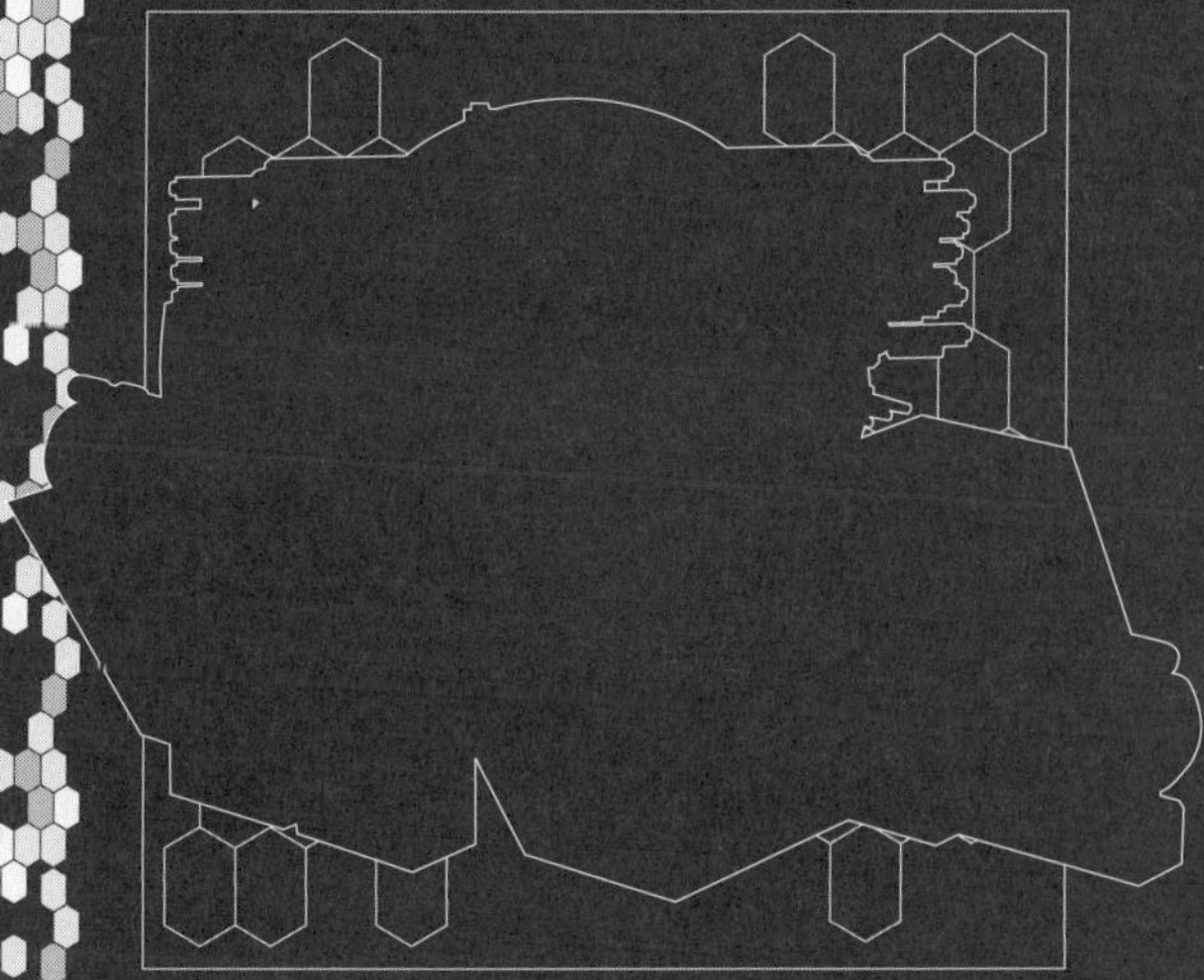

PAPER BIKINI

「（……紙でできてるのに絶対脱げない水着、か）」

「（……爆乳のセンスはこういう悪意満点の時だけ冴《さ》え渡《わた》るから腹立つぜクソがっ）」

『信心組織』の正式コードは『ハリーティ』。

輪廻《りんね》転生《てんせい》を肯定するブッディズムを元にしているところからも、おそらくは再生材料を利用したオブジェクトの建造に主眼を置いているのだろう。現在主流のオブジェクトは高耐火反応剤を混ぜた鋼が利用されているが、乱造が進めば鉄鉱石そのものを巡る戦争が勃発しかねない。そうした時に代替材料――特に数千年数万年とかかる石油や鉱物資源と違い、早いものなら数年程度の比較的短期間で補充可能な――でオブジェクトを増産できればその技術は世界に対する切り札となる。品種改良されたマングローブなら現実的な数値である。

しかも現状、国際社会は鉄鉱石の取引量でオブジェクトの密造などを監視している節もある。言い換えれば紙はその対象外なので、自由自在にすり抜けられる。そういう意味でも非常にうま味のある素材だ。

「（……もぶっ、もうダメだっ、旧式の戦車なんかと付き合ってたら溶けた鉄と混ざり合って奇妙なオブジェにされちまう！　早く森へ身を隠さねえと!!）」

「（……待てって、逆効果だ!!　こんだけ熱と湿気の籠《こも》ったマングローブなら熱源反応は使えない。サーモはみんな四〇度以上のまっかっかで埋め尽くされているから人間の体温なんて感知されない！）」

「(……金属反応は!?　レーダー画面見たら一発だろ!!)」

「(……吹っ飛んだり泥にはまったりして捨てられた鋼の塊がいくつ転がっているし思ってんだ。良いか、動くなよ、絶対に動くな。錆《さ》びた塊だと判断してもらえたら素通りしてもらえる)」

「(……結局神頼みじゃねえかよっ、しかもあの『信心組織』相手にか!?　新手の布教活動にでも巻き込まれてんのか!!)」

「(……対人センサー搭載って言っても第二世代だ、こうして戦車に寄り添っていれば一つの塊として誤認される。ヘロイン工場潰した時だって、二〇人くらいで固まって長方形の塊を作って、レーダー上では廃車に見せかけてやり過ごしたじゃないか。逆にだ。下手にバラバラに逃げて離れてみろ、対人センサーに引っかかって怪しまれるぞ。そうなったら『念のため』でぶち込まれて個別に摘《つ》み取《と》られて全員おしまいだ！)」

完全に無線封鎖しているため戦車の中にいるドロテア達がどういう意図で動きを止めたのかを確かめられない、というのもいやに心拍数を高めてくれる。クウェンサー達の判断はこうだが、ドロテア達には別の狙いがあるかもしれない。連携に失敗して戦車がいきなり動き始めたら、味方の履帯に轢《ひ》き潰《つぶ》されかねない状況だ。

鋼と機械油の、粘ついた鉄錆臭《てつさびくさ》い匂いを肺の奥まで吸い込みながら、その時を待つ。

自分の心音がこの上なく邪魔で仕方がない。

顔中を汗びっしょりにして、形も見えない何かに祈り続ける。

そして。
そして。
そして。

ずっ……、と。

ようやっと、眼前を塞《ふさ》ぐ『ペーパービキニ』が真横へ通り過ぎていく。

向こうからすれば特別な意図はなかったに違いない。
菱形《ひしがた》の推進装置で球体状本体を左右から挟み込む『ペーパービキニ』はそもそもこちらに気づいてもいないのだから、コースやタイムテーブルを読まれないよう不規則な巡回を続けているだけなのだ。

それでも地べたに張り付くちっぽけな人間達は、英雄の仕事をやり遂げた気分になっていた。相手からは敵として認識されていないにも拘《かか》わらず、勝手にだ。

たっぷり時間をかけて、左右両側面の主砲を手慰みに揺らしながら移動していく巨大な影が完全に消えるのを待ってから、ようやっと出力を落とした近距離電波で無線が入ってきた。
『……前進、前進再開。ディーゼルに切り替えるからみんな離れて。一応対人レーダーを一枚噛《か》ませているけど、自動運転に任せるから地形優先になるよ。味方の履帯に軍服の端を噛《か》みつかれないよう注意』

「じ、冗談じゃあねえぜ……。こんな命懸けのだるまさんが転んだを後何回繰り返しゃ良いってんだ……？」

ヘイヴィアは額の汗を手の甲で拭《ぬぐ》いながらそんな風に呟《つぶや》いていた。

愚痴りながらも、それでもひとまずの脅威は去ったと判断していたのだろう。緩急で言えば緩い方へとシフトし、次の危難までわずかでもインターバルを約束され、心と体の調子を取り戻すための時間を確保できる。そんな風に思っていたのだろう。

甘かった。

パパン!!　と。

直後に乾いた銃声がマングローブの森の奥からこちらへ突き刺さってきた。

4

おそらくはアサルトライフルによる短い連射。

警告抜きでいきなり発砲となると、見回りと布教を兼ねた『信心組織』軍の巡礼兵か。

「やべえっ⁉」

敵の数も方向も分からずじまい。だが思わず頭を低くして戦車の側面に張り付くヘイヴィアが真っ先に思い浮かべたのは、目の前の敵ではなかった。

「騒ぎになればせっかくやり過ごした『ペーパービキニ』が戻ってくるぞ！　さっさとケリつけねえと!!」

各種センサー付きのライフルを構えたヘイヴィアは、しかしそこで舌打ちした。熱源探知は高温多湿の空気が、マイクロ波の対人レーダーは鬱蒼《うっそう》と茂る緑の木々が邪魔して使い物にならない。さっきそれでオブジェクトをやり過ごしたのだから愚痴るに愚痴れない。

『五時警戒、大きく動くから履帯に巻き込まれないよう注意。安全装置の対人レーダー切ってるから自動運転に殺されないようにね!!』

「ちょっと待て！　お前が動いたら俺達の盾はどうす……!?」

『ロケット砲で狙われてんの。あーるぴーじー』

っぐん!!　とペーパードライバーがクラッチ操作を間違えたように戦車が前へつんのめる。ワイヤーで繋《つな》いでいた自作の台車がモーニングスターにみたいに飛んできたのを見て、目を剝《む》いたクウェンサーは慌てて身を伏せた。直後、細長い煙を噴く爆発物が勢い良く空気を引き裂く。ドロテアの乗る戦車の尻を喰《く》いそびれたロケット砲は反対側の森へと飛び込み、そして閃《せん》光《こう》と爆風を撒《ま》き散《ち》らす。使い方次第ではオブジェクトの装甲に化けるとは言っても、基本的に木は木であった。一周回ってちょっと哲学っぽいが、いくら知恵熱出したところで強度が変わる訳ではない。

抗議も不満も受け付けてもらえなかった。

長期戦になれば味方に殺されるとでも思ったのか、爆発してボロボロになった木々の合間から煙を引き裂いて『信心組織』の陽に焼けた兵士が距離を詰めてくる。

だがこんがりスク水痕でもなければ女の子でもなかったのが運の尽きだ。

「にゃろっ!!」

ヘイヴィアが慌てて起き上がる。無精ひげのおっさんが振り回す銃剣付きのライフルを両手で捌《さば》いて足元へ落とし、その襟首を摑《つか》むと、すぐ近くをぐるりと旋回しようとしていたドロテア車の側面へと勢い良く放り投げる。

敵兵の体が背中から車体にぶつかった途端、表面をびっちり埋め尽くす電話帳サイズの小箱が反応した。感圧刺激を受けた爆発反応装甲が立て続けに破裂すると、防弾ジャケットごと『信心組織』兵の胴体を真っ二つに切断していく。

『別に敵兵バラバラにするのは良いけど胃と腸は破らないでよね！　おかげで愛車がゲロとクソまみれ、世界に名だたるローゼンカバリア自動車のエンジン積んだ最高級車には敬意を払ってちょうだい!!』

「うるせえこっちは命懸けなんだ!!　五時と九時に支援要請!!」

『あいさー』

戦車の砲塔というより、さらに砲塔のてっぺん、ハッチの辺りにある重機関銃が星を追い駆けるお高い天体望遠鏡みたいに勝手に首を振った。車体の自動運転と違い、ここだけ時計の針のような正確さは見られなかった。おそらくドロテアは車体の運転をプログラムに任せ、シューティングゲームに集中しているのだろう。ターレット式重機関銃は一発一発が人間の親指よりも太い鉛弾を毎分二〇〇〇発の勢いで解き放ち、フルオートの横薙《よこな》ぎ一閃《いっせん》でもって辺りに潜む敵兵の群れをマングローブのねじくれた木々ごとまとめて吹き飛ばす。

奇襲の一発目こそ恐ろしいが、ゴールデンタイムを乗り切って態勢を立て直せば歩兵が集まっても戦車には勝てない。遠方で固まっていれば榴弾《りゅうだん》でまとめて始末できるし、こちらへ肉薄を試みる者については重機関銃で掃射してしまえば押し返せる。

唯一懸念《けねん》があるとすれば、

「あっ！」

浅瀬で意味もなく尻餅をついていたクウェンサーが思わず叫んだ。

すぐ近くに転がる死体の中に紛れて顔や手足に味方の血を塗りつけていた一人が、急に起き上がったのだ。狙いは戦車、抱えているのは紡錘形《ぼうすいけい》、ラグビーボール状の塊。おそらく対戦車ロケットの弾体の予備だ。射手を失った後もずっとこの機会を待っていたのか。ヘイヴィアも気づいてアサルトライフルを撃ち込むが、相手は背中の真ん中をぶち抜かれても止まらなかった。最後の一歩を踏み込み、そのまま倒れ込むようにドロテア車へ体当たりしていく。

むしろとっさに、ドロテアは砲塔を振り回して突撃者の反対側へ向け直していた。

ラグビーボールの先端にあった電気信管が反応して爆風が炸裂《さくれつ》し、そして『信心組織』兵の方が逆に吹っ飛ばされていく。

『うわーん、デロデロ二人目ー』

「おいっ、大丈夫……なのか？？？」

『爆発反応装甲が爆風散らしたから装甲のダメージ的には問題なし。ロケットだろうがミサイルだろうが対戦車地雷だろうが、基本的に使っている技術は爆風一点集中のメタルジェットなのよねえ。見ての通り、一番デリケートな砲身も守り抜いたし』

「……そんなに便利なもんでもねえだろ。あれって基本的に一回使ったらそれまでだから、同じ場所にもう一発もらったら装甲ぶち抜かれるぞ」

『だよねえ、たはは。ダメージで服が破れていく脱衣戦車なんて色気のある話でもないし』

「あれって容器と薄い金属板、後は箱の裏側に薄くプラスチック爆弾を貼り付ければ良いんだよな。剝《は》がれた鱗《うろこ》はこっちで用意してやるよ」

今の突撃で最後のようだった。

とはいえ戦闘は起こり、辺り一面へしこたま爆音を響かせた後だ。急いで状況を立て直さなくては、為《な》す術《すべ》もなく『ペーパービキニ』の砲火にさらされる。来たるべき『餓《う》えの時代』を見越しての巨大極まる実験兵器にだ。

「具体的にこれからどうすんだよ全速全開でこの場を離れて木の枝でも覆《おお》い被《かぶ》せれば戦車を見逃してもらえると思うか？　あんな馬鹿デカい塊をだ!!」

「そいつは無理だが使えるものは何でも使わせてもらおう」

「？」

「『ベーパービキニ』は確かに特大の脅威だが、ヤツは一機しか存在しないって事。主砲のコイルガンも水平直接射撃専門だから、山なり軌道のカノン砲みたいな超長射程でもないはずだ」

言いながら、クウェンサーは『情報同盟』から貸与されている無線機に意識を集中した。

とはいえ、話し相手はすぐ近くの戦車ではない。

「ドロテア、この安物の無線機からフラッグシップ019まで回線繋《つな》げるぞ。そっちの戦車経由して電波を増幅してくれ」

「おい長距離はやめろよ、『ベーパービキニ』に発信源がバレちまうよっ!!」

『良いけど何をどうすんの？』

「レイス＝マティーニ＝ベルモットスプレー。アンタ確かトラブル処理専門だったよな。『繋《つな》ぎの死神』さんとやらに協力を頼みたい」

わずかな雑音混じりで、もう一人のマティーニちゃんと繋《つな》がった。

黒い軍服に身を包む金髪少女はこう答えてくれる。

『勤勉なるどぶねずみども、できる事は限られるが話だけなら聞いてやろう』

「限られているのに尊大なのかようチンチクリンの子猫ちゃん。『ペーパービキニ』から付け狙われているから、ヤツにもっと大きな優先調査目標を与えて欲しい。平たく言えば空爆ドローンでも何でも飛ばして、エリア一帯の全然違う場所で派手に爆発を起こしてくれ」

『この優しいおねいさんがドヤ顔の馬鹿へ手取り足取り丁寧にレクチャーしてやろう。できるかクソ新兵。そんな事したら座礁中のフラッグシップ019がオブジェクトに敵性登録されて狙われるだけだ。陸に対する直接的かつ継続的な交戦能力など持たんと内外へ示す事が重要なのだという点をもう忘れたのか』

にべもなかった。

だが企業立て直し専門のリストラ職人の如《ごと》き第一線のトラブルシューターは、現場の兵士達に死ねと命じていらっしゃる訳ではないようで、

『……なので、船からよそへ向けて強力な指向性電波を飛ばしてやろう。暗号通信であれば内容はデタラメで良い。尊敬すべき馬鹿からすれば、その方角の森の中に重大な機密情報を大量に抱え込む「情報同盟」の潜伏基地があって、大型のパラボラか何かで重要データを受け止めていると勘違いするはずだ。昔からトラップを仕掛けるには「手柄の錯覚」が一番だよ。耐爆ケースに収めたタブレット端末や未開封の弾薬ケースと地雷をワイヤーで繋《つな》げるようにな』

なるほど、とクウェンサーは無線越しなのにわずかに頷《うなず》いていた。

『さて、場所はどうするかね』

キュイ、と小さな音を立てた戦車のレンズ部分に少年は目をやってから、

「集落とか人が行き交うアクセスルートとかは避けよう。そうだな、座標は22820の5465。そこなら問題ないはずだ」

『了解。土地勘については元々ヘロイン工場爆破のために潜っていた貴様の言葉を信じよう』

5

お姫様はお姫様で退屈な訳だった。

基本的に『正統王国』は海難救助のために砂浜に上がって座礁した軍艦の世話をしている。その間、オブジェクトにできる事は特にないが、しかしオブジェクトで睨《にら》みを利《き》かせておかないとまだ生きている艦砲から不意打ちを食《く》らうリスクが浮上する。

つまり絶賛待機中であった。

「……あーあ、体をうごかしたい」

くそったれの砂浜で穴掘りしているジャガイモ達が聞いたら殺意すら湧きそうな贅沢《ぜいたく》を口に出すお姫様。しかしこうなると、エアコンがガンガンに効いたコックピットで椅子に腰掛けたままストレッチの時間になってしまう。

……職務怠慢に思えるかもしれないが、肝心要《かんじんかなめ》の戦闘行動の前にエコノミー症候群で倒れて

しまっては元も子もない。椅子にはマッサージ機能もついているが、それも完璧ではないので各人、余裕のある時は柔軟体操をするよう奨励されてもいた。

椅子の裏に挟んである分厚いマニュアル本に手を伸ばしつつ、

「なになに……。こていぐを外したら、お尻をいすよりてまえにズラす」

ずりずりと小さなお尻の位置を移動させ、

「あたまはせもたれのねもと辺りにおく。両足をあたまよりたかいいちまでもち上げて、じてんしゃをこぐように足をうごかす。いっちにー、いっちにー……」

このタイミングで無線が入った。

しかも動画込みで、フェイスカメラの位置へちょうど少女の小振りなお尻が突き出されていた。

『お姫様、緊急のコールよ……おっと』

「ひっっっ!!!?!?　な、なにかな？」

『ああ、ええと、その、大丈夫だから、そのままそのまま。……どこだー緊急の相談番号は？　よりにもよってギリギリ狙いでスリルを求める露出方向に伸びるかよ……』

「ちがうのっ、これはながいながいこどくできこうに走ったとかじゃないから！　カウンセラーにれんらく入れるのはまってフローレイティア!!」

6

レイス＝マティーニ＝ベルモットスプレーは見た目こそドSだが（駒が使える内は）優しさを捨てきれない性分らしい。彼女が上手くやってくれたのか、『ペーパービキニ』はよそへ行き、こちらの戦車隊をほじくり返して皆殺しにしてくる事はなかった。

「……俺、何だか向こうの方が良くなってきたな。ニューヨーカーって響きも悪かねえ」

「ヘイヴィア、多分それ吊《つ》り橋《ばし》効果か疲労効果を使った洗脳だよ。冷静におっぱいのサイズで比べてご覧なさい、どっちの上官の方が素敵か思い出せ」

とはいえ、ロケット砲がバンバン飛び交ったさっきの歩兵戦闘のおかげで、こっちもワイヤー繋《つな》げて戦車に引きずってもらっていた台車をいくつか失ってしまった。今後は代わる代わる歩く者と休む者を決めるか、もしくは誰かが台車に居座ってからの殴り合いだ。

よいしょ、という可愛《かわい》らしい声があった。

見れば砲塔の真上にあるハッチが開いている。そこから顔を出したのはバレッタを使って赤い髪を頭の後ろでパイナップルのようにまとめ上げた小柄な少女だった。

「うひゃあ、やっぱり外は暑っついなあ。早速汗が浮かぶうー……」

難聴防止のためか密閉式ヘッドフォンのような分厚い耳当てを装着し、それとは別に小型の

イヤホンや喉元にワイヤレスマイクもあるが、ヘルメットらしいヘルメットは特にない。

そもそも上着も着ていなければズボンもスカートも穿《は》いていなかった。

最前線だっつってんのに白いブラウス一枚にぱんちーのみ。完全に寝巻であった。

「太股《ふともも》どころかへそ上までバッチリかよ、マジで曜日感覚もなくなったひきこもりか⁉　どんだけぬくぬくしてんのさローアングルから見ちゃうけど紐パンブラッドオレンジ‼」

「んっ、うー……？？？」

彼女はわずかに呻《うめ》いた後、耳当てを外して首に引っ掛けながら、微妙にズレた返しをする。おそらく聞こえていなかったので口の動きを見て雑に質問を予測して答えているのだろう。

「……うっさいな、自慢の愛車にこびりついたデロデロが乾いちゃう前に洗い落とさないと大変な事になんの。ちょっとバケツやるから水を汲《く》んでちょうだい」

この分だと他の連中もパジャマやネグリジェかもしれない。少年が頭の上へ落とされた金属製のバケツをおっかなびっくり受け取ると、底の方に何かゴミが入っていた。

開封済みのトレカのビニール包装だった。

世界の機関銃を擬人化してユニット単位でアイドルデビューさせ、男子寮完備の学校生活では衝突しつつ放課後の喫茶店では謎を解いて毒舌AIを育てる壁ドン仕様なオトメ系御用達《ごようたし》の一品であった。確か平面情報コードをレンズで読み込みしてスマホアプリと連動する事でより一層底知れぬ、脱出不可能な『流砂』が待っていたはずである。

（こやつまさか……っ、そういう腐か廃を患《わずら》っておられるのか？）

いやしかし、と踏《ふ》み止《とど》まったところでもう一個見つけた。

そのレシートには『抱き枕素体×1、男性用整髪料×1』とあった。

（孤独対策の話の時は一人でも寂しくない的な事を言っていたし、こりゃあ、こいつは……もしもこの腐に至る病が合併症だとしたら非常に重篤だ……!!）

「？」

秘密の趣味については、どこまでオープンかなんて人それぞれだ。正直に言って相手の反応を予測できない。最悪、下の方からブラウスのボタンを外しへそ上まで見える寝巻少女に事実を知られたとバレたら口封じのために五〇トン級の戦車で追い回されて尻を撥《は》ね飛《と》ばされるかもしれないのだ！　身の危険を覚えたクウェンサーは早々に話題を変える事にした。

「辺り一面爆発反応装甲だらけだけど、これどこから乗り降りするんだ？」

そっちとそっち、と適当に指差された辺りを見ると、一番硬いであろう車体の角の部分だった。クウェンサーはそちらを伝うように、海水の入ったバケツを両手で頭上のパイナップル少女へ献上していく。

一〇〇点満点のオーダーなのに少女はカリカリしているようだった。

「ああ、最悪最悪サイアク……。本来だったら海水なんか白慢の愛車に触れさせたくもないのに……」

「うるせえな元々全面水浸しのマングローブの中を海水巻き上げて移動してんだろうが！」

「このまま出発進行すると台車に引きずられたアンタ達も頭からデロデロ被《かぶ》る羽目になるんだけどそれでも良いの？」

うっぷ、うえぇ、とジャガイモ達がパイナップル少女の声で大人しくなった。自分達でやっておいて全く良いご身分である。

「世界中のセレブのステータス、ローゼンカバリア自動車の最新作なのよ？　この被弾効率と空力性能を矛盾なく同居させる優雅なフォルム、そして瞬発と馬力の一挙両得な深みのあるエンジンの響きに酔いしれなさい！　まあ、せいぜい一〇〇万ドル程度のダックスフントみたいに胴長な車の後部座席に収まっていればご満悦な『正統王国』のボンボンにゃあ理解できないこだわりかもしれないけどね。戦車はその一〇倍の世界で戦っているんですう」

「だったら戦車の鼻先にダセぇペ〇スみてえなご自慢のエンブレムでもくっつけとけ！」

「ぺっ、ぺにっだなんて……!!　(かぁああ……!!)」

「逆に右曲がりのナニ以外の何なんだよアレ!?」

……ちなみに本当のモチーフはタロットの塔で、たとえ世界のてっぺんに立っても決して驕《おご》る事なく常に備えよという社風を表しているのだが、まあそれはさておき。

「ほい。爆発反応装甲の替え、一応できたぞ。ひとまず欠けた所はこれで埋め合わせよう」

「たっ、たすかるー。おっ、目立たないようにちゃんとカラーも影色まで揃《そろ》えてるじゃん。メーカー純正品じゃないのはマイナスだけどそういう心遣いは愛《う》い愛《う》い☆」

「……別に機能さえすれば良いんだけど、なんか一度始めると模型魂が疼《うず》くんだよね」

「分かる」

ちなみに塗料については、本来なら迷彩服からはみ出た顔や手足にお化粧するためのキットの流用だ。もうみんな忘れているかもしれないが、馬鹿達はマジメに深い森へ潜ってヘロイン工場を爆破して帰ってきたばかりである。……努力をするほど損をする世界なのか。

「さて日光浴が終わったらもう一仕事だ。職場に潜るぞー」

「くそっすでに開いたハッチからエアコンの冷気が漂ってきやがる……!?」

文句など当然のように聞き流し、ぶるるっ！　とドロテアはへそ出し寝巻ブラウス一丁の背筋を不規則に震わせていた。寒暖の差にやられちゃっているのかもしれない。一通りの汚れを除去して爆発反応装甲を貼り直したドロテアは再びハッチの奥へと引っ込んでしまった。

が、そのハッチを閉め忘れている。

おかげで車内からインドア寝巻女子の妙な声がほんのり洩《も》れていた。

『おー、寂しかったかー私だけの金髪執事サマむぎゅーっ』

（……それはもしや毒舌執事を象《かたど》った両面仕様な抱き枕か何か、なのか？）

『おーし恥ずかしがり屋の主砲をぐいぐい前に向けちゃうぞー。ふはは両手で顔を覆って照れるでなーい、どこに出しても恥ずかしくないモノではないかー』

（えぇー!? 戦車そのものが野郎♂なのお!? 俺は一体何をビシバシしていた事になるんだ。そっ、そういえばレイスたんもリアル執事【青年】を侍《はべ》らせていたような。あまり深入りしない方が良いと事前警告されていたし、マティーニシリーズの真実とは一体……!?）

ぱたん、とようやっとハッチが閉じた。

果たして赤毛のパイナップル少女は自身のミスに気づいているのかいないのか。

そのまま王子だか執事だか任せの行軍が続く。限られた台車を使って歩兵達を捌《さば》きつつ、さらにしばらく一面水浸しのマングローブを完全自動運転特有の等間隔、ピタリと奇麗な縦列で進んでいくと、やがて変化があった。

『そろそろ中盤戦、堤防に差し掛かる頃ね』

「まだ半分かよお……意識が沈むわもおー」

『台車にしがみついたまま何言ってんの。自分の足で歩いてないじゃん』

「鈍行の旅だわ……。特に目的地もないのに何時間も電車に揺られるアレの気分だよおー」

「しかしまた、何でこんなトコに堤防なんか作ってやがんだ？」

ヘイヴィアの疑問は、一面水浸しの途中に堤防を作ってもあまり海水を堰《せ》き止《と》める効果はないように思えたからだろう。

『水害対策ってよりも漁礁を作るものらしいよ。山火事でぽっかりなくなったゾーンを再開発するためだって。ネット検索で観光ガイド見ているくらいの知識だけど』

「えぇー。エアコンにネットも全部完備なのかよアンタの戦場……」

『おほほ簡易シャワーとキッチンもありましてよ』

「……今、真っ先に便所が出てこなかったのがすげー心配だ……。女の子なのにペットボトルがお友達とか言い出さねえだろうな……」

確かにYの字を組み合わせたような、四本足のコンクリートの塊が横一列に積んであるのが遠目でも分かってきた。

マングローブの森が途切れていたので、ギリギリの所でいったん踏《ふ》み止《とど》まる。

クウェンサー達が南半球真夏のサンタ気分の台車を降りて先頭車両の方まで回り、他の歩兵と一緒に木々の合間から様子を調べてみると、

「ヤバい……」

双眼鏡を覗《のぞ》き込《こ》むまでもなく、クウェンサーは呻《うめ》いていた。

「ヤバい、ヤバい、ヤバい！　『信心組織』の戦車隊だ。完全に防衛線を築いてる」

「あぁっ⁉　どうしてこのルートがピンポイントで塞《ふさ》がれてやがるんだ、どっかから情報が洩《も》れてんのか！」

無線からは何も聞こえなくなった。

ドロテア達は早くも無線封鎖を敷いて沈黙を守るようにしたらしい。

横一列の堤防まではざっと一・二キロ。やはり高波を抑える効果は期待していないようで、

途切れ途切れに壁が広がっている。見た目にはちょっと分かりにくいが、その裏側に戦車が控えていた。砲塔の部分だけを上から出して、障害物を盾にする格好でだ。

「……ここだけ、とは限らないのかもしれない」

クウェンサーは少し考えて、

「レイスたんが『信心組織』を揺さぶったのは、あくまでも優先順位の変更だけだ。第二世代の『ペーパービキニ』は立ち去ったけど、次点の戦車隊は交戦地域の調査に当たるはず。怪しいポイントを中心に全てのルートを塞《ふさ》ぐように包囲網が敷かれていて、俺達はそのための一つにぶつかっただけなんだ」

ここを正面突破するか、比較的気づかれにくい歩兵達を先行させて抜け道がないか微に入り細に入り調査をするか。

「行くしかねえだろ。時間経過と共に包囲網は分厚くなる一方だ。相手を見てみろ、敵は戦車が三両に歩兵がいくらか。数なら勝ってる、辺りに散らばってる他の連中と合流される前に片づけて踏み倒した方が確実だ」

「……、」

「まごついていると逆にまずい。一面水浸しのマングローブだからって、戦車の履帯の跡なんていつまでも隠し通せるもんじゃねえ。いったんトラッキングが始まっちまったらおしまいだぞ」

「そうじゃない……何だこの音？」

クウェンサーは呟《つぶや》いて、それから木々の屋根に覆われた真上を見上げていた。

ここ最近はメインローターの音も随分小さくなったもので、よほど近づかれない限り音は聞こえないという話は耳にした事がある。

つまりは。


ばた、ばた、ばた、ばた!!　と。

すぐ頭上を、派手に空気を叩《たた》く攻撃ヘリの巨体が通り過ぎていく。


ヘリにも色々あるが、比較的ずんぐりした機体だった。被弾面積を小さくして避けるのではなく、分厚い装甲板で弾《はじ》くコンセプトか。単純な航空戦力の他に、班単位の兵士達を運搬する役割も負っているのかもしれない。

そしてもう攻撃は始まっていた。

正確に追尾誘導するというよりも、一直線に進みながら帯状に大きく破壊をもたらしていく、蜂の巣のような円筒容器に収まったロケット砲が一斉に発射される。

大口開けて突っ立ったまま何もできないクウェンサーの腰の辺りへ体当たりをぶちかまし、いっしょくたに転がりながらヘイヴィアが叫ぶ。

「伏せろ、みんな伏せろお!!」

運は味方していた。

雨あられと降り注ぐロケット砲の信管は瞬発設定だったようで、その多くは地上へ届く前にオブジェクトの材料送りとなるマングローブの枝々が作る屋根に当たって起爆していた。おかげで最大殺傷効果の外で爆風が花開き、一番の弱点とされる真上からの攻撃にも拘《かか》わらず、戦車の装甲を突き破るには至らなかったのだ。

だが生身の兵士達はどうだ。

頭上からカミソリのような爆発物の破片が大量に降り注ぎ、しかも盾役として寄り添っていた味方の戦車からも爆発反応装甲の誤爆によって死の礫《つぶて》が撒《ま》き散《ち》らされていく。ワイヤーで引きずってもらっていた廃材あり合わせの台車が嚙《か》み千切られたように吹き飛ばされ、それと全く同じダメージが柔らかい血肉の詰まった兵士達の頭の上へ覆《おお》い被《かぶ》さってきた。

「攻撃ヘリだ!!　相性最悪だぞ、戦車の天敵って呼ばれているヤツじゃねえか!!」

静かにやり過ごす、という選択肢はなかった。

大型のヘリは青空で大きく旋回して明確にこちらへ狙いを定めてきたし、呼応するようにY字を組み合わせたような四本脚のブロックを横一列に重ねた堤防の辺りで待機していた戦車隊も動き出した。

縦列で待機していたこちらのタンク041が、一斉にぐんっ!!　と動き出す。奇麗な等間隔から一転してのバラバラ。おそらく自動運転から手動操縦へ切り替えたのだ。

危うく味方の戦車に轢《ひ》き殺《ころ》されそうになり、自分で作った台車の残骸がモーニングスターのように振り回される中、クウェンサー達は必死になって転がりながら安全な場所を求めていく。

そんなものどこにもないと、どこかで理解しているのに。

マングローブの浅い海水に血の赤が混じる。

潮と泥の匂いに鉄錆《てつさび》が溶け込んでいく。

今まで大人しく小動物のふりをしていた磯《いそ》のカニやエビがにわかに活気づき始めた。ヤツらはたっぷりと栄養を蓄えた二足歩行の生肉が動かなくなる時をじっと待ち続けているのだ。

「負傷兵の体を起こして幹に背中を立て掛けろ、くるぶし程度でも普通に溺死《できし》しちまう！　そうしたら次は『屋根』の分厚いトコへ集めるんだ、開けた場所でもう一度ロケットの雨が降り注いだら今度こそ直《ちょく》で吹っ飛ばされちまうぞ‼」

『かえって「屋根」が邪魔だな。表に出るので煙幕よろー』

無線で告げるや否《いな》や、あろう事かドロテア車が自らマングローブを抜けて開けた戦場へ飛び出した。

もちろん途端に頭上の攻撃ヘリが狙いを定めて突っ込んでくるが、そこに別の戦車達が立て続けにスモークを撃ち出し、敵の視界を遮っていく。

今時の戦車には対空装備もあるらしい。

タンク041の砲塔後面には、垂直ミサイルが四つほど並べられていた。

ドシュッッッ!!!!!! と、シャンパンのコルクの一〇〇倍以上の勢いで真上に解き放たれたミサイルを見てクウェンサーは思わず呻《うめ》きそうになった。短距離どころではない、歩兵が抱えている携行ミサイルの弾体をそのまんま使い回しているだけだ。

超音速で高空を飛び回る戦闘機と比べれば狙いやすいだろうが、それでも攻撃ヘリが身をひねりながら花火のようなフレアをばら撒《ま》いていくと消火器を二つ縦に並べた程度のちっぽけなミサイルは出来損ないのロケット花火のようにあらぬ方向へ飛んでいってしまう。

しかも命中失敗でおしまいではない。

無理して前へ出たところで、堤防辺りを陣取る『信心組織』の戦車隊が一斉に動く。チカチカチカッ、とカメラのフラッシュのような閃光《せんこう》がいくつか瞬《またた》いた。

そう、戦車のマズルフラッシュは砲撃音より速い。

『っやば⁉』

急速に後ろへ引き返し、引きずっていた台車を踏み潰しながら元の深い森へ戻ろうとするドロテア車へ、およそ一・二キロ先からマッハ五で砲弾が飛んでくる。

事前行動として、ドロテアはとっさに油圧のサスペンションの圧力を逃がして自ら支えを放棄し、車体を真下に沈めていた。まるで頭を低くするような格好で砲塔上面を狙う一発目をやり過ごし、さらに別の方角から土手っ腹へ襲いかかる二発目については車体をひねって斜め

——一番頑丈な長方形の角——から受けて装甲を削りつつ、上方へ砲弾を逸《そ》らしていく。レーザーや電磁波など、ロックオンに使われた媒体をセンサーで察知して弾道を予測している訳ではない。

おそらく完全自動運転任せではできない、ドロテア＝マティーニ＝ネイキッドの指捌《ゆびさば》き。

(肉眼⁉　砲口が太陽光をキラキラ反射させるのを見て、それだけで⁉)

デジタルとアナログが同居する神業のような防御行動だが、外れた砲弾がどこへ向かうかは明白。

後ろにある『正統王国』の兵士達が潜む森の中、だ。

「ちくしょうッ‼」

恨みっこはナシだが、身を伏せていても天地がひっくり返るような錯覚に襲われる。クウェンサーの口の中いっぱいに鉄の味が広がり、三半規管もやられたのかまともに起き上がれない。

上下がどちらかも分からないまま、口も鼻も浅い海水に塞《ふさ》がれていく。

『情報共有……‼　敵……弾はアー……ピアッ……グ、化学弾……ゃないか……発反……甲は通……ないよ、要注意‼』

無線が何か喚《わめ》いているが、言葉の体裁を保っていない。海水が耳の穴を塞《ふさ》いでいるからか、それともこちらの頭がやられているのか。

「対人用の榴弾《りゅうだん》じゃねえんだ、衝撃波だけでオーバーにやられたふりすんな！　死ぬなら敵を殺してからにしろ馬鹿野郎!!」

ヘイヴィアに腹を蹴飛《けと》ばされてクウェンサーはようやく現実に復帰した。喉というより鼻に入った海水にむせながら、

「うえっ、げほ!!」

「作戦は失敗だ、続行不能!! 負傷兵が多過ぎるし天敵の攻撃ヘリまで飛び交ってる! ドロテア、砲弾が余ってんなら残弾全部に時限信管を繋《つな》いで隠蔽準備《いんぺいじゅんび》。最低限これがフラッグシップ019に積んであった戦車だってバレなきゃ良いんだろ。製造番号削り取ったら飛び降りて、後は内側から吹っ飛ばしちまえ!!」

『だめ!!』

しかし強い反論があった。

『何としてもこの五両は全て目的の野戦飛行場跡地まで運んでいくの。全員死守! 繰り返す、全員死守!!』

「細顎《ほそあご》メガネのパツキン執事はいったん脇に置けぇ寝巻ブラウスぅ!!」

『そぶっ!? ふっふひひクウェンサー殿その真の正体をどこで……いやいや!! とにかくだめそういう事じゃなくて絶対だめぇ!!』

「……くそったれが」

クウェンサーは身を起こし、折れた木の幹に背中を預けながら、

「ドロテア、喚《わめ》くのは良いが具体的な状況は？」

『割とこのRTSは押され気味っぽい。特に真上の攻撃ヘリがやばーい‼』

「逆に言えば向こうの戦車だけなら……？」

『堤防を盾に頭だけ出してりゃ無敵なんて思っている程度の腕なら大した事は。戦車は固定式の砲台と違って細かく動く機動戦が肝要なのよん☆』

「ならさっさと地上を黙らせろ。上は俺達で何とかする」

声と同時だった。

ゴッッッ‼　と『情報同盟』側のタンク０４１五両が一斉にマングローブの森を突き抜けて開けた戦場へ躍り出る。そのまま狙いをつけても堤防の壁に阻《はば》まれて『信心組織』側の戦車には当たらないはずだが、

『全車、榴弾装填《りゅうだんそうてん》。行っくよおー‼』

「ああっ⁉　そもそも対人用じゃねえか⁉」

ヘイヴィアが喚《わめ》いたが状況は止まらなかった。

恐るべき砲撃音に付近のジャガイモ達がまとめてひっくり返る。

そもそもドロテア達は敵戦車なんぞ狙っていない。その手前にある堤防へ一斉に砲撃を加えたのだ。そして堤防は一枚の分厚い鉄筋コンクリートではなく、Y字を組み合わせたような四本脚のブロックを重さに任せて積んで並べただけ。接着も溶接もしていない。着弾点を中心に

全方向へ均等に爆風と破片を撒《ま》き散《ち》らす榴弾《りゅうだん》を撃ち込めば、それらのブロックまでも砕けて浮かび上がり、そして向こう側へと雪崩《なだ》れ込《こ》んでいくはずだ。

戦車自体を潰す必要はない。

堤防の『間近』に陣取っていたのは失敗だった。人の頭より巨大なコンクリの雨が戦車の砲塔から伸びた細長い砲身へ次々直撃し、金属の筒をベコベコに折り曲げてしまう。

『敵性A、B、C、いずれも砲身破損を確認！　戦車隊は使い物にならない、少なくとも主力のタンク０４１の脅威にはならないわ。上はどうなってる？　例の攻撃ヘリ!!』

一斉攻撃のためにマングローブの森から前へ出たのだ。取り回し次第によっては、攻撃ヘリが一直線に進んだだけでロケット砲の斉射で皆殺しにされてしまう位置取りである。

クウェンサーは折れた木の幹に背中を預けながら、『情報同盟』製の無線機を手に取った。

息を吸って吐く。

そしてボタンに手を掛けた。


だが何もしない。

何も言わない。


『ちょっと……？』

ぎょっとして、完全自動運転ではできない動きでつんのめるように慌てて戦車をバックさせ、元の森へ逃げ込もうとしたのはドロテアだった。

『話が違う!!　攻撃ヘリは何とかするって言ったでしょ!?　奇策の一つでも思い浮かんだんじゃなかったの!?』

「……話が違うのはこっちの方だ……」

クウェンサーはブレない。

ほんのわずかに感じ取った違和感を決して見失わない。

「全員死守、必ず戦車を野戦飛行場跡地に持っていく？　何故《なぜ》!?」

『味方を消費されて頭に血でも上ったの!?　この戦車の所属がバレたらフラッグシップ019を取り巻くノーサイドは即時解除され、ゼロ距離にいる「情報同盟」と「正統王国」の間で突発的な戦闘が発生する。被害規模を算出できない流血を防ぐため、戦車の存在は徹底的に隠さなくてはならない。そういう話だったで……!!』

「それは違うなドロテア！　大勢の敵を引き連れた状態で飛行場跡地にこいつを隠したって意味はないんだ！　とりあえずの隠し場所で、実際に戦車を回収するのは後日、時間を空けてから作戦を立案するって話だったんだから!!　それまでの間に『信心組織』に墓荒らしをされたら元も子もないんだ!!」

『……ッ!?』

「大体、戦車の存在を隠しおおせれば良いだけなら、『ペーパービキニ』を無理にやり過ごす必要もなかった！　全員無事に脱出してからオブジェクトの特大の主砲で吹っ飛ばしてもらったって物的証拠は隠せる‼　……俺達を何に巻き込んだドロテア？　本当はその戦車にどんな秘密が隠されている⁉」

『今はそんな事言っている場合じゃ……‼』

「だったらアンタが吹っ飛ぶのを待つよ。攻撃ヘリの優先目標は金属反応の塊だ。ロケット砲の瞬発と遅発の区別もつけられずに頭上の木の枝で炸裂《さくれつ》させているって事は、オブジェクトと違っておそらく本格的な対人センサーは積んでいないだろうしな。俺達はいったん森の奥に引っ込んで騒ぎが収まるまで待ってから、現場に残された焼け焦げた鉄くずを調べて真実を見極める。俺はどっちだって構わないんだ」

『こいつ‼』

「選べよドロテア、どっちが良い？　先に話すか後から知られるか‼」

ばた、ばた、ばた‼　と頭上から死神の足音が響き渡ってくる。それは時限爆弾の時計の秒針より明確に小悪魔少女の心臓を締め付けている事だろう。

そして。

そして。

そして。

『分かった、全部教える！　戦車のドライブバイライトを応用した「安全国」での完全自動運転車の死亡者数操作プロジェクトよお!!』

『情報同盟』から貸与された無線機が小さく振動した。

軍のサーバーを介する事のない、短距離赤外線通信でのファイルのやり取り。

やたらと小さな画面で分厚い添付ファイルの存在を確認し、そしてクウェンサーはゆっくりと立ち上がった。

「言質《げんち》は取ったぞ」

『どうすん……!?』

「全車スモーク!!　遠目からは車体が見えないようにしろ!!」

戦車がばら撒《ま》く煙幕は肉眼での目視はもちろん、電波、赤外線、超音波など様々な媒体を遮断する事で機械的なカメラやセンサーを妨害する効力もある。

攻撃ヘリ側にできる選択肢は以下の通り。

一つ、違う方式のセンサーで標的を捕捉し直す。

二つ、既存のセンサーの出力を底上げして煙幕を貫く。

そして。

三つ、最も単純なのは距離を詰めてレーダー波や赤外線などで煙幕を貫こうとする事だ。同じ声を放つとして、薄い壁と厚い壁ではどちらが声が通りやすいか、という話だ。追加の装置の必要もなく、最も簡便にセンサーを補強しようとするならこれが手っ取り早い。

しかし距離を詰めようとすれば、自然と攻撃ヘリは高度を落とす事になる。

地上の連中にも手が届く場所にまで。

「あんなもんどうすんだクウェンサー⁉」

「高度三〇まで下がってくれればこっちの手が届く！　装甲板を挟んでいるって言っても攻撃ヘリの土手っ腹は戦車よりも薄いはずだろ‼」

「三〇メートル⁉　落ちて緑と一体化した戦闘機のミサイルなんか今さら使い物にならねえぞ、何だ丸めた粘土を投げて当てるつもりか⁉」

「説明してる暇はない‼」

サバイバルキットの小さな調理ナイフを抜き、その辺の水に漂っている木片を拾い上げて刃物の先端でガリガリと削りながらクウェンサーはそんな風に叫び返していた。スマホを覗《のぞ》き込《こ》む感覚でヘイヴィアが盗み見ると、宇宙人語じみた関数計算でびっしり埋め尽くされている。

「よし、基本はメットで行ける……。後は内張りを盛って角度を整えれば……」

馬鹿その一はその辺に落ちているヘルメットを拾い上げ、その内部に足元の砂や砂利を詰めて角度を整えていくと、さらにその上から薄くプラスチック爆弾の『ハンドアックス』を貼り付けていく。後は中心、一番深い場所にボールペン状の電気信管を突き刺せば出来上がり。

指向性地雷には二つのパターンがある。

凹と凸。

これは鏡と同じだ。例えば凸型の場合は爆風を薄く広く扇状へ拡散していく事になる。大量の鉄球などと混ぜて使えば、一発の爆発で正面の敵兵をまとめて薙《な》ぎ払《はら》う凶悪な対人地雷に早変わり。

では反対に、クウェンサーが作った凹型の場合はどうなるか。

鏡の話を思い浮かべてみれば良い。

一般に、凹面鏡は光を一点に集約するために作られるものだ。

「装甲兵器用の指向性地雷なら、事務所の隅に置いてある金庫の扉くらいなら三〇メートル先からでも真っ二つにできる。横向きだろうが縦向きだろうが知った事じゃない」

そして当然、攻撃ヘリが通る飛行コースはもう読めている。

五つの戦車を一直線に舐《な》めて皆殺しにできるラインを取るに決まっている。

後は重なる場所にヘルメットを放り投げれば良い。

「空を飛んでりゃ自分は安心とでも思ったか？　地雷で落ちろ天空の支配者‼」

地から天を真《ま》っ直《す》ぐ貫くように、炎の槍《やり》が飛び出した。

一点に集約された爆風は通常ではありえないほどの貫通力でもって攻撃ヘリの下腹を食い破り、機内の空間を残らず焼き尽くしていった。

7

「ああっもう、足がムクむ!!」

自分の軍の話なのに、ちっとも座礁した船の面倒を見る気のないレイス＝マティーニ＝ベルモットスプレーであった。パラソル付きのビーチチェアに飛び込むと、そのまんまブーツはおろか黒いズボンまで脱ぎ捨ててしまう。

後にはひたすら眩《まばゆ》い生脚しかなかった。上着の丈の問題かプロ（？）根性か、下着はジャストギリギリで誰にも見せない。

「フランク」

寝そべったまま、金髪の少女はいつでも付き従ってくれる青年を呼びつける。

そしていつものように言った。

「パフォーマンスの調整の時間だ。済まんが脚を揉《も》み込《こ》んで血行を整えてくれ」

特に質問はない。

躊躇《ちゅうちょ》もない。

青年はまるで機械のように少女の柔らかい脚に手を伸ばすと、最適の圧を掛けてレイスの足首からふくらはぎ、さらには太股《ふともも》まで順番に揉《も》んでいく。本当にただ、ビニールの詰め物に入ったソースを絞るように溜《た》まった血を胴体側へ戻していくだけの動き。指先の動きに邪念が混ざる事もなければスカートもない上着の丈だけで守る下着を覗《のぞ》き込《こ》む素振りもない。

「……、」

何故《なぜ》だかレイスはとてもつまらなそうな顔になって、

「ていっ」

小さな足の裏で軽く青年の頬へ攻撃を加えてみた。

ぐりぐりとカカトの辺りを押し付けてみるものの、やはり青年は顔色一つ変えない。ひたすら作業的に手を動かすだけだ。

いっそ徹底的とまで言えるが、小柄な金髪少女の瞳にあるのは怒りを通り越した呆《あき》れであった。

「貴様は本当に……なんていうか、つまらん男だなあ」

返答すらない。何度も繰り返したやり取りでもあった。

もうレイスの方も何も期待せず、ただ青年に体を預けたまま幽体離脱でもするように物思いにふけっていく。

頭に浮かぶのは、反発心のカタマリみたいな馬鹿どもだった。

ああいう手合いの方が、正直に言っていたぶり甲斐《がい》がありそうだ。

「クウェンサー＝バーボタージュとヘイヴィア＝ウィンチェルかあ。……面白い。ふひひ次はどんな無茶ぶりをぶつけてくれようか」

思わずぽつりと地金が出た直後、珍事が起きた。

そんな事は命じてもいないのに無言の青年が親指で少女の足の裏をぐりぐり押しまくり、尻尾《しっぽ》を踏まれた子猫みたいなレイスたんの悲鳴が白い砂浜に響き渡ったのだ。

青年は担当マティーニの護衛である他、暴走時のセーフティとしても機能している。……その方法は各人に任されてはいるのだが。

8

『信心組織』軍の攻撃ヘリの脅威は去った。

そして無事生き残ったドロテアからクウェンサーに向けて、軍規に反して送ったメールの添付ファイルにはこうあった。

『安全国』の都市部で実用化が進められている完全自動運転車についての研究協力。

諸々《もろもろ》の研究は続いているが、結局最終的に求められるのは実働テストという『経験の蓄積』だ。しかしそれはあらかじめ区切られたサーキットや、何時から何時まで走行テストを行います事前に交通整理を行った上での公道だけでは人工知能の学習には適さない。

世界は偶然と悪意に満ちている。

複雑に入り組んだ商店街で本当に小さな子供の飛び出しを防げるか。子供の姿をした看板や人形を誤認して急ブレーキをかけてしまう可能性は？　プログラム的なサイバー攻撃はもちろん、もっとシンプルに分厚い妨害電波を放たれたらＧＰＳ地図や対人レーダー依存の判断プログラムは正常に機能するか？

あらゆる問題、あらゆる事態を想定して人為・偶発を問わず事故発生件数をゼロにする事はできるのか。

答えは簡単だ。

ノーである。

よって『情報同盟』の自動車企業連絡協議会はこう取り決めた。『許容可能事故発生件数』。完全自動運転車の実用化によって生じる事故の数が、旧来の手動運転によって発生する件数よりも少なければ『社会は改善した』として企業に責任を問わない、とする方策だ。

もしもの話をしよう。

旧来の車社会が一年に二万人の命を奪うとしたら、同じ二万人までならプラマイゼロとみなして責任は問わない、と計算してみる。

……実際には、完全自動運転の導入によって一割未満にまで事故件数を減らせるとしても。

つまり、余った一万八〇〇〇人分は『ダブつく』のだ。

これは政府や企業にとって、民間人を自由に選んで殺しても許される『お手つき』回数とも言える。毎年毎年、戦争に匹敵する死者の山を、だ。

もちろん削減の努力はする。

元は軍用の戦車に導入されていたプログラムを民生品に落とし込もうとしているのもその一環。広大な平原、砂漠、密林などなら入り組んだ公道よりも自由に動き回る事ができ、かつ、伏兵、地雷、サイバー攻撃、ジャミングなど各種の妨害行動の機会にも恵まれた戦場。ここで多くの実働試験を繰り返せばより柔軟に『不測の事態』に対応できる操縦ＡＩの学習に結び付いていくだろう。

それでもゼロにはできない。いや、しない方が好ましい。

こいつは軍で開発された、そういう種類の新兵器なのだ。いったん実用化したら最後、自分達がリリースした『便利なサービス』が必ず人を殺す事はもう分かっている。いいや、生命保険会社にあるような冷たいグラフの目盛りをいじるだけで、気に喰《く》わない人間を人種や階層ごと消し飛ばせる。

分かっていながら『安全国』にばら撒《ま》く。

『軍の過酷なテストにも耐え抜いた強固な安全システムを搭載しているのだから、マニュアル操縦時代の脅威は一掃できる』という宣伝文句を調達し、印象操作をしたかった。

故に、作戦行動で失敗、敗北を喫する事は許されない。

内部のハードウェアを失う訳にもいかないから、戦車を捨てる事もできない。


加えて言えば。

『情報同盟』はあらゆる情報に値札をつけ、より多くのデータを一点掌握した者に全ての富が集約する世界的勢力である。当然ながら、あらゆる巨大企業は貪欲《どんよく》なまでに民衆のプライバシーを追い求め、食い潰し、胃袋に収めようとする。

『許容可能事故発生件数』の中に入っている内は、企業の責任は問われないのだ。個人と個人の間で裁判や賠償金は発生するだろうが、それが『上』にまで上がってくる事はないのである。

これが実用化されたらどうなるか。

『情報同盟』の中にも無秩序なデータ収集を拒否する者はいて、例えば携帯電話の位置情報を切って顔認識プログラムで誤認されるようなメガネやマスクを常備している人もいる。

だがそれは、逆に言えば完全自動運転車のカメラから『もはや人として認識されなくなる』

という事。

つまり、『誤認』によって事故発生率が上昇する。

横断歩道を渡っている最中《さいちゅう》、ノーブレーキで撥《は》ね飛《と》ばされる可能性が。

一回一回の率は少なくとも、それが日々積み重なる事で確実な死の運命を背負わされる羽目になる。そう、いつもの食事に少しずつ塩や油を増やしていくように。

明確なサイバー攻撃なら下手人の証拠は残り、事件化だってするだろう。だが被害者の方が顔認識を『誤作動』させるような品を身に着けていた場合、加害者と被害者の立ち位置は一変する。電車への飛び込み事故と同じく、死者の方が迷惑な加害者という扱いになる。

つまり。

『統治者が何もしなくても、非協力者が勝手に死んでいく』仕組みを作る事が肝要だったのだ。これならば陰謀は絶対に明かされない。たとえそれが、発がん性物質と同じように曖昧《あいまい》な数値の話でありながら、実際には確実な一線を引いて生者と死人を切り分けていくレベルでの致死性を帯びていたとしても、だ。

情報収集を拒む者は統計の悪魔によって確実に『事故死』していく社会。

それ以外の民衆は wi-fi 移動基地やドライブレコーダーをつけた走る凶器で常に監視され、わずかでも協力を拒む素振りを見せれば『事故死』枠に放り投げられる街並みの構築。

「ぐっ、く……」

己の趣味で埋め尽くされた戦車の中で、ドロテア＝マティーニ＝ネイキッドは寝巻同然の下からボタンを外したへそ出し白ブラウスに下着だけの体を丸めて呻《うめ》いていた。

死の恐怖から差し出してしまったものの意味を、今さらながら重く受け止める。だが幸い、『正統王国』兵に渡してある無線機は遠くまで電波を飛ばせない。もちろん、作戦行動中に『外の世界』へ余計な事を言わせないよう、出力を抑えたものを。ドロテア達の手中にあるタンク041の大型アンテナを経由して増幅しなければフラッグシップ019、あるいはもっと広い『外の世界』へ情報を投げ込む事はできない。元はと言えば『情報同盟』から貸与した機材。取り返して破壊してしまえば『正統王国』側へ資料が流れる心配もない。

すでに金は受け取っているのだ。

いいや、赤毛をバレッタで束ねたパイナップル少女が今いくら持っているかなど重要ではない。今後の未来でどれだけの金を生み出せるか、そのためのビッグデータを貪欲《どんよく》に蒐集《しゅうしゅう》できる側として登録してもらっているのだ。永遠に湧き出す金の泉の利用権限を。

こうしている今も、様々な戦術情報を表示する液晶モニタの片隅ではチャットの文章が高速で流れている。まるでネットゲームのコミュニケーションのようだが、これは同じようにパジャマやネグリジェなど思い思いの寝巻で車内に収まる戦車隊の仲間達からのものだ。

『エネジー〉にゃっふー。どうすんのドロテア？』

『マギエンツ〉重大な契約違反よ。今度は我々がスポンサーに狩り殺される番になるわ！』

『ロキセウス〉応答しろドロテア!!』

『トレバー〉リーダーは貴様だ。こんなビジネスに全員を乗せたのも含めてっ！　始めた以上は途中で匙《さじ》を投げるなよ!!』

一蓮托生《いちれんたくしょう》の仲間達からの相談も、もはや心臓を圧迫する脅威にしか聞こえない。

重圧を振り切るための方法を考える。

簡単な話だった。

ドロテアが大手を振って世界を渡り歩くために必要な選択肢はただ一つ。

「……生かしては帰さない」

9

『信心組織』の脅威は去った。

クウェンサーの画面付き無線機には余計な情報が詰まっている。

どうなるかは明白だ。

「……構えろ、ヘイヴィア」

「あん？」

「ドロテア達が来る。俺達をこのまま生かして見逃すとは思えない」

「ちょっ、待て⁉　一体いつの間に敵味方で線引きされてんだよ‼」

答えはシンプル。

元々『正統王国』と『情報同盟』は敵同士、である。最初から信じるも裏切るもない。故に都合の悪い状況を払拭《ふっしょく》するため、ドロテア達がクウェンサー達の抹殺に走っても何ら不思議ではなかったのだ。

『……何故《なぜ》だクウェンサー。これは「情報同盟」の基幹都市に配備される交通インフラの話よ。あなた達「正統王国」の知った話じゃあないでしょう⁉』

「こんなもん戦争以前の問題だ。放っておけるか……」

『年間三〇万ドルの契約が締結されているの‼　良いか死ぬまで一生、毎年マイアミでクルーザーを買い替えられる額をだ！　そんな理屈で棒に振れと言われて納得できるしでも思ってんの⁉』

「戦場で哲学とはやっぱり『情報同盟』、大層インテリな事で」

借り物の無線機を手にしたクウェンサーは獰猛《どうもう》に嗤《わら》って、

「だがクズが現場で殺し合うのに理由が必要かよ、ドロテア？　密約だの共通の利害だのの面倒臭い話じゃない、戦争ってのはそういうものだろう」

『……、』

　ぶつっ、ぶつっ、と無線機の向こうからおかしな水っぽい音が響いていた。

　己の唇でも噛《か》んで血まみれにしているのか。

　それとも、常人には発声不能な笑い声のようなものなのか。

『……ようし分かった。なら総力戦よ』

「決着をつけよう」

『それで何の時間を稼いでいるつもり？　初《しょ》っ端《ぱな》の奇襲攻撃のゴールデンタイムさえ過ぎれば、純粋な正面衝突において戦車と歩兵の戦力差は絶対的よ。あなたは私達の懐《ふところ》へ飛び込むチャンスもなく挽肉《ひきにく》にされる。榴弾《りゅうだん》で大爆発か重機関銃で掃射か、どっちがお望みかなあ☆』

　五つの方向から同時にロックオンされて一気呵成《いっきかせい》に大火力をお見舞いされたら、もうクウェンサー達に逃げ場はない。オブジェクトの材料である促成マングローブの森に隠れようが、木々の幹ごと粉々にされるのがオチだ。そもそも遮蔽《しゃへい》になるものが何もない以上、水平射撃が始まった瞬間に即死である。

　確かにクウェンサーの爆薬の形を整えて爆風の向きを操れば、一点突破で戦車の横っ腹を貫く事はできる。だが爆発反応装甲がある。最低でも一五メートル、理想ならまんま装甲に取りついて直接起爆したいくらいだ。そんなチャンスをドロテア達は許さない。何しろ重機関銃なら一〇〇〇メートル、榴弾《りゅうだん》なら五キロ先でも正確に狙い撃てるのだ。肉薄の余裕などない。

結論を言えば万事休す。

だが無線機の口元に寄せるクウェンサーの顔には、緊張はあっても恐怖はなかった。

うっすらと笑って彼は言う。

「言質《げんち》は取ったぞ」

ゴッッッ!!!!!!　と、大地を揺さぶる大震動があった。

もちろんそれは戦場を支配するオブジェクトの主砲によるものであった。

一体何が起きたのか。

この場を支配していたのは『信心組織』の第二世代、『ペーパービキニ』だったのか。

いいや違う。

ひゅん、ひゅん……と重たい音を立て、何か巨大なものが回転しながら宙を舞っていた。それは千切れて吹っ飛ばされた主砲であった。一枚一枚を見るだけなら薄く脆《もろ》い、しかし何百何千何万と張り合わせる事で絶大な重さと耐衝撃性を確保した長大な円筒が、クウェンサー達とドロテア達の間に容赦なく突き刺さる。

紙の主砲の正体は来たるべき『餓《う》えの時代』を見越した実験兵器、『ペーパービキニ』のものだった。

つまり、ヤツは知らぬ間に大破した。

『な……』

「忘れたのか。俺達は第三七機動整備大隊、そもそもオブジェクトを整備運用するために用意された戦力だぞ。この交戦区域には『ペーパービキニ』の他にもう一機いなくちゃならない、うちの『ベイビーマグナム』がな」

『それが、どうして、このタイミングで……？　貸与した無線はフラッグシップ019まで届かない。沖で待機していた第一世代が意味もなくこちらへやってくるとは思えない!!』

「レイスたんに任せた陽動作戦だ」

クウェンサーは笑って、

「強力な指向性電波を放ってありもしない潜伏基地の存在を匂わせ、『ペーパービキニ』の注意を逸《そ》らす作戦。……でもあそこに、本当に軍事施設があったとしたら？」

『あっ!?』

……さて、場所はどうするかね。

……集落とか人が行き交うアクセスルートとかは避けよう。そうだな、座標は2282の5465。そこなら問題ないはずだ。

……了解。土地勘については元々ヘロイン工場爆破のために潜っていた貴様の言葉を信じよう。

信じた先に何があったのか。

言わずもがなである。

「いきなり最新鋭の第二世代から『正統王国』の潜伏基地をピンポイントで狙われたら、そりゃあスクランブルで前へ出ざるを得なくなるだろ、うちの可愛《かわい》いお姫様としてもさ」

後は連鎖的だ。

いったん前へ出て『ペーパービキニ』と交戦状態に入った『ベイビーマグナム』は現場全域を調べ上げ、他に起きている突発戦闘の存在に気づく。

遠く離れた浜辺に乗り上げたフラッグシップ０１９まで電波は届かなくても、自ら内陸まで出張ってきた『ベイビーマグナム』の大規模移動無線基地なら話は別だ。

もちろん最初から全部分かっていた訳ではない。

そもそも陽動作戦を申請したのは、『ペーパービキニ』をやり過ごしたと思った直後、『信心組織』の巡礼兵に見つかって第二世代がトンボ返りするか否《いな》かのタイミングだった。上手にヤツを逸《そ》らしつつ、『ベイビーマグナム』を巻き込んで餅は餅屋に対応してもらおう。それくらいの気持ちしかなかった。

だが功を奏した。

漠然と感じていた、具体的な根拠までは見つけられなかったきな臭い『空気』。

それを見過ごさなかった事で、最後の最後で間に合った。

「ここでの話も全部聞こえているはずだぞ。電波が届くなら無線機にある機密データだってそのまま送れる。すでにお前達のアキレス腱《けん》はオブジェクトのレコーダーの中だ」

雷雲が近づくような轟音《ごうおん》が響いていた。

クウェンサーは自分の肩越しに親指で背後を指し示しながら、笑ってこう宣告した。

「全てを隠蔽《いんぺい》したいならやってみろよクソ野郎。ご自慢の戦車で『ベイビーマグナム』まで吹っ飛ばせるもんならさ」

10

「……ひでぇ話だ」

ようやっと浜辺に打ち上げられた鉄のくじら、フラッグシップ019まで戻ってきたヘイヴィアはクウェンサーからの話を聞いて思わず呻《うめ》いていた。

「年間万単位の命の損失を是とする無責任ルールの組み立て？　そのための戦車から民間車へのプログラムのダウンサイジング？　冗談じゃねえ、『安全国』を見えない戦争にでも突き落とすつもりだったのかよ、『情報同盟』は。燃料気化爆弾だって一度にそんなそこまで多くの命を奪えねえだろ。年に一発何かの行事みてえに自国へ核を落としているようなもんだぜ」

「肝心要《かんじんかなめ》の研究データが収まった物理ハードウェアはドロテア達の戦車の中だ。投降してドロテア達が降りた後、車体は全部お姫様に吹っ飛ばしてもらったろ。これにて一件落着さ。『軍のテストにも耐えた安全システム』って箔付《はくづ》けには失敗。フラッグシップ019に陸上戦力が搭載されていた証拠もなくなった」

「協力費は年間三〇万ドルを死ぬまで確約、ねえ。宝くじみてえな話だな」

「どうせ必要なデータが揃《そろ》ったらひっそり暗殺されるタマだろ。『死ぬまで、一生』なんだからさ、最初の一年目でくたばっちまえば報酬は〇セントで収まる」

「うへえ……」

「ヤツらは情報で全てを掌握する勢力だぞ。それくらいの屁理屈《へりくつ》は当然だろ」

そんな風に言い合う馬鹿二人は、そこで少し黙った。

停滞の間。

やがてヘイヴィアが呟《つぶや》くように再び言葉を転がす。

「万事解決……とは言《い》い難《がた》いかねえ」

「かもな」

今回の芽は潰した。

だが実際、まだ表面化していない二番手三番手の種はどれだけ地中に埋まっているのか。大手の自動車メーカーが別の手段を使って今と同じ仕組みで完全自動運転車を実用化にこじつけてしまえば、再び『許容可能事故発生件数』を利用した非協力者自動暗殺交通インフラが『情報同盟』の『安全国』で満開に花開く羽目になる。

統治者がわざわざサイバー攻撃などしなくて良い。ドライブレコーダーや移動無線基地による無差別情報収集を拒む非協力者がいるとして、そんな彼らを自動的に個別の事故の群れが殺していく仕組みを作ってしまえば。

「例の野戦飛行場跡地の方は？」

「お姫様が別働隊をホールドアップさせたって。タンク041から分厚いブラックボックスに守られたハードウェアを引っこ抜いて物理的に持ち出すための回収部隊だろ。予定通り跡地に到着してたら俺達は横一列に並べられて銃殺刑だったな」

そんな風に言い合っていた時だった。

「よお」

そこで声がかかったのだ。

背後に執事のような青年を控えさせた、浜辺には不釣り合いな黒い軍服の金髪少女。おそらく小さな将校の私物だろう、青年が手にしたジェラルミン製のトランクまでいちいちニューヨークで幅を利《き》かせるブランド品だった。荷物入れの分際で、あのガワだけで車が一台買える計算だ。

レイス＝マティーニ＝ベルモットスプレー。

不穏な帯電のように空気全体へ緊張が走るが、クウェンサーが行動へ出る前にヘイヴィアが腕を水平に上げて押《お》し留《とど》めた。

青年は穏やかに微笑《ほほえ》んだまままわずかに会釈《えしゃく》する。

気がつけば足元にジェラルミンのトランクが落ちていて、その両手を自由にしていた。見た目は線の細い秘書系だが、瞳の奥に何か隠している。そもそもレイスがライフルや爆薬を手にしたクウェンサー達へ無造作に近づいてきたのも、常に侍《はべ》らせている青年のスペックに絶対の信頼を置いているからだろう。

クウェンサーは息を吐いて、

「……それは腐なのか、腐じゃないのか」

「？？？」

キョトンとされてしまったという事は、我らがレイスたんに専門知識はないようだ。

気になっていた山を一つ乗り越え、そしてクウェンサーは改めて言い放つ。

「火消し係も大変だな。そっちのプロジェクトは見事にコケたぞ」

「そういう事らしいな。まあ私達は『繋《つな》ぎの死神』……外から来たトラブルシューターだ。フラッグシップ０１９の行く末なんぞ正直に言って興味はない」

ドカンという乱暴な、それでいてコミカルな音が響いた。

鍵はかかっていなかったのか、そういうクセでもついているのか。レイスのブーツが砂浜に落ちたジェラルミンのトランクを蹴飛《けと》ばし、留め具を強引に外したのだ。そのまんま盾に使えそうな金属の塊が二枚貝のようにガパリと開く。その奥にあったのは、札束や金塊、機密文書、南国モードの私服や可愛《かわい》らしい下着の詰め合わせなどではない。

シャツとパンツ一枚。後ろ手で両手両足を縛られ、口には猿ぐつわまで噛《か》まされた、孤独な老人だった。多くのおねいさん達に守られたかつての威厳などどこにもない。

「……アルフレッド＝シルバーキング……」

「『上』は此度《こたび》の混乱を収めるためクビを切る事を決定したが、部下どもの目の前で堂々と連行していくと下手な抵抗が生じかねんのでな。フラッグシップ019回復の任務よりも遊びに夢中だったようなので、通なご年配のため刺激的な夜逃げごっこを用意させていただいた」

「今摂氏何十度だよ……。空港に到着するまで保《も》つのか……？」

戦々恐々な馬鹿二人の前で、青年が丁寧に老人をジェラルミンのトランクに収めて留め具を掛けていった。

同じ『情報同盟』軍でも、いいやマティーニシリーズでもお構いなし。

それほど多くの死と敗北を見てきて、慣れてしまったのだろう。

「……そうか。最初の違和感はそこだったんだ」

「うん？」

「フラッグシップ019。戦艦でも空母でもなく旗艦、艦隊の中心となるべき船。……でもこんなの区分がメチャクチャ曖昧《あいまい》じゃないか。書類登録だけで良いならゴムボートだって浮き輪だって旗艦にできるだろうしさ」

「ふっ、はは！　今さらそこに言及するか敬愛すべき間抜けども⁉　ありゃあ巡洋戦艦の皮を被《かぶ》った電子情報管制艦だよ。今回のケースで『何の』情報を取り扱い、集中的に集めてきたかは今さら問うまでもあるまい‼」

「……、」

「結果は今回もこのザマだ。まあ、泥沼処理専門のトラブルシューターなのだから構わんがね。では諸君、次も金と情報の集まる戦場でまた会おう。すぐにでもな」

ひらひらと手を振ってクウェンサー達の横を通り過ぎようとするマティーニシリーズ。

だがそこでおかしな事が起きた。

金髪の少女はそっとクウェンサーの手を取ったのだ。

そして囁《ささや》くように彼女は言った。

「(……実際問題、私も完全自動運転車を利用した民間人への暗殺交通インフラ構築にはうんざりしていたのだ。上手に『トラブルを処理』してくれたようで助かるよ。その真っ当な怒りに敬意を表し、後に続く種はこちらで全て掘り返しておくので心配せんで良いぞ)」

そっと、手の甲に一度だけ。

その可憐《かれん》な唇を押し付けると、今度の今度こそレイス＝マティーニ＝ベルモットスプレーは振り返らずに去って行った。

行間一

「んーっ」

借り物のアーバンサイクルにまたがり、細い脚を片方地面に押し付けて、幅広の歩道にあるサイクルゾーンで小休止。自転車のサドルに小さなお尻を押し付けたまま両腕を上へ挙げて小柄な少女は背筋を伸ばす。スポーティなサイクルウェアに身を包んだ少女の可憐《かれん》な唇からはそんな声が洩《も》れていた。これだけの大都市なのに光化学スモッグなどに大空が遮られる事もなく、涼やかな風の中にほんのりと緑の香りさえ漂うのは都市設計の妙《みょう》としか言いようがない。

久しぶりの長期休暇はニューヨークと決めていた。休日を過ごすにしては街の人々はややせかせか歩き過ぎではあるものの、風光明媚《ふうこうめいび》な田舎の絶景は散々『戦争国』で眺めてきている。本来は少女の地元であるはずなのだが、電飾看板とAR用マーカーの洪水で埋め尽くされたタイムズスクエアを懐《なつ》かしいより珍しいの感覚が勝ってしまっている辺り、ああ本当にしばらく帰っていなかったんだなと考えてしまう。

両親と顔を合わせるのも久しぶりだ。

勝手知ったる地元ではあるが、この街の変化は早い。家族揃《そろ》って思い切り休日を楽しむためには、事前にあちこち回ってリサーチしておくべきだろう。『情報同盟』が価値を求めるデータの山とは、何もネットの中に散らばるものばかりとは限らない。

（……本来ならおとうさまにエスコートしてもらいたいものですけれど、ニューヨーカーでありながらりゅうこうにトコトンうとい人ですものね……）

馬鹿デカいビルの壁面には有機ELでは世界最大の冠を誇る薄型モニタが貼り付けられていた。

『人気のオブジェクトを片っぱしからあつめてせかいとたたかえ！　おほほ、アプリはきほんむりょうでだれでもたのしめますわ。しゅく、２００おくダウンロードたっせい！　この私とのコラボじっしちゅうですわ!!』

（……もはやちきゅうの人口をとびこえてしまっていますわね）

ビル壁に貼り付けられたＧカップのグラマラスな美女が片目を瞑《つぶ》って宣伝文を読み上げているのを眺め、やれやれ、と小さな少女はゆっくりと首を横に振った。自分で出演しておいてなんだが、やっぱり『情報同盟』のデータの流れと密度は色々と狂っている。

こういう時、モーションデータを参考にＣＧモデルを纏《まと》って活動しているＶＲアイドルは気が楽だ。素顔のまま自転車にまたがっていてもトラブルに巻き込まれる心配はない。それも軍隊要人規格で個人情報が守られているため、暇を持て余した無職同然のサイバー記者やその素人《しろうと》に市場を荒らされた場末の雑誌のパパラッチなどに素顔を暴かれる事もない。

世界とはそういうものだ。

こちらから向こうの事は筒抜けだが、向こうからこちらの素顔は見えない。例えば表の世界ではITモンスター企業の会長から、裏の世界では国際的ハッカー集団のカリスマまで。SNSのフレンド数に執着したり、主婦達が井戸端会議で主導権を奪い合ったり、バーテンダーやタクシー運転手が事情通を気取るのも、みんなそういう事。ともかくこれが『情報同盟』に属する人々が思い浮かべるピラミッド構造の基本にして真髄である。

五つのブロックから成るニューヨーク全体では単純な登録人口だけで八〇〇万人、労働者や観光客など滞在人口を含めれば日々二〇〇〇万人以上が行き交う世界屈指の大都市だが、そこまで多くの人の目に触れても少女がオブジェクトの操縦士エリートとトップアイドルを兼任する才女である事に気づく者はいない。人混みに紛れて要所にスーツを纏《まと》う護衛の男達が控え、いつトラブルが起きても六〇秒以内に少女を退避できる位置に防弾車が待機している事を。

しかし一方で、こうして達観した素振りを見せる小さな少女自身にも『見えていない』ものが確実に存在するのだ。道端の屋台でジェラートを売っている青年は巨大IT企業の社長が生の声を聞きたがっているのかもしれないし、すれ違った全身ブランドの塊の美女はカードの力を過信し過ぎた多重債務で首が回らなくなっているかもしれないし、物陰から身を乗り出しているる長い銀髪に小麦色の肌の女性将校は似合わない弁護士スーツとメガネで変装をかましてこっそりビデオカメラを回して身悶《みもだ》えているかもしれない。

（ん？　何か今おかしな幻がちらついたような気が……？？？）

休憩がてら、歩道に面したキャンピングカー屋台からクリームチーズとラズベリーを追加でトッピングしたカップのバニラジェラートを受け取りつつ訝《いぶか》しんで二度見するも、ビルの角には誰もいなかった。あんな幻覚が見えるという事は、自分で思っている以上に仕事のストレスが溜《た》まっているのかもしれない。

（……さて、これをたべたらミッドタウンののこりをしょうかして、アップタウンの方に向かいますか。その気になれば、マンハッタンなんて丸1日のだんがんりょこうで名所はぜんぶ見て回れると言われるほどですものね）

自分は他人の知らない事を知っているし、他人は自分の知らない事を知っているかもしれない。この意識を持つ事が大切だ。少なくとも、『自分は本物の天才で知らない事など何もない』と思っている者が勝ち組になれるほど甘い勢力ではない。もし日々の生活の中で唐突にそんな確信を得たとしたら、すでに第三者からの力で人生をねじ曲げられていると警戒した方が良い。

あなたには無限の可能性があるよ。

どんな夢だって諦めずに努力し続ければいつかきっと摑《つか》めるよ。

世の中順位だけでは決められない、あなたを必要としている人は必ずいるはずだよ。

典型的な美辞麗句を思い浮かべ、それから全部自分の楽曲の中に入っていたっけと思い出して小さな少女は顔をしかめる。別にカップのバニラジェラートの底にとびきり苦い、焦がしたカラメルソースが溜《た》まっていたからではない。

(……あのさくしか、こんど会ったらぶんなぐってやろうかしら)

まあ、決意に反して傍目《はため》からは子猫がじゃれついているようなパンチ力しかないのが珠《たま》に瑕《きず》ではあるのだが。

そして少女もまた気づいていない。

……実際には売れっ子の作詞家はハードロックバンドのボーイレーサーの大ファンであり、自身も色々好き勝手やりたいのだが、クリエイターさん気取りの——そう、何やらマネージャーでもエージェントでもない挙げ句、さんと付けるのが作法らしいぞ新兵野郎——銀髪褐色の誰かさんの鋭い睨《にら》みがキツ過ぎて童謡の一歩手前のような美辞麗句しか使わせてもらえないのだ、という悲喜こもごもを。

この辺りが『情報同盟』。

自分は他人の知らない事を知っているし、他人は自分の知らない事を知っている。

まさにその好例である。

第二章　コンビニ募金感覚の独立運動　≫　北米大陸中央非武装線攻略戦

1

『ライブニューストゥデイ、本日最初のニュースはこちらになります。薄毛の男性が知らぬ間に自分の頭頂部を撮影されて全世界に公開されたのはプライバシーの侵害に当たるとして、衛星画像サービスを展開する検索大手ミカエル&ルシファーの訴訟に踏み切りました。該当エリア画像の完全な消去と精神的苦痛に対する慰謝料二〇〇〇万ドルを要求する内容となりますが、M&L社広報部は訴状が届いていないのでコメントは差し控えるとしています』

『いやあ年末に向けてのダイレクトメール攻勢と駆け込み訴訟、この二つが始まると今年も後半戦に入ったなあと実感が湧いてきますな。そうかクリスマスまでたった二ヶ月かあ……』

『ミカエル&ルシファー自らが発行する利用者規定では、特定の個人の局部または著しい身体的特徴のコンプレックスの源が映り込んでしまった場合、当人からの申請があれば忘れられる権利も行使可能とされていますが、今回のケースではいかがだったのでしょう?』

『いやあ難しいでしょうな。これを一つ認めてしまうと衛星画像は成り立たなくなる。何しろ全世界の男性の一割が薄毛で、食肉やビール消費大国では三割から四割に届くとされています。その全てを地図から除外しようとすれば、エリアによっては一国丸々ブラックボックス化、などという事にもなりかねませんしね』

『なるほど、世界の一割という話なら何も珍しい事ではありません、こうしてフレーク先生が逆に見苦しいくらい分かりやすいヅラだったのも納得ですね』

『男性ホルモン舐《な》めんじゃねえぞ生放送でハメ殺してやろうかビッチアナ。……こほん、なおこちらについては過去にも軒先で干していた女性用下着に関する訴訟でも否定的な前例があってですな、おそらく社内弁護団は今回も……』


民間用周波数に合わせた無線機からのラジオ放送であった。

ぺとぺとぺと、とクウェンサーは思わず自分のつむじの辺りを指で触ってしまった。

「ええー……何だかんだで世界の一〇パー回ってんの……？　怖いよこのロシアンルーレット。もう誰だって他人事《ひとごと》じゃないじゃん、頭のケアって具体的にどうすんだ……？？？」

でもって余計な事をしていると無線機から叱責《しっせき》が飛んでくる。

もちろん芸能人やスポーツ選手とのお付き合いだけを念頭に置いて放送局に入った女性アナウンサーからピンポイントでご褒美《ほうび》がやってきた訳ではなく、

『まだ戦術支援用の並列演算マシンは復旧しないのか⁉　いつになったら電子シミュレート部門のギークどもが両手を挙げているだけで国民の血税から給料をもらえるサービスタイムが終わるんだ‼』

「うるさいなサーをつけろよ爆乳野郎、人をマイナス二〇度の冷凍倉庫に閉じ込めやがってこっちはもう四八時間ぶっ通しで作業してんですよ！　てか電子顕微鏡スケールのシリコンの薄板相手に手作業ではんだをつけている時点でなー、この戦争はもう破綻してんだよおー‼」

『一応冷却装置はスイッチ切ってドアも開けっ放しにしておいたろ』

「この省エネ魔法瓶地獄までいったん来てみろ、その爆乳がシリコン詰めより不自然なカチコチ状態になりますよ！」

ちなみに辺り一面トーフで釘《くぎ》が打てる極寒地獄の中、墓石みたいにコンピュータが整列している謎空間でクウェンサーが格闘しているのはシミュレートマシンそのものではなく、データの回線口を増やすハブという機材だ。すっごく語弊はあるが、大量のマシンを並列に繋ぐのに必要なピースと考えれば良い。とはいえ、たくさんの機材が繋がっているという事は調べなくてはならない箇所もたくさんあるという話なのだが。被覆された導線内部で破断あり、結線を乱す箇所を特定して修復せよ。……何ともメンドクサイ言い回しだが、ようはゲーム機のＡＣアダプターの根っことおんなじ。コードや端子の中から接触不良になっている箇所を特定して電気が通るように直す。それだけである。

ただ数が超多い。

そして吹雪《ふぶき》の雪山みたいな極寒の中で、ルーペとピンセット必須の腕時計職人みたいな作業を延々やらなくてはならない。

ちなみに本家本元電子シミュレート部門が愛機の面倒を見るためにやってこないのは、ちょっと前に感電事故が多発して危うくご自慢の指先を吹っ飛ばしかけたからだ。なんだかんだゴチャゴチャ理由は並べていたが、ようは誰だって利《き》き手《て》以外の指で寂しい夜を誤魔化すのは困るらしい。主電源は切ってあるものの、基板のコンデンサなどにはスタンガン以上の高圧電流を溜《た》め込《こ》んでいるケースもあるので要注意である。気分的にはほとんど爆発物の処理に近い。

何でまた過酷な戦場とエンジニア地獄変の板挟みになっているのかと言われれば、

『……お前、メコン方面で独走しまくった挙げ句敵国の走狗《そうく》となって最終的には「正統王国」が五年かけて現場に浸透させた潜伏基地を丸々一個全世界に公開して全部撤退させちゃった件をもう忘れているのか……？』

「この地獄は一生終わらないんだ……。俺はもう戦場と徹夜を裸マントの死神少女に脳内変換して左右から妄想おっぱいで挟み込んでもらう以外に生きる勇気なんか何にもないんだ……うん、死神？　……そうだ『繋《つな》ぎの死神』レイスたんのフォローはどこ行ったんだよう……」

と、クウェンサーの手元にあった四角い機材の発光ダイオードが赤から緑へ色を変えた。小型の無線機に似ているが、こちらは通電の有無を確認するためのテスターである。

「フローレイティアさん、無事に結線を確認。ひとまず信号は走るようになりました。……後は電子シミュレート部門のオタクどもに通達!!　二九番と三一番は順目じゃなくてリバース結線じゃねえかっ!　道理でいつまで経《た》っても作業が終わんない訳だ、何で完徹二周もしながら身内の間違い探しに付き合わされなくちゃならないんだよお!!」

『んんっ?　良く分からんがクウェンサーお前もオタ……』

「俺は電子シミュレート部門の俯《うつむ》き顔どもとは違うのもっと明るく取っつきやすいクラスの人気者なのお洒落《しゃれ》でスマートなIT長者の道を突っ走ってんです!!」

『(……ま、オタクなんてどこまでいっても一つになれない生き物か。あのマニアとこのフリークは人種が違うみたいな事ばっかり言って共食いで噛《か》み付き合ってるような連中ばっかりだし)』

「何か言いました今?」

誰もいないのに半目になりながら、防寒コートを纏《まと》うクウェンサーは冷凍倉庫の出口に向かう。道路で言えばメインストリートが復旧した程度でまだまだ脇道を何とかしなくてはならないが、ここはマイナス二〇度なので栄養ドリンクも置いておけない。軍の罰とはいえ、『カフェイン補給タイムのみ外に出られる仕組み』という地獄みたいな就労環境であった。

潜水艦みたいな分厚い鉄扉《てっぴ》が二重に並ぶ出入口を潜って、クウェンサーは外に出る。

途端に、ぶわっ!!　と壁みたいな猛暑日の空気が迫りくる。

「……うへえ」

防寒コートをはためかせ、クウェンサーが思わず呟《つぶや》く。

少年が突っ立っているのは大地に根を張った軍事基地ではない。一台一台が二階建ての小さなアパートくらいある巨大車両の上だ。クウェンサーの身長よりも巨大なタイヤを何十も並べて重量分散に成功させたこれらの特殊車両を繋《つな》げていくと、いつも見ているあの整備基地ベースゾーンが完成していく。

総勢一〇〇台以上の大名行列は最前列を進む『ベイビーマグナム』に先導されながら移動している真っ最中なのだ。

では、そもそもどこを移動しているのか。

目の前いっぱいに広がるのはきめ細かい完全な砂漠とまでは言わない、それでいて生きとし生ける者を全て干からびさせる、乾き切った地面と岩壁で埋め尽くされた荒野であった。

場所は北米大陸の南。

西部劇でお馴染《なじ》みの、サボテンと風に流されるでっかいアフロみたいなのが似合うあの景色である。

「気温三八度……。冷房ガンガンにつけてコタツに入るとかいう話じゃないんだぞ」

「その独り言、自覚はあるのか？　いよいよぶっ壊れてきたのかもしれんな」

「そういうアンタこそ仕事放棄して何やってんですか……？」

クウェンサーが胡乱《うろん》な目を向けたのは、暑さに負けたフローレイティアが軍服を脱いでいたからだ。というか牛柄のビキニトップスに太股《ふともも》の付け根まで見えるデニム地のショートパンツ、おまけに頭の上にはテンガロンハットまで乗っかっていた。どう考えたってイロモノなカウガールである。ごちそうさま以外に言葉がない。

素知らぬ顔でフローレイティアは答える。

「現地の子供達への慈善活動だよ。平たく言えば群がってくる物売りに金を撒《ま》いてた。本当は普通の水着が欲しかったんだがこれくらいしかなくてな」

「汚ねえっ!! 俺達が街に寄って買い物しようとすると尻を蹴《け》っ飛《と》ばすくせに自分だけ!!」

「軍籍に身を置く者が彼らのテリトリーを侵害するのは規約に反する。だが向こうからこちらの世界へ踏み込んでくるなら仕方がない。我々は一応立入禁止と明記してあるのになあ」

「慈善だなんて、まったくもう慈善だなんて口ばっかり！」

「ああ。正直、こういう言い回しは兄を見るようであまり好みじゃないんだがな」

「その肌に塗ってるの、単純なサンオイルでもないな……。ミント系の匂いがするって事は体感温度を下げるための清涼剤だなこいつめー!!」

「お前何でそんな厚着なの？」

「あつっあつあつ暑いこれほんと暑いっ!! あーもおー!!」

ようやっと肌が気温を思い出してきたのか、全身の毛穴という毛穴から汗が噴き出してきた。

女帝液

慌てて防寒用のコートを脱ぎ捨てるクウェンサーに、（おっぱいの谷間に透明な汗を溜《た》める牛柄ビキニ少佐の）フローレイティアはクーラーボックスの中にあったドリンクへ手を伸ばし、

「茶色い小瓶の栄養ドリンクとアルミ缶のエナジードリンクはどっちが良い？」

「お願いだから有効成分で決めさせてはもらえませんかね……。さっきお高い小瓶の方飲んでから胃袋が暴れっ放しなんで缶の方お願いできます？　なんかジュースっぽい方が気は紛れるような……」

「じゃあ小瓶の方だな」

「言うと思ったよクソが!!」

軽く放り投げられた『島国』製のナントカ女帝液を受け取り、金属製のキャップを回して開けながら、

「……しかしまあすごい景色ですねえ。一触即発、ここが人類の火薬庫なんでしたっけ？」

「私の胸の話かクウェンサー」

「自覚あるなら軍服に着替えようよこのぱっつんぱっつんめガン見はするけど!!　西が『資本企業』の『本国』、東が『情報同盟』の『本国』でしたっけ」

『正統王国』と『信心組織』にとってユーロ圏がスパークエリアであるのと同じく、これら二勢力については北米大陸が最重要拠点となる。

南から北へと移動する車両団の上でフローレイティアは無駄に胸を張って、

「グレーターキャニオン。かつて最強の軍事力を誇った超大国を西と東に切り分ける絶対非武装線だよ。『国連の崩壊』の最たる爪痕《つめあと》だな。ここを境にして、西と東で世界を一〇〇回吹っ飛ばせる大火力が睨《にら》み合《あ》っている寸法だ」

『資本企業』の中心地はロサンゼルス。

『情報同盟』の中心地はニューヨーク。

……こうして見ると図式は非常に分かりやすいかもしれない。もちろん想像の先走りは厳禁で、実際に何があったのかは整備兵のばあさんのような生き証人に尋ねるより他ないが。

「こうして見るだけだと、全然そんな感じはしませんけど」

「人の手が入らないとかえって生物資源は回復するものだからな。線と言っても幅だけで東西一五〇キロ以上あるし、その先も両勢力とも二〇〇キロは延々立入禁止の砂漠を延ばしているって話よ。デリケートな力関係のおかげで両勢力ともグレーターキャニオン内には入れないから、中はかえって穏やかなくらい。世界最大の『空白地帯』と呼ばれるだけの事はあるね」

「……だから南から北への一直線の中に点々と街があって、俺達よそ者もゆったり縦断ツアーを楽しめるって？」

「カンペキにイカれた状況だが、『資本企業』も『情報同盟』も案外感謝しているらしい。まあこんなのは持ち回りの年間行事みたいなものだからな」

「？」

「輸送任務なんてのは建前だよ。我々のような『共有可能な敵軍』のオブジェクトが通行しても、睨《にら》み合《あ》いの中では何も起こらない。そういう『安心感』を民衆に与える事で世界の緊張を緩和させる役割があるらしい。『資本企業』のハリウッド映画にしても『情報同盟』の月額いくらの動画配信にしてもイメージ戦略が命だからな。そういうのを大事にしているんだろう」

何とも『安全国』らしい発想だが、軍の最高司令官とはどこぞの王族とか大企業社長とかだったりするものだから仕方がない。文民統制に乾杯。逆に『戦争国』の発想で安全な街を支配するようになったら世界はもうおしまいだ。

「で、今年はうちの三七が飲み会の幹事を任されたって訳ですか」

「(……どこぞの馬鹿二人があっちこっちで迷惑かけなければこんな早く回ってくる事もなかったんだがな。例えばほらメコン方面とかメコン方面とか『情報同盟』と勝手に裏で繋《つな》がった黒い軍服と金髪少女の組み合わせに馬鹿がノックアウトされたあの伝説のメコン方面とか)」

「わーかった!! 諸悪の根源はこのわたくしでありますクウェンサタンとでも呼んで!!」

「クウェンサたん」

「あれちょっと丸くなった……???」

「とはいえ東西両側から最新鋭の第二世代を二〇機単位で並べて睨《にら》み合《あ》っているのは事実だ。不測の事態にも備えておくのを忘れるな」

「何にも丸くないし、しかも地平線の向こうの話だから結局勉強にもならない! すっかり死に損!!」

「中でも怖いのは支援機だな」

牛ビキニカウガール上官の言葉にカンポーだかレンタンジュツだか良く分からん苦いドリンクを口にしながらクウェンサーは眉間に皺《しわ》を寄せていた。

「……うえっぷ、木の根と黒土の味がする。あの、大容量のアンプを背負ったりでっかいレーダーとかで他の機体の性能を底上げするってヤツですか？　単機じゃあんまり活躍できないって話でしたけど」

「『資本企業』は気象レーダーやシミュレータを駆使して照準精度を爆上げする『ウェザーガール』、『情報同盟』は大量の盾や鉄条網を地面に突き刺す事で進路妨害を図る『シールドバッシュ』。確かに見た目のインパクトは弱いが、他の機と連携を取られると長期戦に雪崩《なだ》れ込むリスクが出てくる他、よその『戦争国』では類を見ない集団戦に発展する可能性が高まる。雪だるまが一線を越えたらガチのカタストロフを止められなくなるぞ、既存の『クリーンな戦争』の図式が通用しなくなるレベルでな」

その時だった。

クウェンサーではなくフローレイティアの無線の方に連絡が入った。

『ヘイヴィアよりみなみなさーん。この列車は間もなく次のサイロシティ・ジャイアントピザへ到着します。北に見えます大きな街の影にご注目。しゅっしゅぽっぽー、ダイヤには特に乱れなーし』

「そうか、報告に無駄口挟んだ分だけ給料差っ引くから要点だけ覚えておけ」

『マジかよもおー!!』

「それも減点対象だからな」

全くもう最低の環境であった。

他人を見ていると自分がどんな悪夢の中にいるのか改めて思い知らされる。ついクウェンサーはこんな風に口を挟んでいた。

「ヘイヴィアお前どこで何やってんのこっちは徹夜地獄で死にそうなのに……」

『テメェこそどこで油売ってんだド腐れインドア派！　こっちゃ最前列に立ってメイドのモップみてえな探知機片手の宝探し、リアルデスマーチだよ!!　やっぱすげえぜグレーターキャニオン、あちこちピーピー反応出るわ六価クロムの濃度はすげえわ！　何にしても人手が足りねえんだ早くこっち来いよ!!』

「美女がわんさか詰まったバスタブで忙しいのでご遠慮いたしまーす」

『……テメェもテメェで脳内物質じゃぶじゃぶ出まくってるみてえだな。何があったかはもう聞かねえよ』

つまりどっちもどっちの地獄絵図なのだが、向こうから一方的に憐《あわ》れまれるのは腹が立つのでクウェンサーは虚の中に実を混ぜてみた。

「ほんとにフローレイティアさんは牛柄ビキニのカウガール状態なのになあ？」

「おい通信はやめろよクウェンサー記録に残るでしょ」

『ちょっ待ってテメェらマジでかその話詳しく――――ッッッざざーじじががが!!!?!??』

そして集中が途切れたのか無線機が変な雑音と共に沈黙した。

クウェンサーとフローレイティアはキョトンとした表情で顔を見合わせて、

「……地雷でも踏んだかな？」

「惜しいヤツをなくしたかもしれん」

2

ややあって。

『やあティアちゃん、今大丈夫かい？』

移動中の車両団。ちょっとした二階建てアパートくらいある平たい巨体の適当な高所で髪や肌を風に嬲《なぶ》られているフローレイティアにノートパソコンの画面の向こうから親しげに話しかけてくるのは、長めの銀髪とそのまんまハロウィンパーティに出かけられそうな漆黒の燕尾服《えんびふく》が特徴的な青年であった。ピアノやバイオリンが似合いそうな風貌《ふうぼう》だが、白い手袋を取った後に見える両手の掌《てのひら》が余人の想像以上に節くれだっているのをフローレイティアは知っている。

理由は単純。

彼が金管楽器を持て余すように首と肩の辺りで挟んで支えている、鞘《さや》に収まった一振りのカタナの存在だ。

フローレイティアはフローレイティアで半ば呆《あき》れたように目を細め、

「今は軍事作戦の進行中だ。タイムテーブルに遅延を挟む余裕はない」

『あれ、「戦争国」じゃなくて「空白地帯」の話だったよね？　やっぱり世界はどこでも危ないって事で良いのかな。「安全国」だって怪しげな特殊コマンドが潜り込んでいてもおかしくないって話だし』

「……どうして三七の動向がそっちに洩《も》れているの。『貴族』の特権も行き過ぎだな」

『あっはっは。そういうのじゃないよ。物騒な軍関係はあんまり好きじゃないのは知っているだろう。そんな事しなくても、世界中にいるお友達に話を聞けば教えてくれるさ』

「……、」

まるで人類の理想みたいな事をのたまう銀髪の男だが、そこに具体的な『力』が加わると始末に負えなくなる事をフローレイティアは経験から学んでいた。

この男は『正統王国』の『貴族』の一員であり、そして同時に重度の慈善バカでもある。生まれてこの方一度もありがたみを実感した事のない札束の山を、それこそコンビニのレジ横にある募金箱へ半端《はんぱ》なお釣りを投げ込むような感覚で次々にぶち込んでいく。食べ物のない子供達のために、戦場で蔓延《まんえん》する疫病のワクチン開発に、行き場を失って犯罪組織の一員となる若者達に就職の機会を。お題目は結構だが、一度に振り込む額が大き過ぎて当該地域のパワーバランスが丸ごと崩れてしまった事さえ珍しくもない。

　爆撃機を飛ばしてコンテナいっぱいに詰めた札束で空爆していくような有り様。

『安全国』から『戦争国』への一方的な蹂躙《じゅうりん》だ。

　しかもそれが長期展望など微塵《みじん》もなく、たまたま目に入ったバナー広告によって指先一つで決定されていくというのだから振り回される方は堪《たま》らない。

　が、銀髪爆乳の女性将校の災難はここで終わらなかった。

『というかね、実は私も北米大陸まで遊びに来ているんだよ。グレーターキャニオン、すごいよねえ。旧時代の地下ミサイルサイロがそのままジオフロント都市に化けているんだって。久しぶりにどこかで会って食事でもしようよ、実はその時のために名物の馬鹿デカいハンバーガーは我慢しているんだ』

「おいっ」

『はっははーん。待ちきれずにここでティアちゃんと長話をするのも魅力的だけど、お説教なら聞かないよ。グレーターキャニオンはあくまでも「空白地帯」だ、民間の諸勢力が自由に行き交って観光や貿易に精を出すのは悪い事じゃあない』

「『正統王国』の『貴族』様が、どんだけ私兵を連れてパレードするつもりだっ。下手すりゃ三七の通常戦力より規模が巨大になるはずだ。私はそんな報告を受けてはいないぞ！」

『あれ？　特に隠したつもりはないんだけど、さては間に挟んだ誰かが勝手に気を遣っちゃったかな。執事かメイドか……敬愛する「島国」の流儀に従って「命じられる前に察する」よう教育したのが裏目に出たかもしれないね』

「……、」

『まあまあ、頭を抱える話でもないでしょ。ティアちゃんはゴリゴリの戦争をやるために派遣されたんじゃなくて、グレーターキャニオンを縦断しても異状が起きないか、「資本企業」と「情報同盟」の均衡の硬さを威力偵察して、「安全国」のお歴々を安心させるためにやってきただけなんだし』

そんな訳がないのだが、王制だろうが議会制だろうが資本主義だろうが社会主義だろうが軍隊構造は往々にして教科書通りにはなっていない。そこには人が作る組織特有の理不尽さが紛れ込んでいるものである。でもってフローレイティアの上の上の上辺りが何かやらかしたとしても、そのしわ寄せは下の下の下までやってくるのだ。

「……誰もルールを守らないから、戦争なんて仕組みで社会の穴を埋めなくちゃならなくなるんだ。すげえー強引に」

『へえー、テンガロンハットに牛柄ビキニのカウガール少佐に言われるとなかなか感慨深い言葉だね』

ぎくりと固まったフローレイティアは改めて己の格好へ目をやった。

せめて細長い煙管《キセル》を咥《くわ》えていなかったのが幸いだったと評価する他なかった。

『あっはっは！　慈善がどうこう渋い顔をする割に、ティアちゃんも地方に還元しているじゃあないか。さては、物売りの子供達から軍服の袖を引っ張られて振り切れなかったかな。そうそう、世界は砲火などではなく優しさで満たされないとねえ？』

「〜〜〜っっっ」

3

「結局へイヴィア死んだの？」

『ううん、なんかむせんではなしながら谷におちていったけど生きているとおもうよ。やっぱりあるきスマホってこわいのね』

何とも軽いやり取りであった。

流れる水によって削り取られたのか、一本の長い川に沿って巨大な谷ができ、そこから段々と階段状にいくつもの棚が連なっていた。

『ベイビーマグナム』含む第三七機動整備大隊の車両団は基本的に高低差を嫌い、乾いたレンガのような色合いのラインに沿って北上を続けている。

（にしても、すんごい話だ……）

二階建てアパートくらいの大きさの巨大車両がデコボコのひび割れた荒野の上を走っている訳だが、速度を落としているとはいえ揺れのようなものはほとんどない。大規模なコンピュータや火薬庫なんかも積んでいるのだからデリケートに扱うのはまあ当然ではあるのだが、

（……車はタイヤが支えているんじゃなくて、車軸と繋《つな》がったバネや油圧のシリンダーが支えているんだっけ？　オモチャのＲＣカーなんか見ると分かりやすいって整備兵のばあさんは言ってたけど、でもこれ一〇〇トンは超えている、よなあ？）

常識外れの景色を作っているのは、何もクウェンサー達『正統王国』軍だけではない。

彼らが差しかかったのは、グレーターキャニオンに点々とある『街』の一つだった。

感覚的にはガススタンドを中心に、いくつものスーパーマーケットやモーテルなどがまとまったトレーラー基地のような場所だ。

しかしそれは氷山の一角に過ぎない。

「サイロシティ、ねえ……」

巨大な車両ごと横を通り過ぎつつ外周を囲む二階通路でクウェンサーが思わず呟《つぶや》くと、暇な輸送任務でむらむらしちゃっているのか『ベイビーマグナム』が無線越しに構ってくれる。

『きゅうじだいのちかミサイルサイロがそのまままちを作っているんだって。ヘンテコなはなしだよね』

「まあ砂漠は昼と夜で気温差が激しいから無理して表に出るメリットはないし、確かミサイルサイロってメチャクチャ広いんだよな。出入口のエレベーターだけで大型トレーラーがそのますっぽり収まるって話だし」

『そうじゃないとミサイルをほきゅうできないからね』

一口にミサイルサイロと言ってても縦長のでっかい穴の他にも色々ある。噴射煙を逃がすための誘導路、ミサイルのストックを収めるための弾薬庫や、サイロ本体や搬入出口を繋《つな》ぐ立体的な通路網、指令入力センターに大型のコンピュータルーム、そして警備施設、発電、兵舎、備蓄、などの関連設備まで。『全部地下に詰めて存在自体を衛星から捉えられてはならない』本気のサイロとなると、もうそれだけで一種のジオフロント都市と言い換えても過言ではない。空母は海に浮かぶ一つの街である、と同じようなスケールだ。

『国連の崩壊』と核を駆逐した『クリーンな戦争』によってこれらの施設も用済みとなったが、戦略兵器を撤去しても岩盤の下に開いた空間はそのままだ。そこへ勝手に民間人が住みついて家々を建てて埋めていくと、数万から数十万の人を溜《た》め込《こ》む巨大なアリの巣が出来上がる。

『かくでもはかいできないきゅうきょくの安全なまちづくり、かあ』

「単純な硬さが全てって訳でもないだろ、どんだけ老朽化してんだよ耐久検査も放《ほう》ったらかしだし。核でも破壊できない岩盤が勝手に崩れて大深度地下全部生き埋めなんて話になったら背筋が凍るどころじゃ済まないぞ」

『かたさで言ったらオブジェクトも似たようなものだけどね』

「コックピットのエレベーターの整備不良で機内に三ヶ月閉じ込められた『リキッドドレイン』の伝説を知らんのかお姫様。サバイバル生活の果て、最終的には自分のクソに混じってい
た豆から新芽が出たのを見てこれを食べるか食べないかの瀬戸際《せとぎわ》まで追い込まれたらしいぞ」

『ハードカバーはしんどい。あれ早くえいがかしてほしいんだけど』

「なる訳ないだろ聖女騎士サマのイメージ的に」

とはいえ、サイロシティ本体とはあまり縁もないだろう。

ここは低速で通り過ぎるだけなので、せいぜい物売りの子供や少女達から土産物《みやげもの》を買うか買わないかくらいの接点しかない。もちろん『そういう姿をした襲撃者』がロケット砲でも抱えているリスクもあるので油断はできないし、流石《さすが》に口に入れるものは買えないが、これまでも無事に通過してきたという安心もあった。

しかし今回は少々勝手が違った。

完全にサイロシティを通り過ぎた辺りで同じ車両団から無線が入る。

『指揮管制より「ベイビーマグナム」へ』

『フローレイティア？』

『北方《ほっぽう》より機影一が接近中。先行させているドローンの映像を見る限りだと「信心組織」の第二世代、「ジャックインザボックス」で確定みたいね。頻繁にこの辺りのサイロシティを巡回、

往復しているらしい』

『ヤツららしく、いつものたき出しとか？』

『あるいは軍の簡単な作業を請け負わせて地域に金をばら撒《ま》く雇用関係で支持を集めるとかな。ま、ようは毎度の絶賛布教活動中って訳よ。そっちでもオブジェクトのカメラやレーダーで機影を捉えている頃でしょ、警戒して』

『りょうかい』

『……分かっていると思うけど、実際に撃ったらジ・エンドよ。ここが「資本企業」と「情報同盟」の「本国」に挟まれたグレーターキャニオンという立地なのを忘れないで。さっきも言った通り、炊き出しや雇用対策なんかで十分に根回しされているから、現地住人からの公平な目撃証言なんて期待しないで』

（おいおいおい、何気に四大勢力が揃《そろ》い踏《ぶ》みだぞ……）

思わず息を呑《の》むクウェンサーは、全長五〇メートルの機影より先にヤツが舞い上げる大量の粉塵《ふんじん》の方が目に入った。外周を囲む二階通路より明らかに高い。汚《けが》れた入道雲といった風情《ふぜい》のそれが、恐るべき馬力を象徴しているようにも見える。

小手先の迷彩など不要。

力で押して全てを薙《な》ぎ倒《たお》すくらいの気概がなければオブジェクトは名乗れない。

『互いにロックオンしてさいだいげんにけいかいしつつ、じっさいには1ぱつもうたずにそのますどおりですれちがっていく、と』

『大変よろしい』

ぐんっ……と、クウェンサーが腰を下ろしている二階建てのアパートくらいの大きさがある巨大車両もまた動きを変えていた。まるで道を譲ろうとしているように、車両団全体が右手寄りへ移動していくのだ。

「おっかない、下手するとサイロシティに流れ弾が飛んでいく距離だぞ」

『ぜったいうたないから大丈夫、のはず』

「はずが怖いんだよそのはずがっ!!」

そうこう言っている間に、入道雲の根元が見えてきた。

『信心組織』の第二世代、『ジャックインザボックス』。

(……びっくり箱、か)

全長五〇メートルの球体状本体に、足回りは静電気式か、大きく開いたハと小さく閉じたハを組み合わせたような四枚のフロートで構成されていた。主砲については真正面に一門。ただし下位安定式プラズマ砲、レーザービーム、連速ビーム砲、コイルガン、レールガンなど、既存のものとは一切当てはまらない。

望遠鏡で形だけ確かめると、ご自慢の主砲はまるで折り畳み式のパラボラアンテナかワンタッチ式ジャンプ傘の骨のように見えた。正面に突き出た一本の主柱へ寄り添うように、八本のアームが取り付けられているのだ。主柱側面には歯車のようなギザギザがある。

『主砲については強力なバネの力を使った金属実体砲弾。鉛を使ったヤツね』

「バネねえ……」

『びっくり箱って呼んでいるのもそのため。「信心組織」軍は二、三年前にレールガンのコンデンサで派手な爆発事故を起こしているから、その時のトラウマでできた機体ね』

「自粛ムードを利用してエレクトロニクスの縄張りを鉄鋼業が踏み荒らしたって訳ですか。誰かの不幸は誰かのチャンスなんだなあ。……ま、連中の工場は全部ビジネスから切り離された国営なんだけども」

『おや余裕だな、バネと聞いても子供のオモチャみたいなイメージしかないか？　免震構造で万トン規模の超高層ビルを丸ごと支えているものが何なのかを連想できれば凄《すさ》まじい力を蓄えられる事が分かるはずなんだがな』

ひょっとしたら『安全国』の評議会の皆様向けに資料を作る時にも苦労したのかもしれない、フローレイティアは呆《あき》れつつもやけにすらすらした調子で話してくれる。

『事実、バネを主動力にした兵器も実用化されている』

「ああ、なんか垂直に跳んで空中で大量の鉄球をばら撒《ま》く地雷とかありましたっけ？」

『もっと直接的なところだと、旧時代には火薬の力で撃ち出すロケットとは別に、手持ちの発射筒の中に太いバネを収めて弾体を撃ち出す対戦車兵器があったって話は知らない？　きちんと五〇〇メートル先の戦車に撃ち込めるようなヤツだ』

……これはあれだ、何の益もないクソ会議のためにさんざっぱら徹夜続きで覚えた知識を捨てるのがもったいないから何としても披露したいケースだ、と空気の変化を敏感に察したクウェンサーはにこやかに黙る事にした。

欲求不満でむらむらしちゃっている女教師フローレイティアの無線を通したありがたい講義によると、

『構造がシンプルな分だけ計算しやすいから、ベクトルを合成しての威力の重ね掛けも思いのままだ。将来的に、レールガンやコイルガンの威力が頭打ちになった時には脅威となるかもな。八本のアームそれぞれがクロム鋼でできた超強力なコイルスプリングを搭載し、それらの力を主柱に集約してリング状の砲弾を撃ち出す仕組みね。原始的と侮《あなど》るなかれ、非リニア式のマスドライバー案としてまな板にも載った事がある最新技術の塊だぞ』

『……けっきょくモノ自体は完成しなかったんでしょ？』

「お姫様のこういうトコがたまにおっかない。ちなみに主砲以外には？」

『全部が全部弾性合金の結晶よ。足回りのサスペンションはもちろん物理センサー系の倒立振り子、機体後部には瞬発ダッシュ用の尻尾《しっぽ》つき』

『しっぽ？？？』

『球体状本体後部一八〇度にガイドレールが敷いてあって、そこを巨大な円筒が自由に行き来

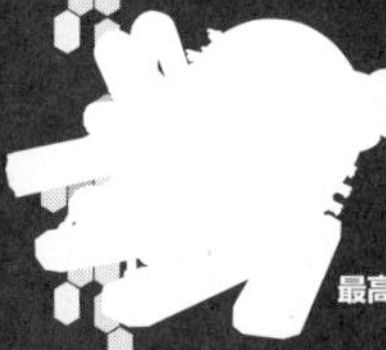

【ジャックインザボックス】
JACK IN THE BOX

全長…190メートル（瞬発ダッシュ用発射杭最大展開時）

最高速度…時速580キロ

装甲…2センチ×500層（溶接など不純物含む）

用途…長距離侵攻兵器

分類…陸戦専用第二世代

運用者…『信心組織』軍

仕様…静電気式推進システム

主砲…金属実体砲×1（アーム8本分の運動エネルギーを統合）

副砲…金属実体砲、レーザービーム、瞬発ダッシュ用発射杭など

コードネーム…ジャックインザボックス
（びっくり箱。強大なバネを要所に採用しているところから。
『信心組織』軍正式にはフェンリル）

メインカラーリング…カーキ

JACK IN THE BOX

できるようになっているの。馬鹿デカい杭打機みたいなのを想像して。主砲の反動を相殺《そうさい》するため逆方向へ撃ち出したり、静電気式とは別に地面へ突き刺して瞬発ダッシュを決めたりする。特に左右への力は馬鹿にならない。ヤツの回避精度は半端《はんぱ》なレベルじゃないから』

「四本脚に、大きく開閉する主砲、おまけに尻尾《しっぽ》までついている、と」

『「信心組織」じゃ「フェンリル」なんて呼ばれているらしい。でっかい狼《おおかみ》よ』

「聖者尊翁《せいじゃそんおう》サマでしたっけ。あいつらカッコイイ名前つけたい病なんですかね？？？」

そうこうしている内に緊張の一瞬が迫ってきた。

最前列で地雷の検索をしているらしい（よそ見作業でいったん谷に落ちたはずの）ヘイヴィアからも連絡が入ってくる。

『クソ野郎を目視で確認。向こうの整備基地も車両ベースみてえだな、向こうは履帯だぜ。大名行列に取り囲まれた真ん丸野郎が近づいてくるぞ』

「履帯も履帯でぶっ壊れた時直すの大変そうだよね」

『それ以前にあんなのでガタゴト揺られたら座ってるだけで骨盤割れちまいそうだぜ』

『総員ROEを確認。右回りで回避するので最寄《もよ》りの遮蔽《しゃへい》に隠れて銃を構えろ。ただし引き金に人差し指をかけるなよ。これは年間行事だ、最大限の警戒と共に平和的にやり過ごせ』

特に銃を支給されていないクウェンサーまでもが、指先にぞわぞわした感覚が伝ってくるのが分かる。

「おかしいぞ……。『信心組織』の距離が近い。あいつら先に道を譲った俺達の右回りルートに従うつもりはないらしい。あいつら何様だ、渦を作らないで中央を突っ切る気だぞ！」

『ネガティブに受け取るな。単に地形の問題だ、あまり崖側に寄りたくないだけだろう。良いか、やるべき事は変わらない。このまま何もしないですれ違うぞ、「信心組織」も年間行事を消化しているだけだ。無意味な戦闘を始める理由は何もない』

ゴォッ!!　と突風が渦を巻いた。

ものによっては二階建てのアパートや学校の校舎に匹敵するサイズの巨大車両が数メートルの極至近ですれ違う。互いに構えるアサルトライフルの弾丸はおろか、ちょっと助走をつければ向こうに跳び移ってしまえそうな、分類上はほぼゼロ距離。ここまでじっくりし敵国『信心組織』の軍服を眺める機会もそうそうない。

向こうはこの炎天下の荒野でもぴっちり軍服を着込んでいた。

元から規律が取れているというより、交差の直前になってそういう姿を作る事で、だらしないこちらを小馬鹿にしようとしているように見える。

防盾つきの機関砲の回転支柱が軋《きし》む、公園の遊具みたいな金属音さえ耳に届いた。互いの移動速度に合わせ、こちらの胸の真ん中を狙い続けるように砲身がゆっくりと首を振っている。

クウェンサーと同じ体積の鉄筋コンクリートの石像を発泡《はっぽう》スチロールみたいに粉々にできる火力の塊だ。何も起こらないと分かっていても喉が干上がる光景である。

（……でも、本当に？）

と、外周を囲む二階通路にいるクウェンサーの頭に良からぬ疑念が湧き上がった。

（確か前にメコン方面でかち合った『ペーパービキニ』も『信心組織』の第二世代じゃなかったか？　本当に利害のそろばん勘定以外に衝突の引き金はないんだろうな……？？？）

つい視線を前方の『ベイビーマグナム』の方へと振っていた。

向こうも向こうで、至近数メートルの距離でオブジェクト同士が交差していくところだった。

その時それは起きた。

ゴッッッ!!!!!!　と。

いきなり『信心組織』から主砲が発射され、『正統王国』が全力で真横に回避する。

八本のアームを一点に集約、重ね掛けした極大威力の金属実体砲。

一方のお姫様はボクサーの右ストレートを胴体の振りで避ける。二〇万トンの塊らしからぬ超高速のフットワークがそこにあった。

だが見惚《みと》れている場合ではない。

とっさに身を伏せるだの何だの殊勝な事を言っている暇もなかった。全方位に撒《ま》き散《ち》らされる衝撃波で二階建てアパートに匹敵する巨大車両がつんのめるように浮かび上がり、上に乗っていたクウェンサーは尻餅をついてそのまま鋼の表面を転がっていく。

続けざまに『ジャックインザボックス』は足元のフロート先端近くにある放水管のような設備から液状化した鉛を噴き出した。それは砲身主柱の根元の辺りにぶつかる。根元の部分だけがぐるりと回るとあっという間に冷えて固まり、バームクーヘンに似たリング状砲弾が成形されていく。次弾装填完了《じだんそうてんかんりょう》、という訳だ。

「おぶっ⁉　フローレイティアさっ、緊急事態‼」

『馬鹿野郎ッッッ‼‼‼』

「誰に対すっ、ご褒美《ほうび》なのそれ⁉」

実際に撃ち込まれてしまった以上は黙って棒立ちしている場合ではない。『ベイビーマグナム』は小刻みに右へ左へ回避行動を繰り返しているが、こちらは未《いま》だに一発も反撃はしていない。

『フローレイティア、しじを』

『〜〜〜っっっ』

『どうすれば良いの、フローレイティア‼』

ギリギリ、と奥歯を噛《か》む音がここまで聞こえてくるようだった。

このまま黙っておけば有利な位置取りをキープされる。移動中の車両団を直接狙われるかもしれないし、最悪、すぐ近くのサイロシティが巻き込まれるリスクもある。大深度地下そのものは耐核を意識した分厚い岩盤に守られているとはいえ、地表に張り付いている人達だけでも一万人を超えているはずだ。犠牲にはできない。

全部総合して、追い詰められた銀髪爆乳はこう言い放った。

『あーもおー‼　総員に通達、みんな揃《そろ》って生き残れぇ‼‼‼』


ストレートに敵を殺せとは言えなかった辺りが乙女の恥じらいである。

パパン‼　トトトトトン‼　とオブジェクト以外にもあっちこっちで銃声が鳴り始めた。数メートルの谷間を挟んで手榴弾《しゅりゅうだん》が飛び交い、昔々の海賊みたいに直接飛びかかろうとした『信心組織』の警備兵をアサルトライフルのストックで殴りつけ、車両と車両の間にある谷へ叩《たた》き落《お》としているヤツもいる。人の身長より巨大なタイヤや履帯が絶えず地面を噛《か》む死の谷へ。

クウェンサーのすぐ近くでも公園の遊具みたいに軋《きし》む音があった。

防盾付きの機関砲だ。

あんなもん撃ち込まれたら防弾仕様の扉の陰に隠れても拳《こぶし》大《だい》の大穴でまとめてブチ抜かれる。

「ちくしょっ‼　ほんとにあんな物騒な連中がかいがいしくボランティアなんかやってんのか⁉」

決断の時間だった。

バックパックで背負っていたプラスチック爆弾の『ハンドアックス』を練り込み、数メートル先へと投げ込む。射手の大部分は分厚い盾に守られて顔も見ぇない有り様だったが、爆発物なら関係ない。スイッチ一つで機関砲ごと粉々にできる。

ただ一点だけ問題があるとすれば、

（……信管刺してる暇なかった……!!）

「ようしドカーンッッッ!!!!!!」

仕方がないので目一杯大きな声で叫ぶと射手の頭が防盾の上端から飛び出すくらい跳ね上がり、尻餅をついて、そしてついには転がり出てきた。どうやら本当に爆発へ巻き込まれたと勘違いしたらしい。すっかり腰が抜けて涙目でチビりかけている射手の正体がツインテールの一三歳だった事に気づいて、（一二歳と一三歳の）違いが分かるダンディを極めた漢《おとこ》クウェンサーは静かに敬礼していた。吹っ飛ばさなくて良かったと思う。

そうこうしている間に互いの超大型車両がすれ違い、機関砲の首振り可動域の関係でこちらが狙われる心配はなくなった。

しかし、ほっと胸を撫《な》で下《お》ろしている暇もない。

今は一〇〇台と一〇〇台が交差している真っ最中だ。一つやり過ごしても次のがすぐにやってくる。

が。

ドンッッッ!!!!!! という火山の噴火のような大爆発があった。

あまりの衝撃に『信心組織』側の特殊車両が四散し、クウェンサーまでひっくり返る。

「ばっばふ!? あにがまふ……ッ!!」

ちょっと顎《あご》の調子がおかしくなったクウェンサーが両手で顔を押さえながら判別不能な叫びを放っていた。

(旧来の火砲!? オブジェクトじゃなさそうだぞ……っ)

耳の奥にまだ何か音の塊のようなものが居座っている中でも、空気を切り裂く甲高い笛のような音が聞こえる。いいや音源は近づいてくる。それは一度成層圏まで打ち上げられ、放物線を描き重力落下を利用して恐るべき加速を味方につけて落ちてくる特大の砲弾だ。

バガッ!! ドゴッ!! と、立て続けに『信心組織』側の巨大な車が爆発に呑《の》み込《こ》まれ、二階建てのアパートに匹敵する鉄の塊がひしゃげて真上に跳ねていた。

突然の砲撃支援だが、これだけの密集状態だと素直に喜んでもいられない。今時の砲弾には羽がついていてGPSで自由自在に誘導できるらしいが、それでも世の中に完全という言葉は存在しないのだ。いいや、仮に狙いが正確だとしても、爆風に押されてカミソリみたいに鋭い装甲の破片が横殴りに迫ってくるし、ベルト状にまとめた機銃弾や砲弾、ミサイルなんぞに引火すれば全方位死角なしの『地上で花火大会』が始まってしまう。

『ティアちゃーん』

そして無線機からは一応素人《しろうと》なりに頑張ってみましたといった感じの暗号通信があった。当然、軍用規格の装置を通せばご覧の有り様である。

『何だか大変そうだねえ。仕方がないから協力してあげるよ、こっちも列車砲なんか積んできちゃったから色々持て余していてさあ』

『馬鹿野郎!!』

ガチガチの暗号通信だとかえって向こうに伝わらないと判断したのか、フローレイティアの声まで喫茶店のフリーwi-fiでも使ってんのかって感じで気軽に飛んでいた。

『余計なお世話だ民間人がそこで何してるッ!?』

『んー、我々「貴族」にはノブレスオブリージュの考えがあるからなあ。平たく言えば正当防衛の範囲がたまたま居合わせた街一個分くらい広い。ここグレーターキャニオンは「空白地帯」だ、武力を持たない当該地域の住人に危険が及ぶと判断された場合は私にも交戦の自由が与えられる訳だよ』

『ただの慣習だっ、正式に軍法で定められたものではない！　「正統王国」の支配圏の外ならなおさら問題だ!!』

ちなみにロマンの結晶列車砲だが、本来は列車のレールに載せないと動かせないくらい馬鹿デカい砲台……のはずである。

(わざわざレールに敷いてるのか意味もなく台車に載せてるのか。列車砲一つと周辺警備だけでどんだけ動員するんだっけ？　今は結構オート化されているかもしんないけど……)

『今そっちに向かっているから頑張って持ち堪《こた》えてねえ』

『総員に通達、バカがやってくる前にこの危機を脱するぞお‼』

最後の通信だけ軍用規格でこっちに飛び火してきた。

そしていつまでも聞き入っている訳にはいかない。

複数の燃え盛る残骸を迂回《うかい》するつもりだったのか、『正統王国』と『信心組織』、モンスター級の特殊車両同士の距離がさらに縮まる。

クウェンサーがへたり込んでいるこちらに直接飛び移ってくる腹なのか、クラウチングスタートで助走をつけようとしている『信心組織』の軍服どもが見て取れた。

今度は金髪グラマラスなのにガスマスクを被《かぶ》った女の子が二人。いいや髪の色も背丈もほぼ一緒って事はまさかのセンパイ系双子ワンセットか。

自分の命か、萌《も》えの魂か。

漢《おとこ》クウェンサー、決断の時であった。

「あっ、あっ、あわーっっっ‼⁉⁇」

とっさに車両点検用の木刀みたいなサイズのスパナを摑《つか》んで振り上げるも、いまいちヤル気になれない馬鹿は最後までへっぴり腰。おかげで役立たずの馬鹿は最前線に立って着地予定地点を占拠したまま何にもできず、最終的には飛びかかってきたガスマスク少女達とぶつかって外周二階通路の床の上で揉《も》みくちゃにされる。

　身内同士でやり取りしているのか、思う存分顔全部におっぱい感触を提供してくれるガスマスク少女の無線機からはこんな声が飛び交っていた。

『てきかたからのレーダーロックをかくにん、くりかえす、先にレーダーロックをしかけてきたのは「正統王国」だ！　我々はあたまに血が上ったぶたいのぼうそうをそしするため、だんことしてたたかわなくてはならない‼』

「もがふが、味方に言い訳しながら戦ってんのか向こうの操縦士エリートは⁉　そんなに後ろめたいならやらなきゃ良いのに‼」

　返事はズラリという凶悪な音だった。

　ソムリエの目利《めき》きでは推定でDからE。大変良い匂いのするおっぱいに包まれて視界を塞《ふさ》がれたクウェンサーだったが、音の正体はこちらへ覆《おお》い被《かぶ》さるガスマスク少女がアリルトライフルではやりにくいと判断して足首から大振りなナイフを鞘《さや》から抜き放った音であった。

　アドレナリンだかエンドルフィンだか訳の分からん物質で脳を満たされたクウェンサーは両目をぐるぐる回したまま全力で叫んでいた。

「実際どうなの美少女なの⁉　これで普通にブスだったら許さないですわあーっっっ‼‼‼」

　せめてその素顔を拝んでやるという気概で結構なお点前《てまえ》のおっぱいに視界を塞《ふさ》がれたままデ

カめのスパナを振り回すクウェンサー。ごつっという感触と共に、馬鹿デカいスパナの下端の方がタコの口みたいなフィルター缶の横に当たった。複数のゴムバンドで固定されていたのでマスクは外れなかったが、頭を揺さぶられたからか上に乗っていた双子の姉か妹がぐらりと揺れた。

今のは奇跡だ。

こんなのに頼ってはならない。もう逃げよう。

クウェンサーが這《は》いずってその場を離れようとした時、ガスマスクのLかRのどっちかがおかしな動きをした。間合いはざっと二メートルほど。流石《さすが》に踏み込みなしでの腕の振りだけでナイフの届く距離ではないはずだが、片膝をついたまま右腕をピンと伸ばしてナイフの切っ先をこっちに向けてきたのだ。

刃物というより拳銃に近い構え……のような気がする。

すっげえ嫌な予感がした。

それではここで問題です、『ジャックインザボックス』は何推しのオブジェクトでしょう?

「やばいっ、まさか仕掛け……っ」

バヅン!! という音がした。限界まで伸ばした分厚いゴム板のど真ん中に刃物を通したような鈍い音が炸裂《さくれつ》したのだ。銀の閃《ひらめ》きが『飛んだ』。グリップの中に太いコイルスプリングを仕込んでいたのである。クウェンサーには避ける避けないなどという選択はなかった。ただでさえへたり込んでいた中で、左胸に全体重を預けたハイヒールで踏んづけられたような衝撃が走ってそのまま後ろへもんどりうつ。

なんかバネの力で柄《つか》から射出された刃渡り二〇センチのクロム鋼の先っちょが刺さっている割には随分と元気にのた打ち回るクウェンサー。

「ぶほっ!?　がはあ‼」

ガスマスク双子も首を傾《かし》げながら、改めて銃器へ手を伸ばす。

最後は頭に銃口でも押し付けて処刑をしたいのか、ゆっくりとこちらへ近づいてくる左右ステレオ姉妹へ『正統王国』のクズは朦朧《もうろう》とした目を向けながら、

「……えぶっ、待っ、せめて『こいつが俺を守ってくれたんだ』って言わせて！　良かったぁー辛い孤独な作業のお供に上官の目を盗んでこっそり買い集めたグラビア雑誌のお買い得合併号を軍服の中に隠しておいてえ……‼」

恐怖心に高揚感に闘争心に今も残るおっぱいの感触に、色々ぐるぐる回り回ったクウェンサーの頭はとにかくハイになっていたのだ。

だから失念していたのかもしれない。

いくら相手がガスマスク常備の変態とはいえ、基本的に女の子は極厚セクシーハロウィン大特集号の話（袋とじについては上限突破）を振ってもあんまり機嫌は良くならない。しかも相手は『信心組織』軍なんだからきっと戦場を闊歩《かっぽ》しているのはケッペキを極めた聖騎士様とか

戦乙女殿とかだっつってんだろである。

どうにもならない状況だが、仰向けで薙《な》ぎ倒《たお》されているクウェンサーはすぐ近くまで寄ってきた美醜不明なガスマスク少女達の後ろに何かを見た。

外周二階通路の物陰からゆらりと現れたのは同じ『正統王国』の腐れ縁、小柄な少女のミョンリであった。腰だめに構えているのはフルオートで拳銃弾をばら撒《ま》くサブマシンガン。

一瞬でクウェンサーは理解した。

多分あいつは萌《も》えを理解していない。

「やめて美少女は世界の資源なのおーっ!!」

スパパパパン!! と容赦なく銃声が連続し、双子が特に何で二人ワンセットの必要性があったのか分かんないままやられてしまった。衝撃に薙《な》ぎ倒《たお》されて転がってきた誰かさんが再び覆《おお》い被《かぶ》さってくる。死んだおっぱいがクウェンサーの顔全部を埋め尽くしていく。まったく涙が止まらない馬鹿だったが、そこで気づいた。このおっぱいからはまだ鼓動を感じられる。

そして馬鹿に覆《おお》い被《かぶ》さるガスマスク少女を足でどかしたミョンリがこんな風に言っていた。

「防弾ですよ。どうせ腹黒い連中ならカーボンかクモの糸くらい着込んでるでしょ」

「良かった、ミョンリはん、ほんとによらった……」

「あれ、そんな涙と鼻水まみれになるくらい怖かったんですか???」

そうじゃないけどイロイロあるのだ。

「さっさと縛り上げて捕虜か盾にしましょう」

「待って言葉が不穏！　ミョンリお前に預けると怖いから俺が女の子縛るっ!!」

遠方では立て続けに『ジャックインザボックス』からお姫様へ鉛の砲弾が発射されたようだが、そこで『小競《こぜ》り合《あ》い』は終わったらしい。恐ろしいのは、これだけやられても一発も撃ち返さず、回避に徹底して生き残ったお姫様の技量か。

巨人達の足元では一〇〇台と一〇〇台の交差も完了する。

しかしこれで終わりではない。

すっかり気を失ったガスマスク双子の両手を後ろに回して結束バンドで縛り上げていると、フローレイティアから無線でこうあった。

『総員、これより整備基地ベースゾーンの構築に移る。次の衝突に備えよ。基地構築と戦闘準備で班を分ける。最前線に向かう者は作戦前会議ブリーフィングを行うので別途集合』

「フローレイティアさん、ヤツらはわざわざUターンしてもう一度ぶつかってくると？」

『今のが単なる挑発や突発戦闘ならこれで終わりだが、わざわざ暗黙の了解を破ってまで何か意図を込めていた場合は必ず来る。一本道の年間行事の我々と違って、「信心組織」は頻繁に往復して炊き出しや雇用対策なんぞで地域還元と称した布教活動の足掛かりを作っているからな。敵の動きが読めない以上は備えるしかない。……この近辺で仕掛けられるとしたら、それこそスピード勝負の電撃戦になるぞ。「安全国」にいる「資本企業」と「情報同盟」のてっぺんが全面戦争を嫌って現場そっちのけでまごまごしている間にケリをつけるしかない』
それに、と彼女は一拍を空けてから、
『……仮に「信心組織」側がUターンして再戦を仕掛けてくるとなると、例のサイロシティがまんま巻き込まれる構図になる。数十万の命を巨人のダンスで踏み潰させるのを避けるために必要なのは一つ、事前に避難させて交戦区域を空ける事だ。何にしても時間はないぞ、分かったら無駄口利《き》いている暇で手足を動かすんだ‼』

4

急ピッチで一〇〇台の巨大車両を並べ直して整備基地ベースゾーンを構築しているが、大会議室の完成を待っている暇もない。

よって（すっかりいつもの軍服に着替えた）フローレイティアは灼熱《しゃくねつ》の荒野に実働の兵士達を集めていた。

「予定にないアクシデントの真っ最中で、電子シミュレート部門も本調子じゃない。よって作戦立案の練り込みはどうしても甘くなっているのも事実だ。普段より危険な任務になると肝に銘じておけ。絶対に聞き漏らすなよ」

早速クウェンサーの隣にいたヘイヴィアが片手を挙げた。

「……そもそも最初に確認してえんですけど、始めちまって良いんですよね？　次はこっちから撃つ番だって」

「パリの制服組も相当頭を抱えたようだが、サイロシティの民間人を守るというお題目のおかげでギリギリ競《せ》り勝《か》ったという印象だな。ここはあくまで『空白地帯』で、暮らしているのも『資本企業』や『情報同盟』とは無縁の存在だ。無辜《むこ》の民を戦火から保護する切迫した理由がある場合は手を差し伸べられる。……この辺りも『クリーンな戦争』の枠組みに助けられたな」

気分は青空教室。倉庫からとりあえず表に引っ張り出してきたホワイトボードにフローレイティアはプリントアウトした紙の資料をいくつか貼り付けていく。主にドローンや『ベイビーマグナム』のレンズが撮影してきた画像だ。

「敵は『信心組織』の第二世代、『ジャックインザボックス』。弾性合金技術の塊、つまりバネの力をあちこちに組み込んだオブジェクトね。特にネックなのは二つ、主砲の金属実体砲と瞬発ダッシュ用に地面へ打ち込む尻尾《しっぽ》になる」

「実際問題、感触としてはどうなんです？　お姫様は結構向こうの主砲をひょいひょい避けていたような印象ですけど」

クウェンサーが尋ねると、ＵＳＢケーブルでスマホの急速チャージャーと繋《つな》いだ小型の手乗り扇風機で自分の顔に風を当てていたお姫様にみんなの視線が集中した。何故《なぜ》かいつもの青い特殊スーツではなくぶかぶかの半袖Ｔシャツ一枚で生脚完備でござった。しかも屋外。チラチラ見え隠れする眩《まばゆ》い腋《わき》や太股《ふともも》に冷却シートが貼ってあるのを見ると、メガネの女医さんにでも指示されて緊急クールダウンの真っ最中なのかもしれないが、

「あれはむしろゼロきょりだから何とかなったってかんじかな。ぼうえんきょうをのぞきながら手元のハエ叩《たた》きをふり回していたっていうか」

「……、」

「……、」

「……、」

「な、なにかな？」

ようやっと全員の注目を感じ取ったお姫様が身を小さくするが、そんな事で何が変わる訳でもない。視線の圧に潰されるようにもじもじしていた少女は、やがて安住の地を発見する。

「にあー……クウェンサー……」

「「よしあの子猫ちゃんに懐《なつ》かれたクソ野郎を後で裏に連れ込もう」」

全ての男性兵士が号令する中、ほんのり顔を赤らめたお姫様はしっかりまたはしっとりとクウェンサーの背中を盾にしていた。

今ここで男衆が声を掛けると全力で心の扉が閉まりそうなので、フローレイティアが慎重に質問を投げかける。

「……適正な間合いを測って殴り合いになった場合はその限りではなくなる、と」

「なあお姫様。主砲と尻尾《しっぽ》はどちらに脅威を感じた？」

ううう、ともじもじするお姫様がますます引っ付いてくる。バックパックを下ろしておいて良かったとクウェンサーは過去の自分に感謝していた。おかげであっちこっち柔らかい感触が留《とど》まるところを知らなくなっている。

もう何ていうか、お姫様が口を開くだけで温かい吐息が耳に当たるバブルの到来である。どうせこんな天国いつか弾《はじ》けるのだろうがそれは今じゃない！

「どっちもどっちだけど、しいてあげるならしゅほうかな。おそらくあのしゅんぱつダッシュはスピードが出すぎて、『ジャックインザボックス』自身コントロールし切れていないとおもう」

「詳しく」

「うん、分かったクウェンサー。あくまでいんしょうのはなしだけど……。しゅんぱつダッシュしながらせいかくにロックしてしゅほうをうち込むことはできないんじゃないかな。『こうげき』か『かいひ』か、ヤツは2つのモードをこまかく切りかえてうごいているにすぎない」

お姫様はぎゅうとクウェンサーの背中にしがみつきながら、少年の肩越しにジャガイモ達を見やって、

「どの方向にしゅんぱつダッシュするかはしっぽの『向き』を見ればよそくできるはなしだし、いなづまみたいに何回もジグザグに切りかえされると厄介だけど、そのあいだは『こうげき』にてんじることはできないんだから、ぎゃくにじっくりねらいをつけられる。そう考えると、

ちめいしょうを与えてくるかのうせいはやっぱりしゅほうの方になるのかなあって」

「その案で行こう」

フローレイティアはパチンと指を鳴らして、

「『ジャックインザボックス』一番の脅威は構造の簡便さを活《い》かし八本のアームを束ねてベクトルを合成、重ね掛けさせるバネ仕掛《じか》けの主砲にあると仮定する。お姫様は真正面からヤツの高速戦闘についていくのが大前提とした上で、それ以外の馬鹿どもにも集中的に主砲を潰していく支援作戦を進行させていくぞ」

「どうやって⁉　通常で時速五〇〇、最大で七〇〇以上かっ飛ばす第二世代に張り付いて主砲にイタズラでも仕掛けろってんですか‼　全速力のリニアモーターカーにジャンプで張り付けっつってんのと同じだぜ、接触した途端に飛び込み自殺の完成だって‼」

「最後まで聞け馬鹿の筆頭」

フローレイティアは細長い煙管《キセル》から吸い込んだ甘ったるい煙を吐き出しつつ、

「……何も主砲そのものに触れる必要はない。クウェンサーには事前に説明していたが、『ジャックインザボックス』は超高速の瞬発ダッシュの他に、主砲の反動相殺《はんどうそうさい》のため、発射時に逆方向へ尻尾《しっぽ》を振って分厚い杭《くい》を虚空《こくう》へ打ち出していたはずだ。……逆に言えば、ヤツの金属実体砲は単体じゃ支えきれない。そのまま撃ったら二〇万トンの塊がまんまひっくり返るんじゃないか？」

　クウェンサー達としても『ジャックインザボックス』に恨みはないが、とにかくヤツを倒せば全ての問題は解決する。この際、大破で吹っ飛ばさなくても行動不能に陥らせるだけで良い。身動きの取れない馬鹿を主砲で殺すなり見逃すなりは、人様の背中に引っ付いて温かい鼓動を伝えてくるお姫様に預ければ良い。

『画像の資料は？　具体的な尻尾《しっぽ》の打ち込み手順を知りたいな』

『使える資材は何と何があんの？』

『あの液状鉛を絡《から》みつかせるバームクーヘン砲弾だけどさあ……』

『胸もお尻もきっつ……。どうしよ、何でこんなにあちこち自己主張しちゃうのおー？』

　すぐ先に迫る死の危険から全力で目を逸《そ》らしたいのか、部屋の模様替えの最中にマンガの単行本を引っ張り出すような気分で馬鹿どもは課題へ取り組んでいく。あとなんかギャルが全然関係ない事を呟《つぶや》いていたがそっちに意識を持っていかれたら負けだ。多分この準備を怠ったら死ぬ。ほんとに死ぬんだってばッ!!

　煩悩《ぼんのう》と戦い続けて頭のクロック数をおかしな方向に跳ね上げていった働きアリどもの思考が極まっていく。ジャガイモどもが知恵を絞っても何もでないかと思いきや、

（八本のアーム、バネ、液状鉛のバームクーヘン砲弾、ベクトルの合成、反動の制御、力の相《そう》殺《さい》、歯車みたいにギザギザのついた主柱、主砲と尻尾《しっぽ》のバランスは常に均等じゃないといけない、となると、あれ、あくまでも重さの移動、ベクトルの合成と相殺《そうさい》の話でしかないのなら、

必ずしも尻尾《しっぽ》そのものに触る必要はないんじゃあ……？）

「クウェンサー、何か思いついたか」

「えっ、いや別に⁉」

「貴様に情報の取り扱いに関する権限はない。どんなに細かい事でも報告するのは義務だ」

「かっ買《か》い被《かぶ》り過《す》ぎですよう、何でもないです、そうだよな、そんな事絶対にダメだ……」

そしてフローレイティアは無言で火の入った細長い煙管《キセル》を振り上げた。

「せ・つ・め・い、だ」

「ひいいい‼　あっ、ああもう、何でこんなの思いついてしまうんだ俺の馬鹿‼」

クウェンサーは心底嫌そうに舌打ちしてから、両手を上げて白状する。肩甲骨《けんこうこつ》が動いた途端に柔らかいふくらみに直撃したような気もするがそんなの絶対に内緒である。

「せっ……接着剤です」

「つまり？　責任は指揮官たる私が負うべきものだ、お前自身が善悪を背負う必要はない。『信心組織』の動きと六価クロムについても分かっているな？　何にしても火急の用なんだ。話せ」

「ええと、くそ……やっぱり言わなきゃダメか」

いつまでもうじうじしながらクウェンサーは首を横に振る。

何かを吹っ切るように『もしも』の話を投げ込んでいく。

「元々この辺りは一面乾いた荒野で砂埃《すなぼこり》も舞い上がりやすい。オブジェクトが近づいてくる時だってほとんど入道雲みたいな有り様だった。こいつに噴霧器でミクロ状にした接着剤と混ぜて空中を漂わせるんです。『ジャックインザボックス』の尻尾はおよそ二五メートル、中の杭を打ち込んだ時はおよそ倍の長さになる。ヤツは特大のバネと錘を使って空気を蹴飛ばしていた。という事は……」

「空気そのものの粘度を変える、と?」

「空気だって流体だ。粘度によって反応は変わります。『ジャックインザボックス』のキック力は予想以上に跳ね上がり、ヤツは制御不能に陥ります。元々主砲発射時で大揺れの状態から

さらに不測の事態が生じれば、このヤジロベエはひっくり返るはず」

辺りからは口笛が鳴り、クウェンサーの後ろからお姫様が軍服の背中をきゅっと摑んできたが、フローレイティアの顔は険しいままだった。

そう、机上の空論のままでは意味がない。

実際に『信心組織』の第二世代を転がすまでが遠足なのだ。

「具体的な接着剤については?」

「二価フェノールとエピクロロヒドリンの重合体、俗に言うエポキシ樹脂です。整備基地ベースゾーンの壁の隙間を埋める充填剤がそのまま使えるはず、量も十分揃っています」

「噴霧器」

「こいつは木工用や瞬間接着剤なんかと違って熱に反応して固まるのであんまり容器内部の真

空化に気を配る必要はありません。短期間の作戦で中が詰まる事はないかと。エアコンの室外

機をいくつかバラして大型の送風機を作りましょう」

ふむ、と銀髪爆乳の上官は細い煙管を咥えて思案した。

それから言った。

「……で、問題点は?」

「その、健康面に問題ありです。細かい霧状にして一面にばら撒くので、うっかり吸い込む

と気管や肺の中を汚しかねない」

「他には?」

さらに尋ねられると、クウェンサーは右手と左手の人差し指をくっつけたり離したりしなが

ら白状した。

「……熱で反応するって事は、辺り一面にばら撒いた接着剤全部を反応させるため、交戦エリ

アの空気を焼き焦がす必要があります。つ、つまり風向き次第では火の海がサイロシティ表層

を舐めてしまうかもって話でして……」

5

「あー、ほあんかんだー」

「ひま過ぎてお腹《なか》ばっかり大きくなってる保安官ー」

馴染《なじ》みの店でお決まりのドーナツとコーヒーのセットを買っていると、そんな子供達の囃《はや》し立《た》てる声が飛んできた。すっかりお腹《なか》も膨らみ、かつてのペアリングもぶくぶく太った指先には入らない。おかげで細い鎖に繋《つな》いでネックレスにしている有り様だった。軽く睨《にら》む頃には子供達も路地に消えているので気にする暇もない。

トーマス＝ゴールデンクリッパーはこの街の空気が嫌いではなかった。

サイロシティ・ジャイアントピザ。

地表部分だけを見れば大型のガススタンドを中心に、スーパーマーケットや宿泊施設なんかが分厚く取り囲む、トレーラー基地のような場所だ。とはいえ、北に南に北米大陸を進む隊商を頼るだけでは安定収入には結びつかない。山と谷の落差が激しく、そうした窮地の谷の時期を救ってくれるのが『信心組織』の炊き出しや雇用対策であった。単純にお金がもらえる他、技術を習得すれば職人や工場長などにも抜擢《ばってき》されるというのだから注目の的だった。人の上に立つ重責からかあまり根を詰めるのも体に悪いが、無理がたたって体調を崩した人達も『信心組織』が建てた病院で養生していると聞く。当人達にとってはとんだ災難かもしれないが、命にかかわりさえなければたまの長期休暇だったと笑って話せる日もやってくるだろう。

ここは『信心組織』の善意で成り立っている。

この街の序列は地下深くへ向かうほどグレードが上がる。

地表にいるのは強烈な日差しや土煙から身を守る事もできない、それでいてよそからやってくる運転手達に愛想笑《あいそわら》いを振《ふ》り撒《ま》かなくてはならない馬車馬達という話らしい。それでもトーマスは、季節はおろか昼夜の概念すら無視したセレブ達より、よっぽど地表の方が馴染《なじ》みは良い。それは土地だけでなく、人の風土も同じだった。行き場を失って流れ着いた者達が旧時代のミサイルサイロで身を寄せ合っているのに、その中でさらに序列を作って他者を見下す行為に何の値値があるのか。そこらのダイナーで自分の頭より大きなハンバーガーに挑戦しているのは『信心組織』の臨時工場に従事しているゴリゴリのマッチョ達、そんな男達を見て笑っているウェイトレス、土産物《みやげもの》の露店では主婦達と店主が商売そっちのけで世間話の花を咲かせ、ちょっとしたスペースとボールが一個あればいつまでも遊んでいられる子供達が走り回っている。

昼行性だか夜行性だかも分からん爬《は》虫《ちゅう》類《るい》みたいな肌をしたしっとりセレブどもより、よっぽど守るべき価値がある。

そう思ったからトーマス＝ゴールデンクリッパーは保安官としてこの街の表層にしがみつき、

日々の暮らしを見て回っている。自分なんて活躍の機会がない方が良い、そんな風に考えながら。

しかし現実は過酷である。

もう少しこの男が愚鈍であれば、変化に気づかずにやり過ごせたかもしれない。

「……？」

サッカーグラウンドより大きなアスファルト敷きの空間が気になった。

元々は車に乗ったまま映画を眺めるためのドライブインシアターだ。トラック運転手が主な商売相手とはいえ流石《さすが》に古めかし過ぎるのか、あまり客足は良くなく、何の広告も張っていない巨大な白看板のようなスクリーンも砂埃《すなぼこり》や直射日光を浴びてあちこち染《し》みだらけになっている。

そんな忘れられた娯楽施設に、久しぶりに人が集まっていたのだ。

いいや、野外劇場であるドライブインシアターは夜にならなければ映画の上映はできない。こんなカンカン照りの中にたくさんのゴツい四駆が集まる必要は何もないはずなのだ。

激レアの違法駐車かとも思った。砂漠の街でアシを取り上げられたいと思う運転手は珍しい。だが首を傾《かし》げてそちらへ近づこうとしたトーマスのアンテナ感度があと一歩足りなかった。あからさまなカーキ色の塗装を見ても、ある可能性を思い浮かべる事ができなかったのだ。

おい、と声を掛けようとした直前だった。

いきなり背後から肩を摑《つか》まれたかと思ったら、右足の膝の後ろに衝撃があった。そこからはもう分からない。ぐるんと視界が回った途端に背中一面へ強い衝撃が走り、驚いた肺が左右両方とも本来の役割を忘れてしまう。

呼吸困難に陥ってしばし、ようやっと投げ飛ばされたと理解する。

こちらを覗《のぞ》き込《こ》んでいるのは見知らぬ軍服を纏《まと》う少年達だった。彼らは心底うんざりした顔でこう呟《つぶや》いていた。

「……どうすんのこれ？」

「どっちみちこの街にゃ時間がねぇんだ。『信心組織』に六価クロム、諸々《もろもろ》の問題を解決しなくちゃ勝手に沈むぞ。多少手荒な事になってでもみんな助けなくちゃならねぇ」

「必要なのは何だっけ？　警察署に、交通管制センターに、放送局に、電話交換局に……」

次々並べられていく施設の名前に、トーマスは満足に息を吸えない苦しさも忘れて両目を見開いていた。まずい気がする、それらの連なりには不穏な匂いしか感じ取れない。

こいつらは『信心組織』じゃない。敵対する『正統王国』の軍服だ！

そしてヤツらは言った。

「お互いクソみてえな災難だが、同情してもらう義理はねえから心配すんな。さっさと全部占拠して街の機能を掌握しなくちゃならねえんだ。悪いがちょっくら協力してもらうぞ」

6

威勢の良い客引きの声やボールを追い駆ける子供達の歓声を耳にしているクウェンサーやヘイヴィアら『正統王国』の面々も乗り気な訳ではなかった。

しかしこちらがどれだけ拒んでも『ジャックインザボックス』はやってくる。こちらを狙って襲ってきている以上、ヤツは『ベイビーマグナム』が交戦区域から離脱するのを良しとはしない。露骨に場所を移そうとすればすぐにでもスクランブルで出撃してくるはずだ。

……これからこの街は戦場となる。

大前提として、この短時間でサイロシティ全体の数十万人の避難はできない。地表部に張り付いている一万人を頑丈な耐核設計の大深度地下に送り込むのも間に合わないだろう。こちらは一千人弱の大隊を賄う程度の車両団しかないし、大都市のマイカーやトラック基地の輸送車を総手で駆り出しても全ては乗せられないし、たくさんの車を動員すれば荒野へ繰り出す余裕もなく自分達の街の中で大渋滞に陥ってしまう。間違いなくその前に『信心組織』は動き出してしまうはず。

よって、基地司令を預かるフローレイティア＝カピストラーノ少佐は根本的に発想を逆転させた。

クウェンサーやヘイヴィア達は命令の内容を復唱していた。

「早いトコここに整備基地ベースゾーンを作っちまおうぜ！　そうすりゃ国際条約が『ジャックインザボックス』の砲撃からこの街を守ってくれる!!」

移動式の整備基地を、サイロシティとぴったり重なるように敷設《ふせつ》してやれ。

伝統的に『クリーンな戦争』ではオブジェクト同士の激突に終始して、整備基地ベースゾーンの兵力同士が殴り合う構図には発展しにくい。もちろんいくつかの暴走した戦場では整備基地を直接狙った襲撃も行われてきたが、野晒《のざら》しのままサイロシティを放置するよりかははるかに狙われにくくなり、生存率も高まるはずだ。

「……開戦までに全ての避難が間に合わなくても構わない」

クウェンサーも頷《うなず》いて、

「戦いながらでも避難を進めて、地表部に張り付いている人達を地下に押し込み続ける事ができれば。岩盤の下は耐核設計なんだ、ヤツが暴れ回ったって多少は持《も》ち堪《こた》えるはず」

彼ら『正統王国』もまた真っ白な正義の味方とはいかない。『ジャックインザボックス』を仕留めるために有害な接着剤を霧状にして辺り一面にばら撒《ま》いた挙げ句、高温で空気を焼いて反応を促す必要がある。風向き次第では直接街の表層を炎の海が舐《な》めていくリスクだって。

せめて絶対に成功し、確実に脅威を取り除く。

そのために必要な時間については、こちらが肉のクッションになってでも稼いでみせる。

それくらいしかしてやれる事がない。

地元の警官……いや保安官と思《おぼ》しき中年男を投げ倒して拘束しながら、ヘイヴィアがこんな風に言ってきた。

「さっさと情報を聞き出すぞ、最優先は地下への搬入出口だ。メガホン片手にそこらじゅうへ警告を飛ばす訳にもいかねえんだろ」

「そんなのやったら大パニックになるよ。この状況で暴動だの略奪だのが起きたら最悪だ、タイムテーブルが崩壊して『ジャックインザボックス』の横暴を止められなくなる」

ネット経由で必要なデータだけ流して後は現地の警察にお任せ、とできないのもその辺りが原因だった。いったん拡散した情報がどう広がっていくか分からない、では全滅間違いなしである。

現場での『協力』は不可欠だった。

何しろ地表部だけで一万人を超えるのだ。サイロシティと地図の上でぴったり重なるように整備基地ベースゾーンを展開させる事で『ジャックインザボックス』から守ろうとするにせよ、余計な混乱を生んでいる暇はない。

警察署などの治安維持機関を速やかに占拠して、騒ぎにならないよう閉じた署内で差し迫る事情を説明して納得してもらう。下手に外へ逃げようとすれば余計危険になるため、主要な道路へ車を放置して渋滞を作り、マイカーの暴走も防ぐ。交通管制センターの情報はもちろん、放送局の手も借りてテレビやラジオから地下への避難を呼びかける必要もある。

敵は時間だ、導火線に火は点《つ》いている。

よって押し問答している暇はなかった。場合によっては銃口を突き付けながらの説得になる。一秒でも一時間でも遅れたら終わりなのだ、『ジャックインザボックス』は全てを灰燼《かいじん》に帰す。

「正義の味方は辛いね……」

「私は万に一つの落ち度もない完璧な全身タイツですよろしくねなんて自己紹介する馬鹿なんか信用できるか。文句言うヤツを片っ端から殺してきたようにしか見えねえよ」

一方で拘束された保安官は青い顔のままぶるぶる震えて、それでも声を搾り出していた。

「し、しゃべらないぞ！　『正統王国』のバーサーカーどもの手助けなんかしないっ。炊き出しや臨時工場で『信心組織』に助けられているとは言ってもここは文民が支配する平和主義の街なんだ‼」

「これが本当に正しい市民の味方だな。でもどうやって説得しようへイヴィア、もちろん暴力はナシでの話だ」

「軍規に反しちまうが『ジャックインザボックス』の写真を一枚ずつ見せていくのが一番手っ取り早い。あるいは六価クロムの件とか、探知機が何の反応を捉えていたかとか。このおっさんが何枚目で心を入れ替えるか賭けようじゃあねえか」

「一〇枚で便所掃除当番交換」

「平和主義の良心を信じるねえ。俺は五枚が良いトコだと思ってたのによ」

これから黒焦げの死体の山でも見せられるのかと想像しているのか、すっかり青というより白っぽくなった保安官の襟首を摑《つか》んで引き上げながらヘイヴィアはそんな風に息を吐いていた。

「おいおっさん、さっき臨時工場っつったな？」

「……、私はしゃべらない」

「なら黙って聞きな。『信心組織』はサーカスみてえに馬鹿デカいテントの臨時工場を建てて地元の人間から工員を募ってやがった。オブジェクトのパーツを作るための簡単な仕事。そう、大きな大きなバネを作るためのもんだ」

「……、」

もう泣き出しそうな顔で、保安官はクウェンサーの方を見た。

彼もまた首を横に振った。

「聞くんだ。鋼は色んな不純物を混ぜる事でその性質を変える。例えばクロム。比率を調整すればそのままステンレスにもなるけど、『信心組織』が使っていたのは六価クロムだったはずだ。周りの土壌から成分が出てるから間違いない」

「そっ、それが、それが何だと言うんだ……？」

「知らないのか？　いいや、聞かされていなかったのかもな」

クウェンサーは保安官ではなく、ここにいない誰かに向けて吐き捨てるような素振りを見せた。眉間に皺《しわ》を寄せ、頭痛に耐えるように彼はこう続けたのだ。

「……六価クロムは重度の環境破壊物質なんだ。『安全国』じゃあ排出条約の関係で取り扱えないトコも多い。だからカウントのされない『外』に出て、アンタ達の体を汚染しながらパーツ調達を進めていたんだよ」


太った保安官の喉がひくついたが、声は出てこなかった。

顔一面からびっしょりと汗が噴き出している。いいや、目元のそれは汗なのか。

「臨時工場に従事している人間が、突然行方を晦《くら》ます事はなかったか？」

悪夢のような答え合わせが続く。

「アンタ達がその現象にどう折り合いをつけていたのかは知らないけど、真実はシンプルだ。汚染が限度を超えた者から倒れていく」

「嘘《うそ》だ……」

「残念ながら金属探知機にも反応がバンバン出てんだよ。小銭か腕時計かは知らねえが、少なくともありゃあ地雷でもなければジュースの空き缶でもねえ。車両団で踏んづけるのも癪《しゃく》だからな、荒野のあちこちに埋まってる死体はできるだけ避けてやろうと思ってよ」

「そんなの嘘だあ!!」

保安官は突然絶叫して遮った。首元にある何かを握り込み、歯を食いしばっている。手負いの獣のような男が身に着けていたのは何だったか。クウェンサーはすぐに思い出した。

ペアリングに細い鎖を通したネックレスだ。

どんなものであっても金属反応は出る。もしかしたら、ひょっとしたら……、

「ありえない。ありえないありえないありえないっ!! だって、そんな、この街は『信心組織』の善意で成り立っていて、あの人は、だって、職人、工場長が、そんな、病院が、顔を見せないのは、うう、いつか笑って話せる日が、すぐにでも復帰、ああ……うぅあぁぅあああっ!!」

錯乱気味なのか、最後の方はもう言葉になっていなかった。

思い当たる節はボロボロ出ているのかもしれない。だけどそれを認めてしまったら何かが瓦《が》解《かい》するから、全力で否定しようともがいているのだ。

「……なあ、これが本当に正しいのかよ、クウェンサー」

「正しいんだろうさ。正しいだけで、他に何にもないけどな」

目の前で、自分達の倍以上は歳《とし》の離れた大人が身も世もなく崩れ落ちるのを、思春期の少年達は複雑な目で眺めていた。やってはいけない事をやった、見てはいけないものを見た。そんな気分にさせるには十分な光景だった。

だが震える肩に手を置く事もできなかった。

それより前に次の動きがあったからだ。

街の一角で派手な爆発音が響き、体に悪そうな黒煙が大空を汚していく。

ドガッッ!!!!!!　と。

そんなに離れていない。せいぜい建物を二つ三つ挟んだ程度の距離。分厚い音の塊に叩《たた》かれるように、思わずクウェンサーはひっくり返って近くの四駆の側面に引っ付いていた。

甲高い単音のような耳鳴りが響く中、防弾車のドアを開けて盾にしていたヘイヴィアの口が動いていた。声は聞き取れなかったが唇の動きからは、どこのばかだ、と叫んでいたように思える。

「……ハンガーマーケットの方だ。この時間は主婦ばっかりのはずなのに」

なので実際に音が戻った時、最初に耳へ入ったのはついさっき投げ落としたはずの太った保安官の声だった。

「そうだ、『信心組織』なら何か知ってる。六価クロムだの臨時工場だの、全部の秘密をっ、あいつらなら!!」

「あっ、馬鹿野郎!!」

ヘイヴィアが思わず手を伸ばしたが、あと一歩の所でその肩まで届かない。一体どこにそんな力が残っていたのか、するりとすり抜けていくように民間人が爆発現場へ走り出してしまう。その首回りで、ドッグタグのように鎖で繋《つな》いだペアリングの片割れが揺れていた。

保安官は真実を知りたかったんだろうか。それとも否定して欲しかったんだろうか。

「くそっ、どうす……っ、ああもう止まれちくしょう!!」

悪友は思わずアサルトライフルの銃口を向けるが、命の無駄遣いをする人間に対しては何と無力な事か。絶対に殺してはならない相手にホールドアップの要求は効果を発揮しない。

舌打ちするヘイヴィアは寄り添っていた四駆の方へ目線を投げたが、すぐ近くにいたクウェンサーはおっさんを追い駆けるためにそのまま走り出してしまう。

実際には運動神経に自信がある訳でもないのだが、車の免許がないので特に迷わなかったというのが大きい。

「来いよヘイヴィア！　あのおっさんは愚かであっても何も悪くない!!　一つもな!!」

「仕方ねえなっ、ちくしょう!!」

引きずられるようにヘイヴィアも四駆を諦めて消えていく保安官の背中を追い駆ける。

建物を二つ三つ挟んでいる程度ならキーを回してエンジンを掛けるより全速力で走った方が速いと判断したのかもしれない。

「それにしても何だあの爆発っ、うちの三七の誰かが暴走したのか!?」

「音を聞く感じじゃうちの支給品っぽくねえぞ‼」

やはり相手は『信心組織』なのか。あるいは彼らから武器が流入しているのか。

建物を挟んだ向こうから、拡声器を使って増幅された音声が雪崩《なだ》れ込んできた。

『親愛なる迷い子達よ‼　憎き敵、「正統王国」はやってきた！　親や子供、恋人や家族、親友や恩師‼　大切なものを蹂躙《じゅうりん》されたくなければ武器を取れ、身を挺《てい》して今脅《おびや》かされている命を守るのです‼』

「野郎っ、自作自演で俺らを敵視させる腹か⁉」

「完全に成功しなくても、どっちがやったか分からないグレーゾーンくらいは持ち込めるかもしれない。そうなったら暴動の矛先がこっちにも向けられるぞ。早く何とかしないと！」

あちこちで家屋の扉や窓が閉められていく。

二階の窓を閉める時に落としてしまったのか、頭の上から携帯電話が落ちてきた。絶えずマナーモードで振動しているモバイルを掴《つか》んで小さな画面に目をやってみれば、『信心組織』からの緊急メールが連投されている。

「最悪だぜ……」

「嘆いている場合じゃない、一つ一つ片付けよう。まずは保安官だ‼」

大深度地下に向かって発達していくサイロシティでは、高層建築にはさしてステータスを感じないらしい。せいぜい三階か四階建てくらいの小さなビルを回り込むような格好で保安官を追い駆けている間にも、さらに追加の爆発音や銃声らしき連射音が雪崩《なだ》れ込《こ》んでくる。

『「正統王国」だ！　「正統王国」が攻めてきた!!　女子供は屋内に退避、繰り返す、女子供は絶対に表へ出すな!!　ヤツらのやる事だ、何が起きるか分からない!!』

「良く言うぜ、テメェらは平気な顔して街の連中を六価クロムでずぶずぶに汚染させながら……ッ！」

布教用の特別仕様なのだろうか、すぐそこを一面スピーカーで埋め尽くした装甲車が通り過ぎていくのを見て、クウェンサー達は慌てて物陰に身を隠す。ひいはあ荒い息を吐きながら、必死になって鋼の塊を追い駆けようとする太っちょの影もあった。

「あのバカっ、タガでも外れてんのか。生身で装甲車を捕まえようとしてやがる!!　重機やグレネードが怖くねえのか!?」

「まだ『信心組織』を信じたいんじゃないのかな。リアルが追いつくのを恐れている。危険を感じたら全てが瓦解《がかい》するって思い込んでいるんだ」

「早いトコ捕まえねえとあいつマジでミンチになっちまう！　ちくしょうこのクソ暑い中汗まみれのデブの尻追っ駆けて押し倒すなんて最悪だ!!」

「……俺達があそこまで追い込んだんだ、絶対死なせる訳にはいかないぞ」

どうやら黒煙の発生源は大型のショッピングセンターのようだ。おそらく二階か三階建てで、平べったい建物は単純な面積だけならちょっとしたドーム球場より大きいかもしれない。その分駐車場もだだっ広く、遮蔽《しゃへい》になるものがない。どこから狙われるか分からない状況はドちくしょうの一言に尽きた。

「あっ、あーあーあー‼　あいつよりにもよって真《ま》っ直《す》ぐ駐車場を横断してやがるっ、あの馬鹿死ぬ気か⁉」

「いやちょっと待て、他にも何か……」

クウェンサーが何か言いかけた時だった。

ギャギャギャギャリギャリ‼　と分厚いタイヤが地面を噛《か》む音が炸裂《さくれつ》する。馬鹿二人の目の前を塞《ふさ》ぐように、『正統王国』の軍用四駆が急停車した音だった。屋根の上に太い重機関銃を載っけたカーキ色の塊の運転席には小柄なミョンリが収まっている。

身振りで上を指し示しながら同じ三七の優等生は叫ぶ。

「こいつを盾にしながら進んでください！　上にドローン飛ばしていますから、我々で敵の攻撃を誘って空撮で敵の位置をマーキングします‼」

しかし全く言う事を聞かないヘイヴィアはドアを開けずに壁をよじ登ってルーフの重機に取りついた。駐車場で向きを変えようとする装甲車に向けて大量の徹甲弾をばら撒《ま》いて、プラスチックのオモチャを噛《か》み砕《くだ》くように吹き飛ばしていく。

だがそこが限界だった。

クソ野郎はルーフに空いた大穴から運転席のヘッドレストを蹴飛《けと》ばし、ミョンリに向けて警告を飛ばす。

「降りろっ!!」

クウェンサーには何もできなかった。ミョンリがドアから転がり出て、ヘイヴィアは屋根から飛び降りていく。

直後の出来事だった。


ドッッッガッッッ!!!?? と装甲板で補強された軍用四駆が木《こ》っ端《ぱ》微《み》塵《じん》に爆発する。


今度の今度こそ至近での一発にクウェンサーがまともにひっくり返る。一度大きくバウンドした燃え盛る鉄くずが転がってくるのを見て、呼吸困難に喘《あえ》いでいる暇もなくなった。這《は》いずっているのか転がっているのか、とにかく灼《しゃく》熱《ねつ》のアスファルトを少しでも移動して下敷きになるのを避ける。

息を吐いていた時で良かった。吸っていたタイミングで爆炎が溢《あふ》れ返《かえ》っていたら気管も肺も全部やられていたはずだ。

「おっ……ぐ……」

それにしても今のは何だ? 駐車場でぐるりと転進した装甲車とは方角が違う。

ほとんど痙攣《けいれん》するような指先を動かして手を伸ばすと、その手をヘイヴィアに掴《つか》まれて起こされる。

「早く引っ込め、変態みてえな局部丸出しの銅像の裏だ！　二発目が来る前にコンクリの台座を盾にするんだよ、早く‼」

「なんっ」

目を白黒させ、ほとんど引きずられるような格好で遮蔽《しゃへい》へ隠れるクウェンサーに、煤《すす》まみれのヘイヴィアが叫ぶ。

「弾性擲弾砲《だんせいてきだんほう》だ、発射筒の中に分厚いコイルスプリングを詰めてバネの力で撃ち出す対戦車兵器！　あんなのでも五〇〇は飛ぶぞ、しかも火薬を使ってねえから発射音もしねえし煙も出ねえ。弾道は安定しねえわ一発装塡《そうてん》すんのに二分以上かかるわで最悪なんだが、奇襲を仕掛けられると面倒臭せえ事この上なくなるッ‼」

バネの力を使った兵器、というだけで連想するものがあった。

「やっぱり『信心組織』か……‼」

「それよりどうするんです、ここに縫い止められたら保安官さん達が……」

ミョンリの言葉で思い出した。

「……それなんだけど、軍の力を使って民間の街が一方的にやられているにしては、ちょっと血の量が少な過ぎないか？」

「……、あれ？」

キョトンとしたミョンリが改めてだだっ広い駐車場を観察してみれば、確かに駐車場のあちこちでは火の回った車がポツポツあるが、人が倒れている様子はない。学校の校舎や体育館はおろか敷地全部呑《の》み込《こ》むほどのショッピングセンターの出入口からは主婦や店員さんが吐き出されてはいるが、何の遮蔽《しゃへい》もない駐車場を走り回っているのにその背中が撃たれる様子もない。

クウェンサーは改めて変態銅像の台座に目をやった。金属のプレートが貼り付けてあり、そこにはこう刻まれている。

戦時広域避難所。

「『信心組織』の連中も人を誘導しているんだ。銃声や爆発音は威嚇でしかない」

「どんな理由でだ⁉」

「暴動に呑《の》まれる前に衣食住を支配して、人心を掴《つか》むために！　戦時広域避難所って事は水や食糧、毛布やテントなんかも大量に集めているはずだ。このショッピングセンターを取ってしまえば、少なくともサイロシティの地表部の一万人は掌握できるだろ！」

「自分で壊して自分で配って、そんなの本気で成功すんのかよ……」

「知らないのか、戦災復興ってのは大抵やらかした戦勝国側が担当するもんだよ。どんなに理不尽でも、生活が回復するなら受け入れてしまうんだ。だから何としても食い止めないと。あの保安官だって、ペアリングとか六価クロムの真実とかをしつこく聞き出そうとすればイレギュラー対応されるかもしれない。つまり引き金を引いて口封じズドンって訳だ」

「つっても、このサッカーグラウンドより広い駐車場を丸々横切ってか!?　さっきの弾性擲弾《だんせいてきだん》砲《ほう》見たろ、全身戦闘サイボーグだって粉々にされちまうよ‼」

「ヘイヴィア、『信心組織』はどこから狙ってきていると思う？」

「あん？　そりゃこんだけ広い駐車場のあっちこっちで車が燃えてんだから、ショッピングセンターの平たい屋根とかじゃあねえのか。下からじゃ見えねえけどよ」

「ミョンリ、上にドローンが飛んでいるって言っていたよな。オペレーターと連携取って敵を炙《あぶ》り出《だ》すつもりだったって事は今も連絡取れるのか？」

「え、ええ。並列演算マシンが不調だから手が余っている電子シミュレート部門の人達がゲームセンターみたいなパネルの奪い合いをしていましたけど」

「……なら上から走査しているドローン達を垂直に落とせ。ショッピングセンターの平べったい屋根の上にだ」

　クウェンサーは即決した。

「実際に当たるかどうかは関係ない。『信心組織』の連中が真上を見上げて警戒している間に突っ走るぞ。五〇メートルなら装備一式抱えていても七秒もあれば駆け抜けられるだろ」

　攻撃が始まった。

　家電量販店やネット通販で売っているものよりは二回りほど大きくて頑丈なカトンボ達が目に見えて分かるくらい次々と落ちていく。

クウェンサーは舌打ちしながら廃車の陰から飛び出して、

「ちぇっ、どうせなら時間差つけろよな！　それだけでちょっとでも時間を引き延ばせるのに!!」

「マジかよオイほんとに行くのかよ⁉」

突然のスタートにヘイヴィアはおっかなびっくりだったが、チャンスは一度だ。しくじれば変態みたいな丸出し銅像の台座の裏で永遠に縫い止められてしまう。

意外と相手はビビっていないようで、こうしているパニック下の今も、パパン！　という短い連射はあった。すぐ近くのアスファルトにオレンジの火花が散るが、走り出してしまった以上はもう止まれない。流れ弾に巻き込む訳にもいかないので、今も人を吐き出し続けるガラスの扉ではなく、出入口の有無など関係なしに最短でショッピングセンターの壁面へ向かう。

後から走り出したのにあっさりクウェンサーを追い抜いたヘイヴィアが叫んだ。

「弾性擲弾砲《だんせいてきだんほう》!!」

平べったい屋根の縁から身を乗り出すように、携行ロケットみたいな円筒を肩で担《かつ》いだ軍服の男がいた。あんなものを撃ち込まれたら多少狙いが外れても爆風に呑《の》み込《こ》まれる。左右へ跳んで避けた程度でどうにかなるものでもない。

が、そこへまともにドローンが垂直落下した。

軽量とはいえ軍用アルミフレームの塊。高所からの落下物はパチンコ玉一つでも殺傷兵器となる。お高いスポーツ用の自転車みたいなフレームのドローンをまともに喰《く》らった『信心組織』の兵隊がヘルメットごと頭を砕かれ、あらぬ方向へ爆発物が放り出されていった。

ようやっとショッピングセンターの壁面まで辿《たど》り着《つ》いたが、クウェンサー達はそこで止まらなかった。壁は一面ガラス張りの上に、後から業務用のラッピングシートで光を遮ったものだ。そのまま体当たりをぶちかまし、ガラスを突き破って店内へと転がり込んでいく。

たくさんのレジが横一列に並ぶ中、ヘイヴィアは意外と至近に突っ立っていた『信心組織』兵の足を払って転ばせてからゼロ距離でアサルトライフルを撃ち込みつつ、

「くそったれ、どこに何人いるのか分かんねえまま屋内戦にもつれ込むとはよ！」

「？」

くしゃりとクウェンサーの足が何かを踏んづけたのはその時だった。

ブーツをどけると、血まみれの足跡のついた紙切れがあった。

『聖者尊翁《せいじやそんおう》より警告、悪鬼の形を取る「正統王国」との最後の戦いは近づいている』

「冗談、だろ。あいつら、こんな時までせっせと布教活動に勤《いそ》しんでいるのか……!?」

「実際問題、これが狙いなんじゃねえのか？」

山彦《やまびこ》のせいで何重にも重なってもはや元の声が何なのかも分からない拡声器の音声も外から

響き渡っていた。

　ヘイヴィアも流石《さすが》に呻《うめ》くような調子で、

「……神様の価値が高騰すんのって自分じゃどうにもならねえ危機が目の前に迫っている時だろ。だから神様の教えが浸透しやすくなるように、テメェの手でカタストロフを作り上げた。平和な時代に布教するより大荒れの時代に布教した方がやりやすいんだ」

　そもそも緊張状態にあった『資本企業』と『情報同盟』のど真ん中でオブジェクト同士の撃ち合いをしたのだってそう。

　世界の終末を身近に感じさせるくらいの緊張感があって。

　でも実際に、本当に滅んでしまうほどでもない適度な危機感を作るため。

「しっしかしですよ？　自分で銃を撃って自分で助けてやるって言って、そんな主張にここの人達がなびいたりするものなんですかね？？？」

「『事実』なんて結構主観に頼ったもんだろ。向こうの言い分としちゃ『正統王国』が大問題を起こしたから僕達私達『信心組織』が、わざわざ、皆々様のために！　汚れ役を買って!!　避難誘導をしているんですってこった。ショッピングセンターを制圧してんのだって、暴徒達が無秩序に奪っていくんじゃなくて私達が計画的に再配布しますって言い訳をしたらどうだ？　非常時にゃ武器を持った人間は気が大きくなるもんだし、持たない人間はすがりたくもなるもんだ。案外コロッといっちまうかもしんねえぞ、侵略者をダークヒーロー扱いしてな」

複数のデータを照らし合わせて冷静に分析すればどっちの言い分が正しいかは分かるだろうが、そもそも渦中《かちゅう》にいる人達は馬鹿デカい立体迷路の中に放り込まれているような状況だ。答え合わせに必要な環境は、クウェンサー達のような軍関係者にしか用意できない。

「面倒臭い事になるぞ……。これが一定の割合を超えたら『空気』みたいなのが出来上がるかもしれない。疑問はあるんだけどみんなそう言っているし、何となく従わなくちゃいけないんじゃないかっていう『空気』が」

「まっまさか、ここは地下まで含めれば数十万の人達が暮らすサイロシティですよ？」

「地表部に張り付いてんのはせいぜい一万人程度、世の中の流れから隔絶された小さな村社会程度のもんだ。セイレム村の魔女裁判みてえな話にならなきゃ良いがな」

その時だった。

射線も遮蔽《しゃへい》も全く頭に入れていない影が日曜大工コーナーの棚が並ぶ方へ走っていくのが見て取れた。すでにルールは破られたのに、未《いま》だに自分には弾が当たらないと本気で信仰しているらしい。

「さっきのパニック保安官だぜ！」

「話は後だっ、ひとまずあいつを取り押さえよう！」

クウェンサーは近くにあった買い物カートを目一杯押して何もない空間へと放り出すと、いくつもの目線と銃口が一階と、さらに吹き抜け状の二階からも集中した。ヘイヴィアとミョンリがそれら不自然な動きの源へ銃弾を叩《たた》き込《こ》みつつ、三人揃《そろ》ってレジの並ぶ一角から日曜大工コーナーへと飛び込んでいく。

「あの感じだと警備室を占拠して防犯カメラの映像を掌握しているって風でもなさそうだな」

「それよか例のデブだ。くそっ何でリボルバー信仰のピチピチショートパンツ美少女ガンマンじゃねえの？　モチベが下がる!!」

ようやっと先行する保安官にヘイヴィアの手が届いた。

肩を掴《つか》んで振り返らせ、もういっぺん床へ投げ落とそうとしたところでミョンリがすぐ横の電動工具の並ぶ棚へ小振りなサブマシンガンを突き付けた。

パパパパパン!!　と立て続けに銃声が炸裂《さくれつ》したが、動きは止まらない。クウェンサーが疑問の声を発する前に、逆に向こう側から勢い良く棚そのものが倒れてくる。体当たりでもぶちかまされたのだ、と気づいた時には目の前でヘイヴィアと保安官が揉《も》みくちゃになったまま下敷きにされていく。

尻餅をついたクウェンサーはかろうじて、ミョンリの空いた手で後ろへ引っ張られて難を逃れていた。さらに斜めへ崩れた棚を踏みつけてアサルトライフルを撃ち込もうとしていた『信心組織』兵に向け、ミョンリは片手一本でサブマシンガンから九ミリ弾を叩《たた》き込《こ》んでいく。

意外とアクティブな女の子の一面に萌《も》えている場合ではなかった。

そっと胸を撫《な》で下《お》ろして尻餅をついたまま後ろを振り返ると、そっちにも『信心組織』の軍服があった。

「あっ、あっ、あわーっ⁉」

ほとんど頭が真っ白に飛びかけたまま傍《かたわ》らのミョンリのふくらはぎの辺りをぺしぺし叩《たた》くが、意思疎通が終わる前に無精ひげのおっさんが軍用のショットガンを突き付けてくる。

みんなミンチになる一瞬前の出来事だった。

倒れた棚から塗料のスプレー缶があっちこっちに転がっていたらしい。その一つを踏んづけたのか、ショットガン男が勢い良く後ろへひっくり返った。

もうここしかなかった。

クウェンサーは涙目のまま転んだ兵士に向かって飛びかかる。こっちからのしかかっているはずなのに腕の力だけで鼻っ柱をぶん殴られて、一発で少年の視界が真っ白に染まった。武器が欲しいというよりは後ろへ倒れないよう支えが欲しくて両手を振り回すと、なんか商品棚とは別におそらく通販番組みたいなデモンストレーション用の見本台みたいなものの上にあったゴツい機材を摑《つか》んでいた。

樹木伐採用のチェーンソーであった。

「あっ」

そして早くも足元からするりと抜け出しつつあった『信心組織』の男が腰のホルスターから拳銃を抜こうとしていた。安全装置を親指で弾《はじ》いて狙いをつけるまで三秒弱。生き残るためには思い切りが必要だ、わずかでも躊躇《ちゅうちょ》したら死ぬ。とにかくこっちは時間がない。残念、そして相手も特に小動物系の病弱な妹とかではない。ただのマッチョだ。

結論は出た。じぶんのいのちをゆうせんしよう！

「ちがうのっ、これは、そんな悪趣味な話じゃなくてっ、あっ、あっ、ああん!?」

ヴィンヴィンギュギュギュギュイイイイーンッッッ!!!!!!という、ここ最近では真面目なホラーというより一種のお笑いの如《ごと》きスプラッタ御用達《ごようたし》な効果音が鳴り響いた。この手の機材は意外と大暴れする事と、すんごい勢いで返り血肉片その他諸々《もろもろ》がこっちに向けて浴びせかかってくる事を涙目で学習するクウェンサー＝バーボタージュ戦地派遣留学生。

詳細は省くが、簡潔に事実だけを述べよう。

たてにまっぷたつー。

「ぎゃあー!!」

叫び声が聞こえたかと思ったら、血まみれ（……だけなのか、これ?）のクウェンサーを見て泡を食った保安官が再び逃げ出したところだった。いざという時、腰が抜ける人種ではないらしい。さしものヘイヴィアもうんざりした調子で、

「……無理もねえよ。このずぶずぶのまっかっかが愛と正義の人なんて誰も思わねえって」

ともあれ、あの保安官は要救助者だ。逃げた以上は追い駆けるしかない。

トトトン!!　とくぐもった銃声が上の方から響いてきたのはその時だった。

ヘイヴィアは音だけで理解したようで、

「……うちの銃じゃねえぞ？」

「『信心組織』か」

血まみれカタストロフのクウェンサーも天井を見上げて、

「でも今さら何に向けて撃っているんだ？？？」

クウェンサー、ヘイヴィア、ミョンリの二人はフロアを慎重に進んで二階へ上がるための階段を見つける。

小さく手を振る影があった。

別口のルートから入ってきたのか、同じ『正統王国』の軍服を着た班が合流してくる。驚くべき事に基地司令のフローレイティアまで拳銃を抜いていた。

「(……アンタそこで何やってんですか将校サマでしょう!?)」

「(……ポーンのお前達がきちんと地均《じなら》ししないからキングの私まで銃撃戦に巻き込まれる羽目になるんだ。あとクウェンサーお前こそ何なんだその格好は、何の儀式にのめり込んだ!?)」

タタン！　トトトン!!　と銃声が続く。

いや、さっきよりも激しくなってきた気がする。

「(総員警戒)」

フローレイティアの指示に従って合流した二班が緩やかなカーブを描く階段を上っていく。そちらはコンピュータゲームとは別枠の、プラスチックの列車やレールなどを使った子供向けのオモチャコーナーのようだった。

何かしら、押し問答が聞こえてきた。

片方はあの保安官のようだった。ではもう片方は?

『六価クロムって何なんだ? 地面に探知機を向けると金属反応がする理由は!? アンタ達「信心組織」なら知ってるんだろう!!』

『うるせえ今はそれどころじゃねえんだっ、見れば分かるだろ!!』

『それどころもクソもあるか、ちくしょう、私達の命を何だと思っているんだっ』

『孵化《ふか》はしなかった、か。なら答えを見せてやるよ、同じように処理してな!!』

舌打ちしながらへイヴィアとフローレイティアが前へ飛び出そうとした時だった。

子供向けの玩具売り場へ踏み込んだ彼らの足が思わず止まる。

待っているのは極彩色《ごくさいしき》の世界。

ファンシーなオモチャコーナーも善《よ》し悪《あ》しだ。

元が可愛《かわい》らしいマスコットの顔でも、置く場所によってかえって不気味に思える場合はないだろうか。例えば潰れてしまった遊園地に転がる着ぐるみの頭や、ゴミ捨て場に投げ出された薬局やケーキ屋さんのマスコット看板、どぶ川に浮かぶぬいぐるみなどだ。

その極致があった。

防弾ジャケットを無視して切り裂かれ、血を噴いて倒れる『信心組織』兵。

無抵抗で頭から真っ赤な液体を被《かぶ》り続《つづ》ける、笑顔の着せ替え人形やマスコット達。

銃弾や爆発による死ではない。

あるいは突き刺され、あるいは袈裟《けさ》に切り裂かれている。

戦闘は今も続いていた。

片や銃身を短く切ったカービン銃や銃身下部のグレネードランチャーで武装した『信心組織』兵。片や最新鋭の機関部に対し、古風なウッドストックや銃剣で彩《いろど》ったアサルトライフルを構える所属不明勢力。

だが問題の核はそこではない。

「……何だ、ありゃあ……？」

ヘイヴィアはアサルトライフルの照準越しに観察しながら、その指先まで金縛りに遭っているようだった。それくらい、脳が処理できない光景が広がっていた。

刀。

一振りの銀の閃《ひらめ》きが立て続けに命を奪っていく。

所属不明側の中心にいるのは、『島国』特有の刃を持つ銀の髪の男。この乾いたレンガ色の岩とサボテンの似合う荒野には全く不釣り合いな、夜会の主役というよりいっそ手品師じみた艶《つや》のある漆黒の燕尾服《えんびふく》。柄《つか》を握る手までしっかりと白手袋で覆われている。

普通に考えれば刀剣が銃弾に勝てる道理はない。だがその男が舞い踊ると、逆に不思議なくらいあっさりと最新装備で身を固めた『信心組織』の兵士達が斬り倒されていく。あるいは躍起になって組み立てようとしていた対戦車兵器、バネの力を利用した弾性擲弾砲《だんせいてきだんほう》の弾体を真っ二つにし、あるいは防弾装備のおろそかになりがちな首を真横に薙《な》いで飛ばしていく。

クウェンサーはその血の嵐に圧倒されたが、眉をひそめるヘイヴィアの方が気づいたようだった。

「あれ……刀の野郎が飛び抜けてるんじゃねえ。周りの銃剣どもが刀で斬れる間合いまで『信心組織』の連中を銃弾で転がしてんだ。猟犬が茂みから獲物を追い立てるみてえに」

つまり、燕尾服《えんびふく》が気持ち良く刀を振れば敵に当たるよう調整された舞台なのだ。刃が銃に勝る、そんな騎士の物語の演劇に浸るように。

どっちを優先して狙うか。

迷っている暇もなかった。しがみつく保安官を蹴り出し、遮蔽《しゃへい》へ身を隠した途端に銃弾で釘《くぎ》づけにされた『信心組織』最後の一人が、盾に使っていた商品棚ごと業物《わざもの》の刀でばっさり袈裟《けさ》

に斬り捨てられる。

恐るべき技量だが、同時にチャンスでもある。

勝利を手にして死の緊張から解き放たれ、思わず一息をついた時。それは戦場ではっきりと死神が笑う瞬間だ。

「(散開、二方向から撃ちまくって窓側へ追い立てろ。へたり込んでいる保安官には当てるなよ。ヤツらに自由を与えなけりゃ何とか……)」

指の動きで仲間と意思疎通しようとしたヘイヴィアだったが、そこでフローレイティアが片手を挙げた。軍隊は縦社会だ。上官殿が横槍《よこやり》を入れた場合は無条件で従うしかない。

「お、」

やがて口を開いたのは、フローレイティアだった。

部下らしき銃剣の一人から透き通るように薄い和紙を受け取り、刀の峰の方から二つに折って挟み、血や脂を落としている燕尾服《えんびふく》の青年に向けて、銀髪爆乳のドS上官サマは困惑したようにこう呟《つぶや》いていたのだ。


「おにいちゃん、そこで何やっているの???」

やりやがった。

人類の理《ことわり》がぶっ壊れた。

7

ここが『資本企業』と『情報同盟』の睨《にら》み合《あ》うグレーターキャニオンど真ん中である事も、『正統王国』と『信心組織』がぶつかり合っている事も、サイロシティが危ない事も、古式の刀剣がライフル弾や対戦車兵器に打ち勝つというイカれた戦果についても、何もかも馬鹿どもの頭から吹っ飛んでいた。

おにいちゃん。

この年増《としま》の爆乳今おにいちゃんっつったか!!⁉??

「何でだよお!!　おかしいだろそのナリで今さら妹キャラだなんてえ！　そりゃまあ確かにどんなツインテールだって人はやがて歳を喰《く》ってしわくちゃのババアになっていくんだろうけどさあ!!」

「ダメだっておっぱいFカップ以上が妹なんて名乗っちゃ絶対ダメだってえッッッ!!　ウチのも大概ひどいけど育ち過ぎて軽めに竹になっちゃったたけのこかあ⁉」

「ウチのって何だどさくさに紛れて⁉　ああんっ、なんか今自慢されたか⁉」

「あんなの妹じゃないやい!!」

世の理不尽に馬鹿二人がぎゃーぎゃー喚《わめ》いて殴り合い、気苦労多めな優等生のミョンリがいちいちとりなそうとする中、授業参観で親の顔を見られた子みたいにフローレイティアが落ち着かなくなってきた。

が、そこへ追い討ちをかけるような一言が。

護衛の一人、メイドか家庭教師のような雰囲気の女性が横から差し出したハンカチで優男《やさおとこ》が自分の顔の汗を適当に拭《ぬぐ》いながら、

「やあやあ初めまして。ブラドリクス＝カピストラーノです。この分だといつも可愛《かわい》い妹がお世話になっていますで良いのかな？」

「おにいちゃんっ」

辺り一面斬殺死体だらけの中、朗らかに笑う青年がいた。

周囲にいる護衛達の本職はメイドや家庭教師のようだが、おそらく半端《はんぱ》に金を持て余した変態オヤジとは選定基準が違う。白髪の女性や年端《としは》もいかない子供も混じっている事から、容姿や年齢などにはこだわらず、単純に家事や戦闘などが得意な者を上から能力順に選んで連れてきているのだろう。

いかにも『貴族』らしい浮世離れした漆黒の燕尾服《えんびふく》を纏《まと》う男は血や脂を拭き取った白刃《はくじん》を手慣れた動作で鞘《さや》へ収めながら、

「カピストラーノ家は代々男系だから、むしろティアちゃんのような女の子の方が珍しいくら

いなんだよ。男だらけの兄弟の中ではいつも取り合いになっていたっけね、おかげでみんなケンカの作法だけは伸びてしまった。いやはやプロの皆さんの前でお恥ずかしい」

ティアちゃん？　ティアちゃんって⁉　とやたらざわつく『正統王国』兵達の中、クウェンサーは呆然《ぼうぜん》と呟《つぶや》いていた。

「このクオリティでいつも兄弟ゲンカしてんの……？？？」

「……俺こんなのと『貴族』の流儀で決闘するのなんか絶対にやだぞ。勝負の直前でメイド達からしれっと体当たりされて足をくじいた状態でぶつかる羽目になるに決まってる……」

こほんと顔を赤くしたフローレイティアが咳払《せきばら》いすると、ようやく周りに控えていた兵士達が周辺の捜索に入る。しかしやっぱりとでも言うべきか、すでに『信心組織』の戦力は残っていなかった。

「おにい、げふっ、ブラドリクスの趣味は慈善でな。コンビニのレジ横にある募金箱を見て思わず小銭を投げ込んでしまうくらいの感覚で家の小切手を切ってしまう悪い癖があるんだ。これは『安全国』の話だが、過去にはそれでバルセロナが独立まであと一歩のところまで突っ走った話もある」

「気紛《きまぐ》れ独立運動とかメンドクサすぎるッ‼」

「やっやめましょうよ絶対怒らせたらまずい人種のお金持ちですよう」

クウェンサーやミョンリが何か言っていたが、まな板に載っている当のブラドリクス本人は

全く堪《こた》えている様子もなく、

「そういえばティアちゃん、何だか髪から妙な匂いがするね。甘いような、苦いような？」

「（ぎくっ⁉）」

「そうなんすよ聞いてくださいよお兄さんこいつフコーへーなんです人様には私物持ち込みを禁止しているはずなのにテメェだけタバ……」

「ご褒美《ほうび》キックッッッ‼‼‼」

真後ろから金玉を蹴《け》り上《あ》げられたヘイヴィアが垂直に一五センチも上昇したのを見て、クウェンサーは巨大な権力に屈した新聞記者のようにこの件から手を引く事にした。

「ほ、ほほほ軍隊は何だかんだで古い気質の塊だから部下の前で煙草《タバコ》をスパスパ吸う将校なんかも多くて困ったなあこの前の会議の移り香かなあ……」

フローレイティアは（セミの抜け殻みたいなポーズで股間を押さえて白目を剝《む》く部下を足元に転がしたまま）大きな胸の前で人差し指と人差し指をくっつけ上目遣いでもじもじしながら、

「……安全なパリを飛び出してこんなカオスな場所に顔を出しているという事は、おそらく例の病気だろう。おにいちゃん頼むから『安全国』からは出ないでって言ったよね⁉」

「はっはっは。可愛《かわい》い妹の職場を見てみたかったというのも嘘《うそ》ではないんだが、今日はそういう話ではないんだ。知っているかいティアちゃん、こうしている今も世界には清潔な水を約束されない子供達がなんと……」

「そういうくだらんバナー広告の六割強は詐欺集団って話を散々したはずだッ‼　しかも一度に振り込む額が大き過ぎるから裏社会でも悪目立ちしまくって詐欺集団も次々自滅していっているってオマケも添えてだよ‼」

「何を言っているんだティアちゃん、残る四割は本当に困っているって事じゃあないか。一回一回の成否で悩んではいけない、いつかは確実に本物を助けられると考えなければ」

ああ、と思わず『平民』のクウェンサーは遠い目になった。額に汗して働く必要のない人間がここにいる。カモにするにしても規模が大き過ぎて逆に手を焼くような、爆弾の代わりに札束を頭の上へ次々落としていく爆撃野郎がいらっしゃるのだ。

と、周辺捜索していた彼女の部下達が何かを見つけてきた。

小さな子供向けのオモチャコーナー近くだったからか、おむつ交換なんかもできる大きめの多機能トイレの方から金髪の少女達が三人ほど連れてこられたのだ。

髪型こそ変えているが、顔つきは驚くほど似通っている。おそらく三つ子なのだろう。

「ああ。彼女達はここサイロシティで慈善サイトの運営をしている管理人さんだよ。リカ、アリサ、オルシアさん。ええと、誰がどちらだったっけ？？？」

紹介している傍《そば》からブラドリクスが首をひねっているが、当の三人は気にしている素振りもない。わざわざ同じようなタンクトップやミニスカートを選んで真っ赤なチアリーダー風のダンスチームみたいになっているくらいだし、間違われる事にも慣れているのかもしれない。

「特に大きな意図はなく、単にオフ会だったんだよね」

「……オフ会、それでそのパーティ衣装か浮世離れした大馬鹿野郎……。しかもここは近所の喫茶店とかカラオケボックスとかじゃなくて、『資本企業』と『情報同盟』の『本国』に挟まれたグレーターキャニオンなんだけど……」

「どこだって一緒だよティアちゃん、だって地球は丸いんだ!!」

「うるせえなもう!!」

普段と違うフローレイティアが見られて面白いが、黙ってにまにましていられるようなレベルの話でもなかった。これは確かにブラドリクスが兄で、フローレイティアが妹だ。二人を並べるとあの銀髪爆乳がまだしも常識人に見えてしまう。

そして気になるフレーズもいくつかあった。

おずおずとクウェンサーは片手を挙げながら、

「……フローレイティアさんの兄貴がここでオフ会しているって事は、やっぱりこのサイロシティでも独立の機運ってのが高まっていたんですか？」

「まあ元々『空白地帯』なんだから四大勢力のどこかに属しているって訳でもないんだけどね。でも実際には『資本企業』と『情報同盟』の顔色を窺《うかが》ってばかりで依存気味だ。街の人々は『信心組織』のサポートを受けて働いていれば自分達はきちんと自立できているって信じているようだけど、それもどうだかね。この辺りに本気で風穴を空けて外から影響を受けない真に独立した街を完成させるのも世のため人のためなのかなあと」

「そこの小娘どもかっ、うちの馬鹿な家族に余計な入れ知恵したのは⁉　一体うちの口座からどんだけ札束を持っていったんだっ‼」

うーん、とクウェンサーは天井を眺めながら（大変お見苦しくなったカピストラーノ少佐を放っておいて）小さく呻《うめ》く。

そして核心を突いた。

「……それ、ひょっとすると『信心組織』の雇用対策、有害物質の六価クロムを使ったバネ製造の使い捨て人材確保計画とバッティングしているのかも？」

8

ようやっと壮絶な痛みから復帰したヘイヴィアも交えて。

未《いま》だに『信心組織』が何を考えてここまでの暴挙に出たのかは確定していないが、有害な六価クロムを取り扱う臨時工場の件の他、ひょっとすると適度な緊張を与える事で神様にすがりやすい環境を作って布教活動を容易《たやす》くしようとしていたのかもしれない、という話まで出ていた。

「もしも『ジャックインザボックス』を中心とした部隊がグレーターキャニオンを北から南へ

進みながら点在しているサイロシティを『信心組織』色に染め上げて乗っ取ろうとしているのなら……ブラドリクスさん達がやろうとしていた事ってまんま対立関係にあるんじゃないですかね？」

信仰を軸にしなくても独立の条件が整ってしまうなら、『信心組織』の臨時工場に人を集める事ができなくなる。六価クロムを使った強靭《きようじん》な兵器化バネ製造の件もお流れだ。

『信心組織』は『信心組織』なりの方法で（かなり強引に）戦時広域避難所に指定されたショッピングセンターを獲《と》ろうとしていたが、様々な物資によって人心を掌握するのは『行為』だ。

それによって何を得ようとしていたのかの『目的』は不明な部分も多い。

もしもそこに別の意図があるとしたら？

「ブラドリクスさんと……そっちの三つ子さん？　のオフ会の情報が諜報機関《ちようほうきかん》なんかに事前傍受されているとしたらどうでしょう。ひょっとしたら自作自演で混乱を起こし、避難誘導のパニックに乗じてこっそり邪魔者を消すのが目的だったんじゃあ？？？」

「……、」

ついに両手を腰に当てて半目で睨《にら》み始《はじ》めたフローレイティアに、形勢を逆転された燕尾服《えんびふく》に刀持ちの兄の方がうろたえ始めた。

「いっ、いやあ優れた部下に恵まれているようでお兄ちゃんは安心したよティアちゃん」

「言いたい事はそれだけか？」

「ちょっだってどうやったって私は民間人だよ！　市販のパソコンをプロバイダ契約のルーターに繋《つな》いでＯＳの更新とセキュリティソフトで身を守る。これくらいしかできる事はないだろう⁉」

「だからその程度の情報防備しか固められない人間が何でもありのプロが闊歩《かっぽ》する危険な『戦争国』に首を突っ込もうとしてんのがもう間違ってんの‼」

「ああでもぷろきしさーば？　とかいうのは設定したよ、ほらリカさんとかオルシアさんとかにオンラインで手伝ってもらって、分かりにくいパスワードもほら、リモートサポートでアリサさんに決めてもらって……」

「もう分かったから黙って一発殴らせろっっっ‼」

どこからツッコミを入れれば良いのか手が迷子になるような状況だが、今は話を先に進めなければならない。

ミョンリは首をひねって、

「……でも何でまた『信心組織』はここまでサイロシティにこだわるんでしょうね？　いやまあそれが六価クロムを使ったバネが欲しかったからって言われたらおしまいなんですけど……」

「むふふう」

なんか変な声があった。

見れば、赤いチアリーダー風のタンクトップとミニスカートを着込んだ三つ子の内の……ええと、正確には誰だ？　とにかくむちむちでぱっつんぱっつんなリカだかアリサだかが口元に手を当てて含み笑いをしている。

　三人は頬を寄せ合うようにしてこんな風に言ってきた。

「それはひょっとすると新しい信仰の話かもしんないね☆」

「新し、何だって？？？」

　クウェンサーが怪訝《けげん》な声を発すると、三人は矢継ぎ早に可憐《かれん》な唇を動かして、

「六価クロムを取り扱うための労働力の話なら噂《うわさ》程度には聞いているよ」

「でも、倒れて消された人間について街の人達がどう納得しているか、実は『信心組織』は特に情報操作をしていないみたいなんだよね」

「職人とか工場長とかの話は人々の中で勝手に生まれたもの。目の前で起きている不思議な事にどう決着をつけていくか、それをモニタリングしているのかも？　決して自分からは壊したくない『安全神話』とやらをどうやって守っていくのかを、ね」

　誰がどれでも良いのかもしれない。

　三人は三人で一つの塊として同じ方向の意見を投げ込んできてくれる。

「つまり、『信心組織』はバレても良かったんだ」

「バレた後にも今の関係性が壊れないかどうかを確かめたかった」

「そう、尊い犠牲の下にオブジェクトの主砲には工員達の魂が宿り、にっくき敵を倒す力にな

るのだ。そんな信仰まできちんと孵化《ふか》するかどうかを見極めるために、ね」

くすくすと『信心組織』のおぞましさについて三つ子は語る。

……しかし、確約はないが、単純な利益のためにバネを作らせているよりはそっちの方が『信心組織』らしくはあるか。

ただでさえ『資本企業』と『情報同盟』が睨《にら》み合《あ》う超危険地帯のグレーターキャニオンで、わざわざ世界を終わらせる引き金に触れるかもしれない多大なリスクを負ってでも世界的勢力の一角『信心組織』がサイロシティを押さえに来た。何故《なぜ》？　……バネに人の魂が宿る。一文だけ抜き取ると荒唐無稽に見えるそれが、きちんとした信仰へ発展するのかを確かめたいのだ。そして必要なら、当事者の人ではなくその信仰を保護する。

完全に孵化《ふか》を果たしていない、どう転がるか分からないデリケートな時期。場合によっては泡が弾ける事もある。だからこそ大事な卵を温めている親鳥の気分になっている『信心組織』もまた相当の無茶をしてでも望む結果を得ようとしている。

ヘイヴィアは頭をぼりぼり掻《か》いて、

「参ったな……。想像以上に深い話になってきやがったぞ」

「やるべき事は変わらないさ。地図の上でサイロシティと重ねるように整備基地を作って時間を稼ぎつつ、『信心組織』の『ジャックインザボックス』を叩《たた》き潰《つぶ》せば丸く収まる」

置いてきぼりにされていた。

保安官のトーマス＝ゴールデンクリッパーは流れから置いてきぼりにされていた。

9

確かに状況は手に余る。

『正統王国』と『信心組織』の武力衝突なんて、教習以外で撃った事もない六発入りのリボルバー一丁でどうこうできる問題ではない。保安官の安月給とは比べ物にならない小切手空爆を乱発する『貴族』のボンボンや三つ子の慈善サイト管理人なんて足元にも近づけない。

『信心組織』の笑顔も。

生活を支えてくれる臨時工場も。

六価クロムも。

ペアリングの片割れの行方も。

真実に近づけば近づくほどに打ちのめされる。もう希望なんてどこにもない。こんなに傷ついてしまうのなら、いっそ立ち止まってうずくまってしまった方が楽かもしれない。本当に、本当の本当にそう思う。自分がやっているのは、きっと損をするばかりで一つも意味のない足《あ》掻《が》きなのだと。

だけど。

それでも、だ。


「……うるっせえよ……」


蚊の鳴くような声だった。

下手をすれば自分の歳の半分もない、子供とも言える年頃の少年少女達を相手に両足は震えていた。頭の奥まで熱が籠《こも》り、油断すると涙腺まで緩みそうになる。

だが言った。

言う事ができた。そして最初の一言さえ飛び出してしまえば、もう何に遠慮する必要もなかった。

「『信心組織』の臨時工場？　六価クロムの真実に、尊い犠牲がオブジェクトに宿るって信仰が生まれる瞬間を待っている？　そんなもん知った事じゃあねえんだよ!!　……簡単になんかなびかないぞ、もう尻尾《しっぽ》なんか振らないぞ！　『信心組織』は確かに悪い事をやってた、だけどだからって『正統王国』になんか媚《こ》びを売るもんか!!　ちくしょう、ふざけんなよ、私達は人間なんだ！　ふざけるんじゃあねえぞッ!!」

元々四大勢力に属さない『空白地帯』では法による統治が滞りがちだ。明文化されたルールよりも人々の感情による納得が優先される事もあるため、金持ちからの略奪や恋人を殺された事での敵討ちなんかがそのまま横行する時もままある。

奇麗ごとなんか通じない。

分かっている。そんな事など分かっているのだ。

それでも、

「良いか!! どれだけ辛くたって、砕けたガラスを敷き詰めた道を裸足《はだし》で歩くような行為だって、私は絶対にやめない!! 何故《なぜ》ならっ、私は、この街の人達を守る職務に就いているからだ!! 笑いたければ笑うが良い、非力だ脆弱《ぜいじゃく》だ非現実的だって腹を抱えて笑うが良い!! それでもな、背負っているんだよ、私はこの街の人々のプライドを背負ってバッジを胸につけた保安官なんだ! だから立ち向かう、どんなに苦しくたって。絶対に目を逸《そ》らすもんか、良いか絶対にだッッッ!!!!!!」

保安官になると決めたのだ。

世界の行く末まで視野に入れているような連中からすればどうしようもなくちっぽけな理由で、それでもこの道を進むと自分で決めた。まともに銃を撃った事もない、コーヒーやドーナツで腹が膨らむばかりの保安官。それくらい平和な街にしてやろうと覚悟を固めて今日まで歯を食いしばってきたのだ。

こんな所で捨てられるか。

自分が奇麗ごとを言えなくなったら、この街の誰が言うんだ。

もしも火山が大噴火を起こしたら、規格外のハリケーンが襲いかかってきたら、保安官にそれらを押《お》し留《とど》める事なんかできない。だけど、何もできないからって職務を放棄できるものか。傷直しで何とか体裁を取り繕っているベコベコのパトカーに飛び乗って方々走って、避難に遅れている人がいないか、このどさくさに紛れて空き巣や略奪に走る者がいないかを見て回るくらいはやらなくちゃならない。

「……ここは私達の街だ」

見捨てられるか。

大切な人が公害物質で骨の髄まで汚染され、挙げ句に使い捨てられて荒野に埋められているかもしれない。考えれば考えるほど最悪の答えだけど、それでも見捨てられるか。

誰が骨を拾ってやる。

誰が真実を突き止めてやれる。

決まっている、それはよそ者の軍隊の仕事なんかじゃない。

そいつはきちんとこの街に根付いた警察や保安官の仕事でなくちゃならない。

「世界の流れだの四大勢力の軋轢《あつれき》だのなんか知った事か!!　サイロシティ・ジャイアントピザは法を守る文民の幸せな暮らしが約束された平和の街なんだ！　良いか、よそ者の軍隊なんかに真実を踏み荒らさせはしないぞ。お前達の手で勝手に『戦争』なんてコマには進ませないぞ!! 現場を保全して事件を暴き、下手人を引っ立てる。それが私の仕事だぁ!!!!!!」

全く現実を見ていない意見だったかもしれない。

それまでの流れを寸断するものでしかなかったのかもしれない。

そもそも『正統王国』や『信心組織』などという規格外の力の持ち主が乗り込んでしまった以上、従来のルールなんて通用する保証もない。例えばこの中の誰かが銃を抜いて間抜けな保安官の額に一発撃ち込んだところで、誰も責任を取らずに済ませてしまえるだろう。

……自分はここで死ぬかもしれない。

今さらのように気づいたが、絶対に言い直す事はしなかった。

「なるほど、そこまで言うからには覚悟は決まっているようだ」

おそらく軍隊をまとめているであろう、長い銀髪の女性がわずかにこちらへ向き直った。

直後にそれは起きた。


両足を揃《そろ》え、背筋を伸ばし、右手を静かに上げて。

太った保安官に向けて、住む世界の違う人間が真顔で敬礼してきたのだ。

「時間がないため正式な書類を用意できず、口頭にて失礼を。これよりサイロシティ・ジャイアントピザの避難計画の全権を『正統王国』軍第三七機動整備大隊より現地警察へ移譲します」

「えっ、あ？」

「衛星及びドローンより取得した街の概略と要求避難人口の資料はこちらに。ただしこれらについては現地警察の方が地の利に詳しくはあるでしょう。あくまで参考程度にお納めください」

あまりの事態に面食《めんく》らうトーマスに対し、敬礼したまま銀髪の司令官は片目を瞑《つぶ》った。

そしてわずかに甘ったるい紫煙のような匂いを漂わせ、その妖艶《ようえん》な唇を動かして笑みの形を作る。

「……意地を通したいなら最後まで突っ走れ。軍の力を借りずに一万人もの人口を地下へ避難させられるというのならやってみせろ。それで私達の鼻を明かすが良い」

言うだけ言うと、彼女はきびすを返す。

身振りだけで部下の兵士達を共に撤退させ、何気に我関せずの傍観姿勢だった兄の耳を摑《つか》んで引っ張りながら、本当に行ってしまう。

「……、」

起きた事の意味を、しばし呑《の》み込《こ》む事さえ忘れた。

だがいつまでも呆《ほう》けてはいられない。

これは戦いだ。ここから先、サイロシティのみんなが誰に頭を下げる事もなく胸を張って生きていけるか否《いな》かを分かつ重大な意味を持った、戦いなのだ。

ほら見た事かと笑われないためにも、絶対にこの尊厳は守らなくてはならない。

「いっ、忙しくなってきたぞう‼」

10

そしてクウェンサーやヘイヴィアも（兄の耳を引っ張る）少佐様の後をついていきながら慌てふためいていた。

「いや勝手に決めちゃって大丈夫なんですか今の⁉　サイロシティに軍が関与しないって事は、地図の上で整備基地を重ね合わせるように展開する事で守りを固めるって線もなくなったって話でしょ⁉」

「確かにサイロシティの中は聖域だ。だが周辺について言及はなかったろう。目玉焼きのようにぐるりと車両団で取り囲んでやれば良い。『ジャックインザボックス』からすればどっちみち狙いにくい立地になるはずだ」

「……マジかよいよいよ本格的に肉のクッションじゃねえか……」

「おにいちゃ、ブラドリクス隊の私兵達を街の中へと引き込もう。連中、区分としては自己防衛以外の交戦権を持たないし民間人だし、だけど装備が充実しているから遠目に観察する分には三七の通常戦力と区別がつかない。保安官との約束を守りつつ、地図の上でサイロシティと整備基地ベースゾーンを重ねるにはこの辺りで手を打つしかない」

「ええーっ、誰が現場で交通整理すんだよお⁉」

軍隊は何でもかんでもフォーマットとマニュアルが全てみたいに言われているが、実際の現場はそんなかっちりとはしていない。上官の独断と偏見でタイムテーブルが崩壊するのはブラック企業も公僕も大して変わらんのである。

でもって上はそこにどんな理由があっても、そもそもの元凶が自分自身であろうが、発生してしまった遅れを自分で取り戻す気はさらさらない。

民間人の動きには関与しないと言いながら四駆に実の兄を詰め込みながら、フローレイティアは信頼して背中を預けられる部下達にこう厳命を下した。

「後の調整はよろー」

「超ブラックッッッ‼‼‼」

「こっちはテメェの命がかかってるって事を忘れてんじゃねえだろうな爆乳⁉」

ちなみにサイロシティで慈善サイトの運営をしていた三つ子はブラドリクスの傘には入らず、あくまでも保安官の指示に従って避難する方向らしい。どうやらオフ会もこれでお開きのようだ。

ひとまずサイロシティは保安官やブラドリクスら『民間人』に任せつつ、クウェンサーやヘイヴィアといった『正統王国』のジャガイモ達も各々《おのおの》の軍用車両へ飛び乗っていく。ミョンリとは離れ離れになってしまった。

「最悪だよ！　粋な計らいとか思ってんだぜあのカワイコちゃんは‼　どうせ部下を優しく労《いた》わるならビキニの一つでも纏《まと》ってろってんだ‼」

「……あれ？　さっきの牛ビキニカウガールってそういう意味でもあったのか。俺ひょっとして愛されてる？？？」

「詳しい事情の説明なんかいらねえクウェンサーもうキサマはここで殺すッッッ‼‼‼」

バタバタしている内にその辺の電柱に蛇行する四駆が突っ込み、軍の備品のバンパーを軽めにへこませた馬鹿二人が大人しくなった。

反省した賢者達は語る。

「マジメに戦争しよっか」

「そうね世界を平和にしましょう？」

ある意味一番危ない状態で馬鹿どもが街を飛び出して戦場入りを果たす。

立地的にはやはり荒野。

より正確にはサイロシティ・ジャイアントピザより南方。襲いかかる『信心組織』本隊を食い止めるための布陣。

緑豊かな大地にもきめ細かい砂に覆われた砂漠にもなれなかった、ひび割れたレンガのような色彩の岩や土がどこまでも続く灼熱《しゃくねつ》の荒野である。所々、長い川の流れに沿って大地が深く削り取られ、段々に棚のようなものができているのも分かる。

サボテンと名前も分からない雑草くらいしか植物の見つからない中を四駆で進んでいくと、無線に連絡が入る。

『「ベイビーマグナム」よりかっき。私がうごいたことで「信心組織」もつられたみたい。「ジャックインザボックス」のしゅつげきをかくにん、ここから先はスピードしょうぶになるよ』

「日没までに終わらせて夜は基地を抜け出そう。何しろジャイアントピザなんて名前の街なんだ、ここ離れる前に一枚くらい食ってやる」

『今オリーブとアンチョビの8インチたべているんだけど』

「フライングだしデカいな女の子が一人で食べるにしてはっ‼」

『ちょうこうかんせいGに体をゆさぶられたままチェスのめいじんせんでもやってみれば分かるよ。あたまも体もたんすいかぶつがひっすなの』

そんなやり取りをしつつ、クウェンサーはやるべき事を頭の中でまとめていく。

今回の仕事は『ベイビーマグナム』のサポートだ。

敵機『ジャックインザボックス』は強力なバネの力を利用したオブジェクトで、主砲についても折り畳み式のパラボラや傘の骨のように八本のアームを束ねてその力を一点に集約させる金属実体砲を搭載している。砲弾はマガジンや薬莢《やっきょう》などで管理されているのではなく、フロート先端から放たれる液状鉛を主砲の柱へ絡《から》みつかせてぐるりと回す事で厚みを増す、バームクーヘンのような成形方法を採用しているはずだ。

その威力は絶大だが射撃時の反動を相殺《そうさい》するため、尻尾《しっぽ》のようなユニットを別口で装着。球体状本体後部一八〇度に敷設《ふせつ》されたガイドレールに沿って自由に移動するこの尻尾《しっぽ》は強靭なバネの力を利用した巨大な発射杭《はっしゃぐい》になっていて、主砲と真逆へ打ち出す事で衝撃を相殺《そうさい》したり、地面に打ち込んで基本の静電気式だけではありえない急激な瞬発ダッシュを決めるのにも使われる。


つまり、『ジャックインザボックス』は単体では主砲の反動を抑え込めない。

尻尾《しっぽ》の杭打機《くいうちき》を妨害してしまえば、ヤツは自分自身の生み出した衝撃をコントロールできず勝手に転がってしまう。

「荒野の砂を大量に舞い上げまくった上、霧状にばら撒《ま》いたエポキシ系の接着剤と混ぜて空気の粘度を変えるんだっけか？」

「尻尾《しっぽ》の杭打機《くいうちき》のキック力をこっちで変動させてしまえば、主砲とのバランスは保てなくなる。予想よりも強過ぎるキックでヤツ自身が勝手に転んでくれれば万々歳」

元々オブジェクトもあれだけの巨体を浮かばせているからかなりのものなのだが、空気を直接吹き付けているエアクッション式と比べると『ベイビーマグナム』のような静電気式はやや相性が悪い。確実を期すなら四駆の尻から太い鎖でも垂らして地面を引《ひ》っ掻《か》きながら突き進むのが一番だ。

「すげえなおい、まるで砂嵐の中だぜ。辺りが暗くなってきたぞ」

「お次は接着剤を絡《から》めて舞い上げる段階か」

「理論値だろ、実際にオブジェクトを止められんのか？」

「実際に効果を見てから文句を言えよ」

　そんな風に言い合っていた時だった。

　それは起きた。


　ドゴァッッッ!!!!!!　と。

　大質量の何かが空気を引き裂き、あれだけ分厚い粉塵《ふんじん》の壁を一瞬で吹き散らしていく。


「主、ほっ!?」

「馬鹿クウェンサー、舌噛《か》むぞ!!」

　のんびり観察している暇もなかった。

　ヘイヴィアがどうハンドルを捌《さば》こうが、四駆の車輪自体が地面から浮かんでしまえばどうにもならない。いったん横転したが最後、そのまんま一四回も転がっていく。

　完全に逆さまになった視界の中で、無線機からは唯一無事だった『ベイビーマグナム』からの通信だけが聞こえてきた。

『「ジャックインザボックス」とせっしょくをかくにん、エンゲージ』

「ちくしょ……」

運転席のドアを蹴飛《けと》ばしてヘイヴィアは表に出る。

砂埃《すなぼこり》も接着剤もなかった。構造が単純で計算しやすい分だけ容易にベクトルを合成して威力の重ね掛けが可能な八本アームの主砲や五〇メートル超えの巨体が空気を攪拌《かくはん》するたびに視界を遮るはずのカーテンが失われ、そもそも散布状況を作り出せない。こうしている今も八本のアームを畳んでバネの力を蓄え、足元のフロート先端にある噴射器から主砲の柱の根元へ液状鉛を投げかけてバームクーヘン状の砲弾を成形しているのが分かる。

「テメェも出ろっ馬鹿野郎！　クウェンサー‼　しっかり結果を見たから文句言うぞ、テメェはもうほんとに最低だな‼」

「お、おかしい、電子シミュレート部門の連中とも散々計算してきたはずなのに……」

「連中のコンピュータは不調のままだから、手作業で机上の計算に任せたのがミスの始まりだったんじゃねえのか」

ちなみに並列マシンのハブを完全に直せなかったのはクウェンサーなので、巡り巡っちゃうと誰にも文句を言えなくなってしまうのが辛い。

初手でもう想定外。
二、三キロというオブジェクト同士の戦闘としては接近戦にあたる距離感で激しく撃ち合う二機だが、それでもめまぐるしく変化する時間の流れから取り残されたら人生コースアウト間違いなしだ。死にたくなければ次の案を考えるしかない。

クウェンサーは無線機を掴んで、

「エポキシ班!!　エアコンの室外機を改造した噴霧器はまだ動かせるか？　できるなら用意!!」

『ミョンリです、ええと、トラックのタイヤが吹っ飛びましたけど装置自体なら何とか』

「合流するから場所を教えろ」

目を剥いたのは横で聞いていたヘイヴィアだ。

「まだ破綻した作戦を続行するつもりかよ!?　どうやったって粉塵を奇麗に舞い上げる事はできねえって!!」

「そうじゃない」

クウェンサーはへたり込んだまま荒い息を吐いて、

「静電気式は地面に反発剤をばら撒きながら進むはずだ。地面と機体の間で電気的な斥力を生む事で機体を浮かばせているのは『ベイビーマグナム』も『ジャックインザボックス』も変わらないはずだろ」

「それがどうしっ……まさかテメェ」

「地面近くに霧状の接着剤をばら撒いてヤツの噴出口を塞ぐ。動きを止めたところでお姫様の主砲を使ってぶち抜いてもらえば道は開けるはずだ!」

実際には車のパンクやエンストのように、『ジャックインザボックス』を完全停止させる必要はない。ほんの数秒不調が生じれば、お姫様の右ストレートはマッチョの顎《あご》を正確に打ち砕くはずだ。

「おい怖いよ、そこらへん床に落としたクッキーみたいにビキバキ太い亀裂《きれつ》が入ってんだろ。ここ潜って進もうぜ」

「こんな砲撃のたびに震動でガチガチ噛《か》み合《あ》ってるトコをか？　挟まれたらプレス機の事故より悲惨な目に遭うぞ！」

ぶつくさ言いながらも超重量級の殴り合いの中、馬鹿二人は腰を低くして荒野を走っていく。壊れた軍用トラックではひとまずミョンリが待っているのだ。フローレイティアのような爆乳でなくても良い、お姫様のような華がなくても構わない。とりあえず小柄で可愛《かわい》い優等生ならそれでもう十分じゃないか！　『正統王国』のジャガイモ達はイイ匂いのする女の子がいる所ならどこだって馳《は》せ参《さん》じる非常に優れた追尾機能がついているのだ!!

「ほらよ、まだ生きてるか!?　歯ぁ食いしばって堪《こら》えたお嬢ちゃんに増援のプレゼントだぜ!!」

「もうミョンリでも良いからちょっと強めに踏んづけてくれよ俺の人生何かが足りないんだ」

だが死の恐怖に心臓を掴《つか》まれて顔いっぱいに汗を浮かばせた野郎どもを待っていたのは、すっかり誰もいなくなった壊れた幌《ほろ》付きのトラックだけだった。おそらく砲撃時に打ち砕かれた大地が大量の岩石を撒《ま》き散《ち》らし、その一発を真正面から受けたのだろう。フロントガラスはメチャクチャに砕け、バンパーも見た事ない勢いでへっこんでいた。正面には車の馬力を利用した簡単なウィンチなどもあったが、こちらも潰れて中途《ちゅうと》半端《はんぱ》に指先大の太さのワイヤーを吐き出している。

　そして軍用トラック側面に一枚だけ雑なメモが貼りつけられていた。

『超ヤバそうなのでひとまず逃げますね。後はよろしく』

　オアシスはすっかり干からびていた。

　冒険者達はその場で泣き崩れた。

「もォおおお!!」

「やだっ、もうやだぁ!!　エルフたんでも人魚たんでも何でも良いよっ、女の子の枯渇《こかつ》した異世界冒険ファンタジーなんて異世界じゃなぁぁぁぁぁああい!!」

　一体いつの間に世界の境をまたいだつもりだったのかは知らないが、絶叫を続ける事でハンマー投げ選手のように馬鹿二人の頭のリミッターが外れていった。元々ダムが決壊しているなどと言ってはならない。

極限の疲労と自らの絶叫で脳内物質をじゃぶじゃぶ吐き出すクウェンサーは中途半端にタイヤが外れて斜めに傾いたカーキ色の軍用トラックの側面に張り付いて、もう一度震える足を動かして這い上がりながら、

「か、勝つぞ……。必ず勝って生き残るんだ……!」

「うふふあはは。そうだぜ俺は伝説のエキドナたんをコレクトして朝から晩までいちゃいちゃしてやるんだ……!」

あまりに脳のクロック数を上げ過ぎたのか片方が異世界から帰ってくる様子がなくなってしまったが、今は勝利のために前進あるのみである。

幌のついたトラックの荷台には整備基地ベースゾーンの備品であるエアコン室外機が分解した状態でいくつか詰め込まれていた。本来ならプロペラの力を借りて霧状にした接着剤を空気中にばら撒いていくための粒子散布ユニットである。

「憎い……。女の子のいないこの乾き切った世界の全部がっ!!」

「嘘だあ、だってこのバージンワールドには純真な女の子しかいねえから地球から俺一人だけ召喚されたんだって最初に説明受けたもの。うふふふふ」

何にしたって実は『ジャックインザボックス』には一つも落ち度のない中、全く見当違いな闘争本能に従って馬鹿二人が次なる戦闘準備を進めていく。

無線機に向かって叫ぶ。

「クウェンサーより各員、予定とは違うがこれより接着剤を散布する‼ 風向きに留意、該当エリアにいない者もマスクを装着する事！ 場合によっては髪がガビガビになるかもしれないから毛根が気になるヤツは逃げ回れ！ ヒアウィーゴー‼」

「ハッ⁉ ……あっ、あれ、何かとても楽しい夢を見ていたような、どうして涙が止まらねえんだ……？」

ドラム缶と繋がったホースのコックを回して巨大なプロペラの電源を入れると、クウェンサーも奇跡の生還を果たした男と共にその場を離れる。

『ベイビーマグナム』も『ジャックインザボックス』も右に左に総合格闘技のようなフットワークで切り返しを続けているため予測針路を見極めるのは難しいが、判断材料が何もない訳ではない。

そう、『ジャックインザボックス』は尻尾のようなユニットを使って地面に太い杭を突き刺す事で、基本形の静電気式だけでは出せない瞬発ダッシュを武器にしているのだ。

つまり逆に言えば、

（……そもそも脆弱過ぎる地盤だと杭を打ち込んでも大した反発力は生めないはず。この荒野の中で特に強度の脆い、大きな亀裂の入った辺りは嫌うはずなんだ）

攻めとして敵機を攪乱するにせよ、守りとして緊急回避するにせよ、『ジャックインザボックス』としては尻尾を使った瞬発ダッシュは虎の子なのだ。ここ一発を失敗しただけでガクンと挙動が止まり、お姫様からぶち抜かれるリスクが急浮上する。

　そして軍事機密の塊であるオブジェクト本体はともかく、足元の地盤の固い脆《もろ》いなんて肉眼でも簡単に判別がつく。

　こちらとしては『ジャックインザボックス』の動きを警戒しつつ、ヤツが次に踏み込みそうな固い岩盤に向けて霧状にした接着剤をひっそりと流し込んでやれば良い。

　ベースとなるのは静電気式。

　反発剤の噴出口を塞《ふさ》ぐ事ができれば、『信心組織』の足を止める事ができる。恒久的でなくても構わない。数秒止められれば決着はつく。

　クウェンサーは無線機に口を寄せた。

「エポキシ樹脂の散布を開始。『ジャックインザボックス』が好みそうな固い岩盤は地図の中から色分けしているな？　そっちに踏み込んで自滅するのはやめてくれよ！」

『良いから合図して』

「副砲でレーザービーム用意。Ｄ４からＦ２のどれかにヤツが乗ったら足元に撃ち込め！　熱硬化性で接着剤を反応させて反発剤の噴出口を塞《ふさ》ぐんだ‼」

「おいちょっと待っクウェン……」

　何かに気づいたヘイヴィアが慌てて止めようとしたが、すでにサインは出した後だ。

ガカァッッッ!!!!!!　と。

溶接の光を数百倍にしたような凄《すさ》まじい閃光《せんこう》が馬鹿二人の視界を全部埋め尽くした。

レーザー光線そのものは目に見えない。

しかし地面を焼いた際の副次的な現象が光や音となって彼らの下まで押し寄せたのである。

「ぐァァああ!?」

両目を押さえてのた打ち回るクウェンサーは、すぐ近くで誰かが何か叫んでいるのは分かったが、それがまさかへイヴィアがこっちの胸ぐらを掴《つか》もうとして失敗し、あらぬ方向にあった巨大なサボテンにグーを叩《たた》き込《こ》んでいたものだとまでは想像が追い着かなかった。

(ちくしょっ、でも成功したはずだ！　『ジャックインザボックス』の足元で接着剤が反応すれば、後はもう……!!)

それでも主砲ではなく副砲だったのは幸いだったのかもしれない。クウェンサーは失明する心配もなく、必死に目元を擦《こす》って数秒程度でぼんやりとした視界を取り戻していた。涙で目の前が塞《ふさ》がるように不鮮明な中、かろうじて像を結んでいるのは、

(……どうなった、『ジャックインザボックス』は。お姫様は無事に仕留めたか……???)

怪物との距離は二〇〇メートルもなかった。

反発剤の散布を止められた事で、静電気の力で二〇万トンの塊を浮かび上がらせる力を失ったのだろう。大量の粉塵《ふんじん》を巻き上げる格好で地面に足回りを擦《こす》りつけた『ジャックインザボックス』が、つんのめるような格好で必死にバランスを取り戻そうとしているのが分かる。機体後部一八〇度を自由に振り回せる例の尻尾《しっぽ》も、右に左にスライドさせていた。まるでビルの屋上の縁に立った人間が手足を振り回して重心を守ろうとしているかのようだ。

いける、とクウェンサーは確信した。

成功している。

『ジャックインザボックス』の足は確かに止まっている。今ならお姫様が主砲を一発撃ち込めば球体状本体をぶち抜ける。これで終わらせられる。『ベイビーマグナム』が敵機を中心にぐるりと回り込み、七本のアームを動かして下位安定式プラズマ砲の発射準備を終えたのも良く分かった。

直後であった。

ドバンッッッ!!!!!! と。

尻尾《しっぽ》を地面に突き刺した『ジャックインザボックス』が、真横に向けて跳ねたのだ。

旧来の原子力空母二隻分。二〇万トンを超える塊が、なお俊敏に回避する。

お姫様の放った七本の下位安定式プラズマ砲の青白いラインの隙間をかいくぐる。

クウェンサーとヘイヴィアの馬鹿二人も、いいやすぐ近くにあったサボテンや壊れた軍用トラックまでもが、下から突き上げられるように持ち上げられた。まるで地面全体がトランポリンにでもなったようだが、どうしたって無理がある。おかげで打ち込まれた大地の一点を中心に、ガラスの窓へ傘の先端を突き刺すように凄《すさ》まじい亀裂《きれつ》が走っていく。

再び地面に落ちたクウェンサーは転げ回るトラックに押し潰されそうになったが、そんなにいちいち絶叫している暇もなかった。

器用に避けた『ジャックインザボックス』は、では具体的にどこへ向かって飛んでいったのか。

来てる。

こっちに来ている⁉

「ヤバいッ‼　ヘイヴィア逃げろ巻き込まれるぞ‼」

「キサマいつから『島国』のセクシーくノ一直伝身代わりの術を覚え……うぉおあァッ⁉　ふざけ何だありゃクソがあ‼」

二〇万トンの塊が向かって来たら為《な》す術《すべ》もなく挽肉《ひきにく》だ。クウェンサーとヘイヴィアの馬鹿二人は平たい地面にいるのはまずいと感じたのか、とにかくボウリングのストライクぱこーんを避けるため、すぐ近くに転がっている軍用トラックの上へよじ登り、さらに先にある乾いたレンガ色の岩場へ身を乗り上げようとした。

実際には間に合う訳がなかった。

どうにかこうにかトラックの上までよじ登ったところで、まともに『ジャックインザボックス』が突っ込んできた。

「……っ、……!!」

「ツッツ!?」

絶叫する暇もなかったのか、喉が裂けるほど叫んでいたのに脳が処理を忘れたのか。

『ジャックインザボックス』の四枚のフロート、その内の一つがまともに軍用トラックを吹っ飛ばし、突き出た岩場を突き崩す。かろうじて廃車の上へ身を乗り上げていた馬鹿二人は、まるで『島国』のダルマオトシのような有り様だった。真下のトラックだけ打ち抜かれ、奇妙なほどにふんわりとした体感時間の中を泳いで、そして再び地面に向かって一直線。

「あごしっ!?」

意味不明な名言が自分の口から飛び出し、クウェンサーはようやっと自分の置かれた環境に気がついた。

乗っている。

静電気式のフロート、その一枚の上へちょうど身を乗り上げている!?

「へいヴぃ……いないし⁉　あいつあの野郎一人だけピンチの舞台から免《まぬが》れやがった‼」

ダルマ落としに失敗しているという事はストレートに真下で挽肉《ひきにく》になっている可能性もあるのだが、そこまで頭は回っていないようだ。バラバラに吹っ飛んだ軍用トラックのネジやボルトや破れたタイヤや歪《ゆが》んだホイールや、とにかく諸々《もろもろ》の破片が異常気象のカエルの雨みたいに降り注ぐ中、『ジャックインザボックス』が再び軋《きし》んだ音を立てて尻尾《しっぽ》を振り回し始めた。

（……こいつ⁉　尻尾の杭打機《くいうちき》の瞬発ダッシュだけで戦闘続行するつもりか⁉）

決断の時だった。

このままフロートに留《とど》まって天高く飛ばされるか、飛び降りて二〇万トン発射時の爆風に揉《も》まれるか。考えて、そして年中勃起していそうな馬鹿は自分の金玉が確実に縮んでいくのを実感していた。死ぬ。どっちにしたって助かる訳がない‼

「ぎゃあっ！　ぎゃあ‼　ぎゃああッッ‼‼‼」

そして優柔不断な男が行き着く先はいつだって一つである。

時間切れ。

ズドンッッッ‼　と再び地面に特大の杭《くい》を打ち込んだ『ジャックインザボックス』が、いつまでも内股でまごまごしていたクウェンサーを乗っけたまま逆サイドに向けてかっ飛ぶ。

が、いきなり足場を失って人間ホームランのように大空へ投げ出される事はなかった。

右手の掌《てのひら》に何かがギリギリと食い込んで痛い。

恐る恐る目を開けて確かめてみれば、小指大の金属ワイヤーが絡《から》まっていた。

ミョンリが置いていった軍用トラックの正面で潰れていた、車体の馬力を利用した簡易式のウィンチの残骸だ。手首とは逆側にあるワイヤーの端は、どうやら頭上、ウニやイガグリのように球体状本体から無数に伸びた副砲の一つに絡《から》まっているらしい。

助かった、と思う反面、宙を舞う馬鹿の脳裏に何かがよぎった。

(……あれ？　このまま地面に着地したら荷重が一点に集中して、右手が丸ごとスッパリ千切れるんじゃないか。ほら、ピアノ線でゆで卵をスライスするみたいに)

「ひっ、ひぃい、ひぃいいいいいいい⁉」

着地まで数秒。できる事がいくつあるかは分からないが、とにかくもう片方の左手も振り回してゆとりのあるワイヤーを摑《つか》み直《なお》す。

基本的にはパラシュートのハーネスと同じだ。荷重を全身に分散すれば一点にかかる衝撃は少なくなるはず。

無理矢理に胴体へぐるりと一周巻き直したところで、乾いたレンガ色の荒野へ小惑星が落っこちた。

「ぶっほァッッッ‼⁉⁇」

肋骨《ろっこつ》が軋《きし》み、内臓が圧迫される異様な感触に呼吸が詰まる。冗談抜きに骨をやったかもしれないが、それでも右手の掌《てのひら》は無事だ。千切れたりはしていない。

顔と背中一面から得体のしれない汗が噴き出す自分の気持ち悪さを存分に理解しながら、クウェンサーはそこで気づいた。

さっきと違う場所にいる。

『ジャックインザボックス』が長い長いウィンチワイヤーを引っ掛けたまま振り子のようにクウェンサーをぶん回した結果、球体状本体表面からウニやイガグリのように飛び出した別の副砲へとワイヤーが絡《から》まって、そっちの真下で揺れているらしい。

それは単なる偶然なのか。

いいや、『ジャックインザボックス』は自然現象ではない。ヤツが明確な意図をもって機体を振り回している以上、その判断基準となるものに横槍《よこやり》を入れればこちらから動きをコントロールできる。

つまりは、

「お姫様！　位置取りに気を配って指示通りに『ジャックインザボックス』をジグザグに動かせ‼　振り子の力でヤツの真上まで乗り上げてみる‼」

『死ぬとおもうけど』

「『ジャックインザボックス』が無秩序に動いた方がはるかにヤバい！　とにかく俺の腹がぺ

コペコにへこんだ牛乳パックの空き容器みたいになる前に行動してくれっ!!」

もう間接的な自殺に近かった。

クウェンサーからの指示でお姫様が小刻みに動いてロックオンを維持しつつ、『ジャックインザボックス』が反撃するために右へ左へ尻尾《しっぽ》の瞬発ダッシュを繰り返すたびにワイヤーにぶら下がった馬鹿が空中ブランコみたいに振り回される。下面へ扇を描くような軌道から、時には勢い余ってぐるりと一周まで。釘《くぎ》を打ったパチンコ台に糸を絡《から》ませていく格好で、クウェンサーはいくつもの副砲にワイヤーを引っかけて上へ上へと目指していく。

『ふくほうのかどうじょうきょうにいへんがあると分かればワイヤーがからまっているのはバレるとおもう。今はせっちゃくざいのえいきょうかなとはんだんするかもしれないけど、じかんのもんだいだよ』

「うっぷ、『ジャックインザボックス』だって足回りを封じられて絶体絶命なんだ。エラーメッセージを受けたとして、お姫様を確実にヤレる主砲以外に気を配っている時間はあるかな。ぐええ……」

『そもそもヤツのまうえをじんどって何をするつもりなの?』

「当初の予定通り」

クウェンサーはようやっと球体状本体の真上にへばりつきながらこう囁《ささや》いた。

「くそったれの主砲を叩《たた》く」

11

目的地まで到着すればワイヤーはもう必要ない。というか、これ以上振り回されるとまた別の場所へと運ばれてしまう。

胴体へぐるりと一周回した部分はともかく、右手の掌《てのひら》に食い込んでいる方は深刻だ。すぐさま解く事はできないと判断したクウェンサーは、ボールペンのような電気信管を抜いて指先大の太さのワイヤーへとテープで固定した。

そのまま爆薬をつけずに起爆する。

「ッ!!」

爆竹の数倍程度の炸裂音《さくれつおん》と共に顔を背けるクウェンサー。だがようやっとワイヤーを焼き切って自由を手に入れた。すっかり掌《てのひら》にめり込んだワイヤーを取り外し、胴回りから背中のバックパックの肩紐《かたひも》へと結び直す。パラシュートと同じで、計算された箇所に重量を分散できれば先ほどまでの苦痛からは逃れられる。

『クウェンサー、ヤツがうごく』

「ええいっ!!」

ワイヤーの余った部分を手近な副砲へとぐるりと巻き直した。

サブと言っても直径一メートル以上、ちょっとした数百年モノの大木くらいはある。

ギリギリで準備を終えたところで、ズバン!! と『ジャックインザボックス』が再び跳ねた。

得体のしれない浮遊感に奥歯を噛《か》み締《し》め、落下に備える。

突き上げるような衝撃の直後、クウェンサーの体が浮いていた。

ワイヤーの結び目が解けたのかと思った馬鹿だったが、実際には違った。ワイヤーの輪が丸ごと浮かび上がり、副砲の先端から抜けていったのだ。

「……ああっ……」

嘆く暇もなかった。

支えを失った小人の体が風に吹かれる落ち葉のように高度五〇メートル以上の大空を舞う。地面に落ちれば即死。手足を振り回してもどうにもならない。

だが再び止まる。

オブジェクトの表面は大小一〇〇門以上の砲がウニやイガグリのようにびっしり覆い尽くしているのだ。吹っ飛ばされて宙を舞うクウェンサーは、再び別の砲へとワイヤーの輪を通して動きを止めていたのである。

(なっ、何度も再現できるような現象じゃないぞ……)

奇《く》しくも機体前面側へと飛ばされた。

そこは『ジャックインザボックス』の目と鼻の先だ。

折り畳み式のパラボラアンテナやワンタッチ式ジャンプ傘の骨のようなシルエット。前へ突き出た主柱を中心に関節のついた八本のアームが花びらのように咲いていた。その一本一本が数百から数千トンもの超高層ビルを支える免震構造に使うレベルの強固なバネを備え、八本全ての力を中央の主柱に束ね、バームクーヘン状に成形した鉛の砲弾をかっ飛ばす。

バネ自体は剝《む》き出《だ》しだった。

くの字に折れるアームの端と端を結びつけるように、太い金属を巻いて作った巨大なバネが見える。ピンと伸ばせばバネもアームに寄り添う形になるだろう。

そもそもどうして曝露《ばくろ》しているのか。

オブジェクトの設計そのものに無駄はないはずだ。何かある。

「……サイズが違うだけで使っているバネ自体は普通のコイルスプリング、やっぱり特に奇をてらっている訳でもなくクロム鋼か……でも待てよ、普通のクロム鋼……？？？」

『クウェンサー、次が来る』

「ツッッ!!⁉⁇」

警告を受けてクウェンサーはワイヤーで体を支えたまま真後ろへ体重を預けた。副砲の根元、回転用の台座の窪《くぼ》みにワイヤーを挟むような格好で固定させた途端、『ジャックインザボックス』が大きく跳ねる。

今が良い位置なのだ。ここからまた輪が外れて別の副砲へ移されたり、まんま地面へ叩《たた》きつけられたら元も子もない。

異様な浮遊感の中でクウェンサーは首をひねり、間近にある鉄橋のような主砲へと目をやっていた。

「やっぱりだ、おかしい。六価クロムを利用した鋼のバネをそのまま使っているとしたら、このシステムは成立しない……っ!!」

『クウェンサー？』

着地の衝撃があった。

背中のバックパックの肩紐《かたひも》が片方千切れ、危うくクウェンサーは空中へ放り出されそうになる。もう何度もチャンスはない。今この瞬間瞬間を活《い》かすしかない。

「いくら強大な力を蓄えたバネだって材質自体は普通のクロム鋼なんだ。だとしたら自分で蓄えた力を自分で解き放った途端に、余剰エネルギーでバネ自体が真っ赤になったって不思議じゃない!!」

反発だって一つの力。SF映画でお馴《な》染《じ》み、一本のワイヤーをひたすら垂直に伸ばした宇宙エレベーターの場合、ピンと張ったワイヤーが破断してしまうと莫大《ばくだい》なエネルギーが放出され、核兵器に匹敵する大爆発が起きるとされている。

オブジェクトの主砲に肩を並べるエネルギーを蓄えたバネ、鋼板だって同じ事。

そしてバネそのものがあくまでも『金属』だという事は……？

「自分で作った莫大《ばくだい》な熱にさらされ続けているようじゃ、バネ自体が保《も》たない。弾性力を失ってすぐヘタってしまうはずだ。『ジャックインザボックス』はここに対策を講じる必要がある。液体窒素なんかで冷やす？　いいや加熱と冷却を交互に繰り返せば逆に金属疲労を加速させるだけだ。そんな方法じゃない。そもそも一つのシステムに固執するのがもうおかしい」

『ようてんを言って』

「バネを交換している。それも戦場で頻繁にだ！　高層ビルの免震構造だって一本のバネで超重量のビル全体を支えている訳じゃない。連中がサイロシティの人達を酷使して大量にバネを作らせていたのもこのためだ。常に余裕を持った数を用意して、一つ一つ交換する際は周りに支えてもらえるように設計しているはずなんだ‼」

もう一度、『ジャックインザボックス』が跳ねた。

いいや違う。この状況でなおパラボラのように開いた八本のアームのバネを解放し、大きく前へ畳まれるような格好でベクトルを合成し、重ね掛けした極大威力の鉛の砲弾を撃ち出したのだ。

お姫様が慌てて回避したのかどうかも目で追い駆ける暇さえなかった。

後ろから軽自動車で撥《は》ね飛《と》ばされるくらいの衝撃と共にクウェンサーの体が飛ぶ。自分の意思で制御していられない。空中で無意味に手足を振り回す少年は、そこで今度の今度こそ尻尾《しっぽ》の杭打機《くいうちき》を使って跳ね飛ぶ『ジャックインザボックス』を見た。

「ツッツ‼⁉⁇」

もちろん回避などできる訳もなかった。

慣性の力が働いているので多少は相殺《そうさい》できるが、それでも相手は二〇万トンの塊だ。半ば巨大な壁に叩《たた》かれるようであった。

呼吸が詰まる。

つばとは全く違うものが喉奥からせり上がり、気道が塞《ふさ》がる。それでも大の字に倒れたクウェンサーは必死になって状態を把握しようとした。

宙を舞う『ジャックインザボックス』と一緒になって、半ば潰れたカエルのようになってへばりついているクウェンサーは、発射直後で閉じた傘のように全てのアームを畳んだ主砲の中央の主柱にいた。八本のアームが主柱に寄り添うように畳まれた事で、半ば歯車や切る前のナルトの溝のような場所へはまった訳である。おかげで落ちるのは避けられた。重力は真下に向かっている、という地球の常識さえ無視してクウェンサーは主砲の側面に背中を押し付け、大の字になっていたのだ。

何かが軋《きし》むような、ペキペキパキパキという音が耳に届いた。

自分の背骨か肋骨《ろっこつ》でも砕けているかと思ったが、骨はこんな金属質な音を立てない。

（……主砲の中心に修理工場をそのまんま搭載していた訳だ）

繰り返すが、『ジャックインザボックス』の主砲は強固なバネを利用したもので、その構造はワンタッチ式ジャンプ傘の骨に近い。ボウガンのように構えれば大きく開き、撃ち放てば主柱へ寄り添うように閉じていく。

つまり、閉じている間は外から様子は見えない。

この時、関節を伸ばしたアームの内側は中央の主柱と寄り添っている。二点が接触している間に金属シャッターを開いて、熱でへたったバネを新しいものと交換しているとしたら……？

（……全部壊す必要はない……）

背中のバックパックから、ありったけの『ハンドアックス』を引っ張り出す。全部で一〇キロ。だがこれに信管を突き刺して起爆しても核にも耐えるオブジェクトには傷一つつけられない。

狙いはそこではない。

必死になって腕の力だけで粘土状の『ハンドアックス』をこねながら、畳んだアーム側面にへばりついているクウェンサーは今にも千切れそうな意識を保とうとする。

（どんなに巨大な時計塔の歯車だって、小石を一つ噛《か》ませれば動きは止まるんだ。艦船の速射砲も煤《すす》や埃《ほこり》で誤作動は起きる。あの出っ張ったシャッターを開いて、新しいバネを出して、交換して、再びシャッターを閉じる。この作業のどれか一つでも封殺できれば……）

主柱と八本のアームは、断面だけ見れば歯車のようになっていただろう。どうにかして主柱とアームの隙間へと塊のような粘土を押し込んでいく。

専用のヘラなどはないが、掌《てのひら》で何度も何度も。

信管を刺している暇はなかった。

これでは本当にただの粘土だが、気にしている暇はない。


数秒の滞空時間と共に、『ジャックインザボックス』が着地した。

今度の今度こそ、何の支えもないクウェンサーの体が大空を舞う。


もはや何の計算もなかった。

ここで死ぬかもしれない。二〇メートル強もの高さ。やけに長い滞空時間の中で意味もなく手足を振り回しながら、そんな事をぼんやりと考えていた。

凄《すさ》まじい衝撃が全身を打つ。

体感的にはコンクリートの塊の上へ顔から落ちたのかと思った。

「うぐっ、ぼ……ッッッ!!!?⁇」

墜落の衝撃からさらに全身が深く沈む。ぬめるものが四方八方からクウェンサーへくまなく押し寄せてくる。奇妙に生ぬるい感触を処理しきれず半ばパニックに陥りかけた少年だったが、そこで気づいた。

水だ。

オブジェクトから投げ出されたクウェンサーは、乾いた大地を走る川へ落ちたのだ。

「げぼっ!!　うぶはっ、ぶはっ!?」

(ちくしょっ、この美男子の鼻ぼっきり折れてないだろうな!?)

自分の足もつかない深い水に助けられた。

溺《おぼ》れる事に対する根本的な恐怖心に心臓を掴《つか》まれながらも、水面でもがくクウェンサー。

『ジャックインザボックス』はまだ生きている。

『クウェンサーしっぽいしたならそう言って。プランをねりなおすひつようがある。あんなふうにじめんを叩《たた》きながら「ジャックインザボックス」がサイロシティにちかづいたら、それだけでジオフロントが丸ごとらくばんしかねない』

「いいや……まあ見てなって」

大きな川の真ん中辺りから突き出ていた岩場を掴《つか》んで体を支えながら、息も絶え絶えにクウェンサーはこう言った。

「仕込みはもう済んだ」

がくんっ!!　と。

『ジャックインザボックス』が動きを止めたのはその時だった。

尻尾《しっぽ》のような杭打機《くいうちき》の方ではない。

折り畳み式のパラボラやワンプッシュの傘のような、開閉式の主砲の方からだ。

ヤツとしても状況を呑《の》み込《こ》めないのだろう。似たような作業を繰り返しているが、まるで弾詰まりを起こした拳銃の引き金を何度も引くように、目詰まりを起こした主砲はうんともすんとも言わない。

実際に破壊できるかどうかは関係ない。

シャッターはレールに沿って動くものなのだから。

線路に小石を置けば列車が脱線するように、ほんのわずかな異物が全てを狂わせる事もある。

「……例の主砲が発射モードとバネ交換モードを切り替えているとしたら、二つのモードは併用できない。仮にその作業の流れを妨害して、モードの切り替え作業ができないようにしてやれば、『ジャックインザボックス』はもう主砲を発射モードに移せなくなる」

『何したの？』

「シャッターはいくつもの板を繋《つな》げてレールを走らせる。二〇万トンの塊だろうが商店街の小さなお店だろうが仕組みは同じ。レールの隙間に粘土を詰めてやれば動きを止められる……」

信管なんて刺す必要はなかった。

さんざん腕の力だけでこねた粘土の塊が一〇キロほどあれば十分だった。

「静電気式の足回りも、ご自慢のバネを使った弾性金属砲も封殺した。これでまだ尻尾《しっぽ》の杭打《くいう》機《き》だけでもチャンバラするって言うならその度胸だけは褒めてやる」

パチンと指を鳴らして、クウェンサーはこう言った。

「お姫様の口から言ってやれ、『白旗』の信号を打ち出すならここが最後のチャンスだって。これでチェックメイトだ」

12

ズタボロであった。

衛生兵のナースちゃん達に分厚いゴムボートで手取り足取り救助されていなかったら本当にこのまんま川を流れて脱走兵になっていたかもしれない。

「くび、首がそっち曲がらないんですけど……」

「あらあ、それは大変そうですねえ」

「お願いひざまくらして」

「あらあらー」

おっとり優しい女の子達のおかげでチヤホヤとチャージを溜《た》めているクウェンサーだったが、幸せな時間はいつまでも続かない。

「あっ、ようやっと車両団に追い着きましたよお？」

「さあて軍医はどっちだ？　白衣に縦糸ラインセータータイトスカートガーターベルト黒ストッキングハイヒール高圧的メガネお姉様か、もしくはしわくちゃのジジィか。今日ならジャックポットを狙える……。女神様が微笑《ほほえ》んでくれても間違いじゃないと思う!!」

説明の量でどっちを期待しているかは明白だが、そもそも軍医がやってこなかった。

岸辺に車両団を寄せていたフローレイティア＝カピストラーノ少佐は気軽な調子でこう言ったのだ。

「クウェンサー、生きていて何よりだった。非常事態が解除されたので通常運転を再開、さっさと電子シミュレート部門のオモチャを直してやって」

「最後の戦争ってブラックバイトと戦う事なんじゃないのかな？　お前もう完全に人権って言葉を忘れてんのかこいつめー!!」

とんでもない言葉に当てられるように、反射的に飛び起きたのは失敗だった。実は割と元気だった事を露呈したクウェンサーに、フローレイティアは片目を瞑《つぶ》って、

「まったくこんな安い手が本当に通じるとはなあ」

「えっ、あっいや……」

「ほんとに起き上がるだけの気力もないなら素直に医務室送りかとも思ったが、動けるんなら仕方がない。ああ我々は皆等しく国民の血税から給料をもらって働いている軍社会なんだからタダ飯は食わせられないよなあ？」

「悪魔ァァあああぁー!!　そんなに悪魔を気取るならいっそきちんと角と尻尾《しっぽ》と羽を生やしてミニスカボンデージを纏《まと》ってハロウィンスペシャルで迫ってきなさいよおー!!」

看護の鑑《かがみ》な衛生兵ちゃん達は元気な男の子には興味がないのか、助けを求める重傷者を追い求めて荒野へ繰り出してしまった。

風邪を引いた時だけ優しくしてもらえる、束《つか》の間《ま》のハーレムは終わりを告げたのだ。

「……そういやへイヴィアどうしてます？　俺より幸せな目に遭っていたら絶対許さん」

「何だ一緒じゃなかったのか。まあヤツならゴキブリ並にしぶといからそこらを這《は》い回《まわ》っている事だろう。合流に遅れた分だけ給料は差っ引かせてもらうがね」

やっぱりどうしようもねえブラック就労であった。

良い子のみんな、軍隊なんかに甘い夢を持ってはいけないぞ!!

「サイロシティの方は？」

「事は『空白地帯』の話だ、我々の関与すべき内容じゃない」

「コンビニのレジ横に募金箱置いて、誰でも気軽に独立運動の背中を後押しできるのに？」

「こほん」

事がメンドクサイお兄ちゃんに関わる気配を察したのか、フローレイティアが分かりやすく咳払《せきばら》いした。ここで『気づき』を得られない者は軍の縦社会では生き残れない。

クウェンサーは首の調子を確かめながらゴムボートを降りる。

あらぬ方向へ目をやって、サイロシティのある方へ視線を投げながら、

「……くそう。いつになったら楽ができるというんだ」

「他人の傘に入っている内は永遠にないな。ほうらありがたいお仕事の時間だぞー？」

13

サイロシティ・ジャイアントピザの方でも、恐る恐る人々が地上に顔を出していた。

「何だ何だ？　騒ぎが止まったみたいだぞ」

「怖いっ……。これもまた何かの前触れなんじゃあ……？」

「押すなよ、押すな！　ちくしょう‼」

爆音や震動も恐怖を与えるが、不意にピタリと止まっても不安になる。まるでやりたくもないエゴサーチを、見えない何かに背中を押されるような格好で繰り返す不思議な引力にも似た、不安定な空気が辺りを漂う。

だけど、そんな空気を払拭《ふっしょく》する声があった。

どこにでもいるような、太った保安官のものだった。

「大丈夫」

トーマス＝ゴールデンクリッパーは首から細い鎖で下げたペアリングの片割れを握り込みな

がら、小細工抜きでこう語りかけていく。

「事実関係は必ず私が確認します。相手がどこの軍隊だろうが知った事か、ここは私達のサイロシティだ！　四大勢力のどことだって対等に扱わせてもらいます。だから大丈夫!!」

ざわつきの波が、防波堤にぶつかったように止まっていく。

終息する。

何の力もなくたって、保安官の言葉には確かに人を安心させる何かがあったのだ。

そんな彼の横を通り抜け、何人かが表へ出ていく。

「……何とか、なったみたい、だね？」

この灼熱《しゃくねつ》の荒野には似合わない黒の燕尾服《えんびふく》に帯刀した青年、ブラドリクス＝カピストラーノもその一人である。

複数の護衛で周囲を固め、全体では整備大隊の通常戦力分一〇〇〇人規模を超える人員を顎《あご》で動かす彼は、慈善サイトの管理人である赤いタンクトップとミニスカートでチアリーダーやりますみたいな格好に統一した三つ子と一緒に街の外をすがめ見るものの、世界の終わりみたいな主砲が唸《うな》る事はもうない。

三つ子は三つ子で、自分のＳＮＳに有名人がフォローしてくれたのを見て喜ぶような顔で、柔らかそうな頬を寄せ合って一つの小さなモバイルへ目をやっている。

「終わったみたい」

「ほら見てー？　これドローンから空撮した映像なのー」

「『空白地帯』ってこういう電波の管理もザルだよねえ。なまじきちんとした『戦争国』なら民間電波をジャミングで遮断されちゃう事も多々あるしい☆」

どれどれ、とブラドリクスが目をやろうとしたところで映像が途切れた。

ひょっとすると民間人の横暴にイラついた『正統王国』辺りから手製のパチンコで撃ち落とされたのかもしれない。

銀髪の青年はわずかに息を吐いて、

「じきにグレーターキャニオンの管理維持のために『資本企業』と『情報同盟』も東と西から調査団を送り出してくる事だろう。そうなると戦争というより政治の綱引きに近い状況になっていくかな。世界中から多数のカメラが入るから、独立の機運をお茶の間まで高めるならアピールに精を出すべきだろうね」

「はーい」

「私はいったんパリへ戻るよ。人種のサラダボウル状態になったところで『貴族』が負傷したらどこの誰にどんな言いがかりがつけられるか分かったものでないからね。四大勢力の戦争の火種にはなりたくない」

「了解です。引き続きネットを中心に支援よろー☆」

手を振って気軽に別れてから、ふと三つ子は顔を見合わせた。

それから彼女達は言い合う。

「……で、どうだった？」

「んー、これだと中の下って感じかしら」

「えぇー？　いっそ大失敗とは言えなかった辺り、かえって面倒な結果じゃん」

恐怖と緊張から解放されたためか、どこか浮足立った高揚に満たされつつあるサイロシティ地表部を、人の流れに逆らわないように歩きながら三つ子は話を続ける。

「まあでも、『信心組織』側の狙いが『正統王国』に伝わらずに済んだのはプラス材料だったんじゃない？」

「金の卵が無事に孵《かえ》らないと意味はないんだけどねぇ」

「六価クロムの真実が暴かれて『伝説』化するのを待つのも良いサンプルだったんだけど」

誰がリカで、どれがアリサで、どなたがオルシアなのか。それはあまり重要ではない。三つ子は三つ子で一つの意見へ収斂《しゅうれん》させて正解に繋《つな》がれば構わないと考えているのだから。

「尊い犠牲の下に作られた主砲に魂が宿る。その話を論理的に否定していく過程を一つ一つモニタリングしていく事で、『伝説』を情報的に潰す手順を学んでいく、か」

「この手の対抗神話をフローチャート化させれば人の話術に頼る必要さえなくなる。ネットのメール相談窓口をAIに任せるのと同じように、あらゆる神話あらゆる伝説の矛盾点を自動的に検索指摘する対話式宗教破綻プログラムが完成する」

「それにしても、やっぱり宗教って怖いよねえ。このレベルの機密が外に洩《も》れているって事は、ウチの軍にもどんだけ浸透しているんだか」

くすくすと三つ子は笑っていた。

これだけ多くの人が溢《あふ》れていながら、彼女達は風景の中へと溶け込んで、誰の目にも追えなくなっていく。

「先に外資メーカーのダイレクトメールを装《よそお》って『安全国』まで侵食してきたのは『信心組織』だものねえ。それも聖者気取りのクソジジィ様の肝煎《きもい》り。国外からの電話やメールのチェックだけじゃあ地雷ワードを検出されないよう気を配ってくれちゃって」

「あらゆるデータを武器とみなす我々としては、不意打ちで頭の上にステルス爆撃機を飛ばされたようなもの」

「なら報復攻撃としても、やっぱりデータを使ってあげなくちゃあ意趣返しにならないよねえ？」

結果は先も言った通り、中の下。

人の頭で矛盾点を探して指摘する程度なら手が届くが、そんなものは一〇〇〇年以上前からの公会議なんぞで散々やってきている。その先、もう一歩。あらゆる航空機を自動的に撃ち落とす対空レーザーシステムのように、放っておいてもあらゆる穴を埋めてくれる便利なサービスにまで昇華して初めて『勝利』と判断できる。

あらゆる宗教を、その辺でダウンロードできる携帯電話の翻訳アプリのように否定できる社会の構築。特別な話術の天才だけではない、誰もが簡単にモバイルをかざせば一〇〇〇年の積み重ねを破壊できてしまう仕組みのばら撒《ま》き。

『信心組織』にとっては絶望の時代の到来だ。

いつだろうが薄い天幕の向こう側で笑んでいるかの聖者尊翁《せいじゃそんおう》とて、多少無理をしてでもサイロシティの実験場は破壊したいはずだ。オブジェクトを使った力任せの処分くらいは仕掛けてくるだろう。

「どこに誰が浸透しているか分かんないし、私達もいったん地下に潜ろっか？」

「そうね。ほんとに信頼できる人って少ないものね」

「ま、だからこそ値値があるっていうのは絶対に内緒なんだけど☆」

そんな風に言い合う少女達は、角を曲がって路地に入る。

そちらでは何だかびくびくしている青年がパッと顔を明るくした。

「さ、さっさとこんなトコ離れましょう？　将校クラス、それも『あの』マティーニシリーズが三人集まってグレーターキャニオンの中なんぞまで侵犯しているってバレたらそれこそ『本国』同士の戦争になりますって！」

「うーい」

「それじゃあ運転手さん、カボチャの馬車をよろしくう☆」

「私今日ディナーはシーフードが良いなあ。こっちって何でもかんでも赤身の肉を出しておけば良いやみたいな風潮があるからさあ」

ぶつくさ言いながらも、わがまま少女達の目元は柔らかい。

おそらく何の演技の必要もなく、思い切り寄りかかる事のできる存在の重要性を、この青年自身は気づいていていない。


アリサ＝マティーニ＝スイート。

リカ＝マティーニ＝ミディアム。

オルシア＝マティーニ＝ドライ。


『情報同盟』の手で後天的に作られた三名の天才少女達は、くすくすと微笑《ほほえ》みながら歴史の裏側へと溶けていこうとする。

何もかも順当に駒を進めてきた三姉妹だったが、ここで一つだけ誤算があった。

彼女達の前に、黒い軍服を纏《まと》う死神が立ったのだ。

「序列四九位？」

「『繋《つな》ぎの死神』とでも呼んでくれよ。名前も序列も、大人達に与えられたものは好きじゃない」

その金髪少女の傍《かたわ》らには、三姉妹とは趣の違う青年が控えていた。

彼女は無造作に一歩、三姉妹の方へとずいと近づき、

「貴様達、最初から全部分かっていたな？」

「……、」

「『信心組織』の臨時工場。説明抜きで六価クロムを取り扱わせ、多数の現地労働者を死に追いやった一件。知っていながら状況を流し、敢《あ》えての観察に走った。……相手が『情報同盟』の民ではなかったからか？　あるいは、同胞であっても同じ事ができるのか？」

「どうどう、お嬢ちゃん。私達も上からの命令で作戦行動を実行していた訳で、個人の悪趣味みたいに言われちゃあ流石《さすが》に心外なん……」

「ペアリングの片割れがどこにあったか知っているか？」

遮るように、氷の眼差《まなざ》しを宿す少女が口を開いた。

そのまま彼女は、もう一度繰り返した。

「この広い荒野のどこに埋まっていたか、貴様達は知っているか？」

誰も、何も言えなかった。

三姉妹がどこの誰だろうが、最高警備の重刑務所から徒手空拳で脱獄する管理不能の天才だろうが知った事ではない。その瞳は確かにそう断言していた。

ギラリと光るものがあった。軍全体からすれば全く無意味な成果が一つ。黒い軍服に乾いた砂をこびりつかせた金髪少女の掌《てのひら》には、確かに安物の指輪があったのだ。

「……貴様達自身が仕留めるべきトラブルでないのがひどく惜しい。それならここで銃殺できたのにな。むしろ逆に、貴様達が正常である事が世界の悪意のように見えてくるよ」

さらに一歩。

どれだけ安物であっても、大切な人の気持ちが込められていただろうその指輪を小さな手で握り込み。もはや懐《ふところ》に刃物があれば急所に刺せる距離まで踏み込んで、レイス＝マティーニ＝ベルモットスプレーはこう囁《ささや》いた。

あくまでも、平和的な警告を一度だけ。

裏を返せば、もう一度繰り返せば容赦なく有言実行するという意味も込めて。

「……インテリ気取りのクソセレブども。骨の髄まで毒素に浸して穴に埋めても同じ事が言えるのか、ここで試して欲しいのか？」

行間二

掌《てのひら》サイズの超高解像度ＣＣＤカメラを片手に物陰から物陰へ移動している内に、銀髪に小麦色の肌の女性将校、レンディ＝ファロリート中佐はセントラルパークまでやってきていた。

普段の軍服と違って弁護士スーツにメガネで変装しているところからも分かる通り、標的はもちろん同じ部隊で中核に位置する操縦士エリートにしてトップアイドルちゃんだ。

ぴちぴちスパッツのサイクルウェアを纏《まと》い、プリペイドカードで使える借り物のせいかちょっと大きめの自転車にまたがったまま地面に片足をつけて休憩を取るターゲットをとことんロックオンしつつ、

「(……きゃーっ☆　口では何と言おうが体は自然の緑を求めているのね子猫ちゃん！　自分からニューヨークが良いとか言っておいてあっさり人混みに疲れている本末転倒な辺りがたまらないわっ。無防備っ、脇がガラガラなのお!!　あっあっあっ、そんな！　衆人環視の公園で極太ソーセージを挟んだホットドッグなんてキケン過ぎるぅー眼福うー!!)」

『中佐前に出過ぎです、対象の監視保護はドローンと衛星でも賄えます』

「(うるせえ黙れ水差すと念じて殺すぞ。クールなふりしてお久しぶりに親御様と食事を摂《と》るため予定より二〇分も早く待ち合わせ場所へやってきちゃったあの子の勇姿を収めるのに、どうして何の意志も宿っていない冷たい機械に任せられると言うのか！　つーか真上から頭頂部だけ映しても意味がない、つむじの巻き方占いでもやってろオペレーター‼　んっ？　でも、だとすると大切な食事の前に極太はまずくね？　だが美味《おい》しそうな匂いにつられて我慢できなかったあの子がカワイイほんともうこれどうしようもうもうきゃーきゃーきゃー‼)」

『……中佐、そこまでの挙動不審を極めながら周囲に全く違和感を与えない辺りは流石《さすが》としか言いようがありません。風の噂《うわさ》に聞くニンジャ部隊の創設ももしや？』

ちなみに緑の芝生に豊富な果樹など、セントラルパークは地価の高騰するニューヨーク中心部マンハッタン島の中でも南北に四キロを超える広大な面積を確保した緑地帯だが、いくら緑が多く、動物園、美術館、野外劇場などを収めているとは言っても基本的には公園だ。遮蔽《しゃへい》の少ない、ゴルフ場よりはマシといったくらいのロケーションだと定番のスーツにネクタイ、あるいはヨガマットを抱えるスポーツウェアの護衛達も溶け込むのに苦労するのだが、レンディは誰よりも間近まで肉薄していた。恐るべき技量が眼前で展開されているものの、任務中につき手元のメモに視線を落とさせない事に舌打ちしているプロフェッショナルも多い。

こちらから向こうの事は何でも分かるが、向こうにはこちらの事が見えない。

まさに『情報同盟』の権力構造の全てが凝縮されていた。

『中佐、マンハッタン地区警備担当のマティーニ＝エクストラドライから警報が来ました』

だからどうしたと言わんばかりにレンディは紙の容器に入ったジャンクなチャイニーズフードの人気商品、スナック感覚の揚げ餃子《ギョウザ》を手摑《てづか》みでバリボリ食べながら、

「私あいつら嫌いなのよ瞳に意志のない量産品みたいで。エリートみたいな可愛《かわい》げがない」

『データの流れから監視保護対象へアンノウン接近を感知。おそらく芸能事務所のスカウトではないかと。監視保護対象のスマホへ非通知着信を連投し、相手が画面に目をやったタイミングで体をぶつけて会話の取っ掛かりを作る、安いナンパのテクを使うつもりのようです』

「良く報告してくれた私が殺す。そのマティーニは良いマティーニだ、我が整備大隊より戦場で使える借りを一つ渡しておいてちょうだい。あの子の手を汚さない範囲に限るけど」

『中佐』

「大丈夫ほんとに殺す」

『いえ全力で逆振りです、責任者なんですから正気に戻ってください』

歩きスマホが路上喫煙並にメディアで叩《たた》かれるようになると、昔ながらの当たり屋の形態も変わってくる訳だ。誰だって命懸けで走る凶器の前へ飛び出すよりは、当たっても柔らかい女の子とぶつかる方を選ぶ。自転車や自動車と違って人と人との接触には保険会社も介入できないので自然と一対一の話し合いに陥りやすく、水面下で様々な要求も突き付けられる。

素人《しろうと》のナンパ師風情《ふぜい》が、熾烈《しれつ》極まるプロの界隈《かいわい》でも小細工が通用するとでも思ったか。

レンディ＝ファロリート中佐の区分は四角四面の軍関係のみならず、重要戦時広報作戦室付参謀という名目で、舞台衣装や追加ＣＧの制作含むトップアイドルの総合クリエイションにまで及んでいるのだっ!!

……こんな冗談みたいな横暴をしれっと無味乾燥な書類の棚に差し込んでおける辺りが、データの占有が全てを制する『情報同盟』特権階級の無茶ぶりなのである。

「これからご両親と楽しい思い出を作る予定のあの子に水を差して加害者に仕立てようとは大したクズね。軍の歴史を塗り替えてくれる……」

『もはや事件じゃなくて事変の規模でやるつもりですかこんちくしょー』

とっくの昔に単独で国際ツアーもこなしているドル箱の女王相手に競合他社がコナをかけてくるとはこれだけで巨大企業同士の訴訟合戦（あるいはストレートにオブジェクトでの殴り合い）になりかねないが、おそらく下手人はその前提さえ分かっていないだろう。モーションデータを参考にＣＧデータを纏《まと》って活動しているのだから当然だ。その上で、何も知らない素顔のままでもプロのスカウトを引き寄せてしまうというのだからまったく罪作りな小悪魔ちゃんである。写真加工上等のこの時代にすっぴんの方が女神というのも珍しい。

「ようし働くぞう、これでますますあの子の中でのレンディ株を上げちゃうぞう」

『中佐、日陰の仕事ですので監視保護対象へ自慢する機会はありませんよ』

「……だがそれも美味《おい》しいわね。決して見返りを求める事なく人知れずあの子の笑顔を守る私超輝いてるう、きゃーっ☆」

そして遠く離れた場所ではにっちもさっちもいかなくなった若い女性のオペレーターがハチミツだらけのチェーン店の甘ったるいコーヒーやサーモンの薄切りとペースト状のトーフを挟んだカスタム『島国』風ベーグルを荒々しく貪《むさぼ》ってもストレスを処理しきれなくなり、ついに官給品のヘッドセットのスイッチを切って絶叫したという。

「何を言っても前のめりかアイドルバカの変態め!!」

『……聞こえてるぞう、「情報同盟」の特権階級を舐《な》めるなよ小娘』

重ねて言うが、スイッチは事前に切ったはずだった。

まさかの怪現象。

多分あまりの恐怖でちょっと膀胱《ぼうこう》が緩みかけたところまでバレている。

第三章　安定世界の終わりへようこそ　≫　チェサピーク方面防衛戦

1

最悪であった。

大体をもってこの『クリーンな戦争』とやらで美味《おい》しい目に遭ったためしがない馬鹿二人ではあったが、今回ばかりは本当の本当に最悪であった。

「なあヘイヴィア、俺達ついさっきまで愛と平和のために活動していたよな？」

「しゃべるなクソ野郎、それだけ酸素が減る」

バスタブを上下に二つ重ねたくらいの狭苦しい居住空間であった。

分厚い耐圧装甲で囲まれたカプセル状機材には、扇風機のように上下左右に首を振るスクリューと機能性義手のようなぺらぺらに薄いアームが二本、後は巨大なライトと丸い窓が取り付けられていた。

いかにもベンチャー企業が頑張ってみましたといった小型潜水艇。潰れかけた下町工場が再起を懸けて世に送り出しました的な、自己主張強めの手作り機材の周囲は真っ暗な闇だ。とはいえ今は夜ではない。秋の到来をすっかり忘れた大西洋はこうしている今もカンカン照りなのだが、この深さまで陽の光が入ってこないのだ。

ざっと水深二〇〇メートル強。

この程度の深さなら水圧で人体が歪《ゆが》んだバスケットボールみたいになる事はないが、素潜りで行き来できるほどでもない。紛れもなく死の海域だ。

海中酸素を意図して回復させるために細いワイヤーが縦横に張り巡らされ、規則正しく海藻類が植えつけられている酸素工場を割り裂くようにして、何か巨大な鋼鉄の塊が海底を引《ひ》っ掻《か》いていた。

太陽光代わりのぼんやりした青白い紫外線ライトに照らされている黒々とした塊の正体は、八五メートルクラスのミサイル潜水艦だ。

ヘイヴィアは電話機みたいなコードで繋《つな》がった無線のマイクを手に取って、

「へいへいへーい。こっちも時間がねえんだ、人道的措置なんて気分が良い時だけのお情けだぜ。このまま目に見えない酸素の奪い合いに終始したくなけりゃ大人しく指示に従いやがれ『資本企業』」

『ユニークパブリッシング号より所属不明船へ。そもそも我々がスクリュー軸の衝撃からバラストタンクを破ったのはお宅ら「正統王国」の酸素工場の千切れたワイヤーが漂っていたからだ。これは重大な航路妨害、国際法違法だぞ。生きて帰ったら吊《つ》るし上《あ》げにしてやる』

「人を代わってくれねえか、真面目な生徒会長とイインチョちゃんは女の子って相場が決まってんだよ。すげえー損した気分だわー」

「……あと『資本企業』のヤツら、兵器も命名権のオークションのまな板に載せてんのか、ドーム球場みたいに」

ともあれ作業を始めよう。

沈没した潜水艦から人を助ける方法はいくつかある。例えば小型の潜水艇を派遣してハッチ同士を繋《つな》ぎ、閉じ込められた人々を小出しに移し替えながら海上まで案内する方法。ただしこれは確実だが時間がかかるので、母体となる潜水艦の酸素にある程度の余裕がなければ成立しない。

でもってもう一つの方法は、

「今回はバルーン式で行くぞ。潜水艦の各所に窒素展開式の風船をいくつか繋《つな》いで浮力を確保した上で、複数台の潜水艇で引っ張って海上まで案内する」

『確実性に欠けるぞ、途中で艦が真っ二つになったらどうしてくれる⁉』

「テメェで設計した船を信用しな。俺らは金に卑《いや》しい『資本企業』じゃねえが、それでもタダで敵兵の救助活動なんかやってられるか馬鹿馬鹿しい。まだまだ実験段階の方法を試して経験値を高めるんだとさ。ヒアウィーゴー」

　どん底までやる気のない声と共に、友軍機と一緒になって潜水艦の周囲を観察していく。艦を浮かばせるからには艦に寄り添って作業をしなくてはならないが、当然ながら問題の艦は無数の柱で支えられている訳ではない。不意にぐらりと傾いたら一緒になって押し潰されてしまうので、まず潜水艦がどれくらい安定しているかを見極めなくてはならない。

「一応命を懸けてんだぜ？　中身は全部ビキニの姉ちゃんとか気を配ってくんねぇかな」

「ヘイヴィア、因果が逆転してる。まず潜水艦が沈んで、それから俺達が派遣されてきたんだ。俺達に気を遣って乗組員を調整する事はできないよ」

「ここにもいやがったぜ優等生が！　だからそういうカタブツの真面目ちゃんは女の子限定だっつってんだろ‼」

　できれば危険の源である潜水艦なんぞ永遠に近づきたくないが、それでは何のためにここまでやってきたのか意味が分からない。よってヘイヴィア達は近距離の無線で連携を取りつつ、恐る恐る大玉転がしのような塊から伸びたワイヤーを潜水艦の外殻表面へ直接溶接していく。

「不思議な光景だよなあ。水蒸気爆発とかって起きねえのかな？」

『おいっ』

「やりようがあるんだろ。海底油田のリグなんて鋼の塊だし、水中溶接っていうのがあるんだ。専門じゃないけど」

『頼むからしりとりでもやらないか？　全身麻酔の手術中だってクラシックくらい流すもんだろう。この密閉空間でお前らクズのやり取りを聞いていると胸が破裂しそうだッ!!』

女の子グループと命を懸けてしのぎを削る合コンでもないのに、むさ苦しい野郎ばっかり集まってパーティゲームなんて死んでもごめんである。よって、とっとと作業を次の段階に移していくへイヴィア達。

無事にバルーンの取りつけに成功すると、潜水艇はいったんその場を離れる。電気指令で信号を送った途端、ドバン!!　と大玉転がしのようだった合繊繊維の塊が内側から破裂した。

バルーンと言ってもエアバッグのような風船ではない。

深海作業用の大きなライトの光の中に、半透明のデロデロが溢《あふ》れ返《かえ》るのが分かる。

水より比重の軽いジェルの一種で、こいつを複数同時に破裂させる事で重たい潜水艦全体を包み込み、浮力を与えて浮かばせる仕掛けである。

クウェンサーは海の中を漂う不自然なもやを眺めながら、

「なんかプールの授業中にトイレを我慢できなくなっちゃってみんなを裏切る子を見るような気分だ」

『悲惨な想像で当艦をくくるのはやめてもらおうか⁉』

が、

「やべっ、連携遅れてるぞ⁉　七番、九番、左舷側に傾きを確認。こんな鉄くずに巻き込まれるんじゃねえぞ‼」

『お前らもうマジで訴訟してやるッッッ‼‼‼』

「手前勝手に沈没した挙げ句、敵国の手で助けられたなんて間抜けな事件を世界中に公開したけりゃ好きにしろ！　スポンサーの名前を抱えた船が無様に沈んだなんて話になったらそれこそ損害賠償でいくら持ってかれんだ⁉」

危うく横倒しに転がってしまいそうだった潜水艦だったが、ウナギのぬるぬるみたいなのに包まれていったん浮かび上がってしまえばこっちのものだ。

たった数センチの隙間が奇跡の始まりだった。

いったんぶわりと浮かび上がった潜水艦は、これまでの不動が嘘《うそ》だったように容易《たやす》く動く。浮力さえ確保してしまえば、掌《てのひら》で押しただけで前後左右へ自由に動かせそうなくらいふわふわした存在へと変化していく。

「……とっとと捕まえて上へ出ようぜ。どいつもこいつも真面目ちゃんばっかりで俺もうがっかりだよ」

『やだあ、「正統王国」の皆さんカリカリしていておっかなぁい。もっと笑顔で頑張りましょ☆』

「無理して裏声作ってんじゃねえよ気持ち悪りぃ‼　何でこう、真面目ちゃんって間違った方向に全力で努力を重ねていく訳⁉」

潜水艦の酸素残量も心配だったが、急激に浮上すると潜水艦の周りにまとわりついているデロデロが剝《は》がれてしまうリスクが出てくる。

『いつまでかかるんだ……』

「エレベーターみたいなものだって考えなよ。二〇〇メートルっていうと小洒落《こじゃれ》たホテルの展望台レストランより高いかな。そう簡単に行き来できるもんでもないだろ」

『我が「資本企業」の粋《すい》を集めれば一〇〇〇メートルのビルを一分間で貫く静穏エレベーターだって作れる。それも眠っている赤ちゃんを起こさないくらい安定してだ』

「なんか自慢しないと死んじゃう病なのか⁉」

そんなこんながありつつも、慎重を期して二〇分ほどかけて海上を目指す。

その内に変化があった。

丸い窓から覗《のぞ》ける景色が、陽の光を思い出していく。そして小魚の群れなどが何かに脅《おび》えるような格好で下へ下へと目指していくのが見て取れた。

さらに上昇していくと、さっきよりも大きな魚がぷかりと漂っているのが分かる。どう考えても自らの意志があるようには見えない。

ずんっ、ずずん……という低い震動があった。

明らかに上からだ。

『なっ、何だ？　何が起きている？？？』

「地雷漁法と一緒だよ。海の中を走る衝撃波にやられて魚が気絶しているんだ。ったく、この辺は海の底に酸素工場まで作ってマグロの資源回復に精を出していたっていうのに、どっかの馬鹿どもが保護海域まで乗り込んできたおかげで全部ご破算だ。まぁたカイテンズシのチェーン店が国際会議で吊《つ》るし上《あ》げにされるぞ」

「もうしばらくはテキトーな深海魚にラードを塗って誤魔化す時代が続くのかね。あの和風マニアの爆乳がカリカリしてそうで怖ええな……」

あれだけ待ち遠しかった海上も、いざ近づいてしまえば憂鬱《ゆううつ》だ。

そしてバスタブ二つ分くらいの小さな潜水艇が波間を破ってぷかりと浮かび上がった。

それが見えた。

『ベイビーマグナム』と『ナイトロジェンミラージュ』。

『正統王国』と『情報同盟』の化け物どもが海上戦で撃ち合いを続けている。

七門の主砲を切り替えて砲弾を変更し、海戦用のフロートに履き替えて縦横無尽に跳ね回るお姫様と相対しているのは、海上戦闘に特化したエアクッション式、窒素レーザー主砲を振り回す第二世代だった。左右には縦三門ずつ、一見するとあらぬ方向へ解き放たれた極太の青白い光学兵器の群れは、空中でいきなり折れ曲がると様々な方向から正確に『ベイビーマグナム』を狙い撃つ。

「紫外線領域の窒素レーザー……。太陽光の何百倍有害なんだ、条約違反じゃねえのかよ」

「電子シミュレート部門の話じゃ動力炉の周りに液体窒素使った低温超伝導発電を数ユニット並べているらしい。動力炉の余剰エネルギーでさらに発電して上乗せしているんだ。どっちみち直撃なんかしたら発がん性を気にする間もなく蒸発してるよ」

レーザー光線なんて肉眼で視認できないはずだが、空気中を漂う塵《ちり》や水分を焼いたり乱反射したりする事で、残像のようなものを捉える事はできるのだ。

電波を遮断する分厚い海水から顔を出した事で、膨大な量の無線が飛び交っているのが分かってくる。

『お姫様!!　気象データを更新、窒素と温度の分布を参考にしろ!　ヤツは酸化鉄とアルミ、液体窒素を交互に使う事で極端な温度差を生み出し、海上で揺らぐ蜃気楼《しんきろう》を利用して光を曲げてきている!!』

『りょうかいフローレイティア』

『いいかい姫さん、光は気温の高い方から低い方へ引きずり込まれるように軌道を変えるはずじゃ。ルールさえ分かっておれば蜃気楼《しんきろう》を使った屈折レーザーは予測をつけられないものじゃない』

ポンポポン!!　と殺傷目的の爆発にしては音の柔らかい、運動会開催のお知らせに使う花火のような白煙が『ナイトロジェンミラージュ』の周囲でいくつも膨らんでいた。球体状本体の

【ナイトロジェンミラージュ】
NITROGEN MIRAGE

全長…95メートル

最高速度…時速670キロ

装甲…1センチ×1000層(窒素加工鋼。溶接など不純物含む)

用途…情報同盟『本国』第一防衛線担当兵器

分類…海戦専用第二世代

運用者…『情報同盟』軍

仕様…エアクッション式推進システム

主砲…窒素レーザービーム砲×6

副砲…窒素レーザー、化学薬品散布用コンテナランチャーなど

コードネーム…ナイトロジェンミラージュ
(窒素レーザーや蜃気楼を使った折れ曲がるレーザーから。
『情報同盟』軍正式にはレーザービーム069)

メインカラーリング…ダークグレー
(元々は明るい灰色だが窒素酸化作用で表面が変色している)

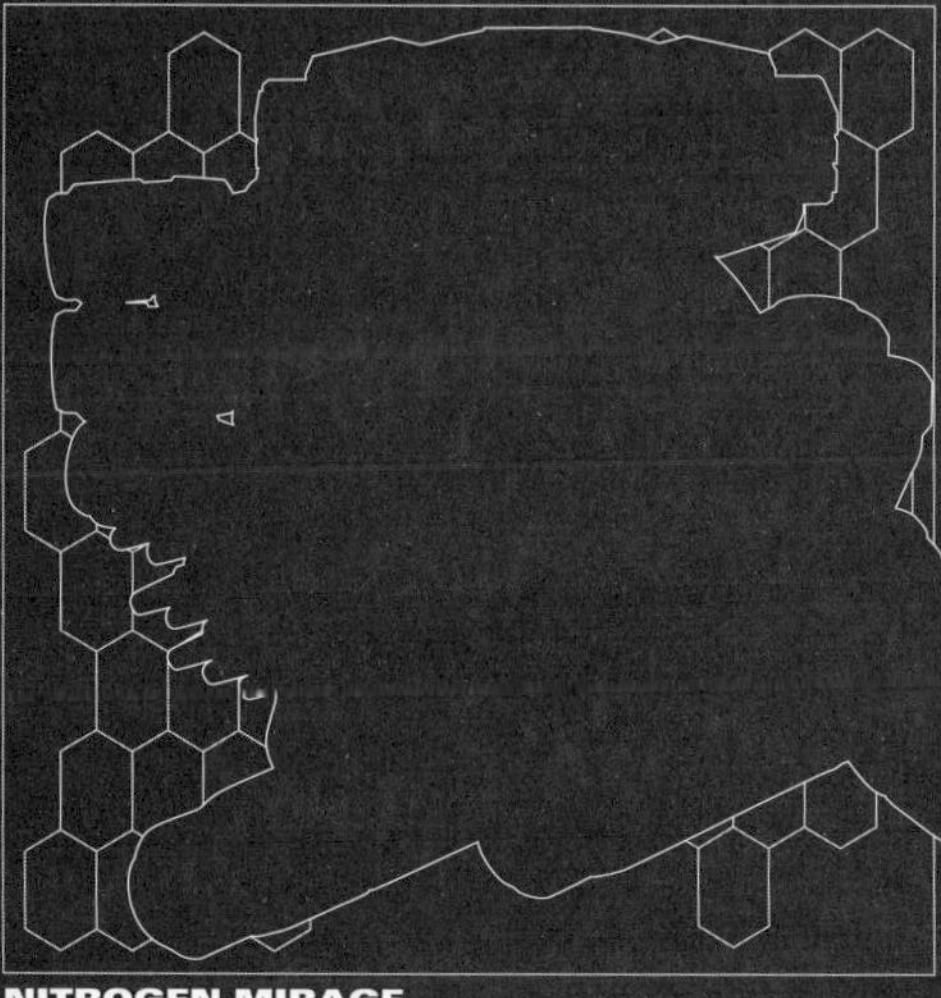

NITROGEN MIRAGE

真上に掲げた大きなお皿の縁の部分に、コンテナ状の射出装置がずらりと並んでいた。おそらく氷点下一九五度の液体窒素を常温にさらした結果、爆発的に膨張していったのだ。

一方のお姫様は右に左に格闘選手のように小刻みなステップを踏みながら、あれだけの蒼《あお》い光の乱舞の中を正確に回避し続けている。厳密にはさっきも言った通り、クウェンサー達の目に映っているのはレーザービームそのものではなく、レーザーが通過した後に空気中の塵《ちり》や水分を焼いて残った、青白い残像のようなものに過ぎないのだが。

戦っている時間が、世界が、何もかもが違う。

知覚が追い着いた時にはすでにぶち抜かれている、光の速度の戦いだ。

「……すげえ。お姫様の装甲、なんか色がくすんでねえか？」

「その辺にばら撒《ま》かれた濃密な窒素とレーザーの高温がタマネギ装甲の表面に化学変化を促しているんだ。窒素酸化鉄とかいうヤツだよ」

「その無色透明のもや、迂闊《うかつ》に吸い込んじまったら……？」

「窒素自体は無毒だけど、酸素が追いやられるから貧酸素状態になっているはず。どこが見えない地雷原かは知らないが、今は完全密閉の潜水艇に詰め込まれているっていうのを感謝するしかないな」

『温度差を利用した電波の撹乱効果《かくらんこうか》を確認！　おそらく熱流磁気効果を利用して空気中で極端な電位差を生み出している。レーダーロックへの影響に留意!!』

『もくしにたよるとヤツがういているように見えるんだけど？』

『気象データからブレを逆算するんじゃ、あくまで蜃気楼《しんきろう》を利用しておるだけならゼロから虚像は作れん！　頭の上にデカい皿形の気象レーダーを乗せておるからここは間違いない!!』

矢継ぎ早に雪崩《なだ》れ込《こ》んでくる指示出しに、かえってお姫様が困った顔をしているのが目に浮かぶようであった。誰も彼もお姫様のためを思ってがなり立てているので無下にもできないのも辛そうだ。

曳航《えいこう》しているデロデロまみれの潜水艦からも驚きの声があった。

『どっ、どうしてこんな事になっているんだ？　我々は事前に話を聞いていないぞ、こんな危険地帯に誘導しやがって、訴えてやる!!』

「なんかそれツッコミ待ちの合図なのか!?　何なら支持を切ってもっかい海底まで沈め直してやっても良いんだぞ!!」

『何で「情報同盟」機が横槍《よこやり》を入れてきているんだ……？』

「それについてはこっちが聞きたい」

クウェンサー達は呆《あき》れたように息を吐いた。

そして言った。

「……アンタ達、一体その潜水艦に何を積んでいるんだ？」

2

そしてフローレイティア＝カピストラーノは仏頂面《ぶっちょうづら》であった。

エアコンという文明の利器で中南米特有の熱気を吹き散らした室内。彼女の前にあるノートパソコンの画面にはアドレス帳に登録した覚えのない人物が大映しにされていた。

レイス＝マティーニ＝ベルモットスプレー。

長い金髪と黒い軍服が特徴的な小さな少女だ。

『心配せんでも良い、今日は毎度の国際紛争の話ではないのでな』

「……、」

『先にこう注釈しておいた方が良かったかな？　私は「情報同盟」の人間ではあるが、通常軍とは一線を引いた立ち位置にいる。何しろ「繋《つな》ぎの死神」、トラブル処理の専門家だからな。その観点から尊重すべき豚どもへありがたい助言をしてやろうと言っているのだが、聞く耳を持たん場合ここで素直に通信を切ってくれ。ああ、そっちからアクションをしてほしい』

しかめっ面《つら》のフローレイティアは何も言わなかった。

それが愉快で仕方がないという反応ができるのは、さてこの惑星に何人いる事やら。

『大変有意義な時間切れだ。拒絶せんという事は肯定と受け取るぞ、亀さん少佐？』

「……くそったれの検索大手が」

『イエスかノー以外の発言は無効票として扱わせてもらおう』

レイスはくすくすと笑い、手の中でくるくるとペンを回しながら、

『問題なのは貴様ら「正統王国」が拾った潜水艦だ。所属は「資本企業」だったかな。もう分かっているとは思うが、あれの積み荷は新たな火種になるぞ』

「襲ってきているのはそちらの『情報同盟』だったはずだが？」

『だからこの通信も非常にデリケートな綱渡りでもあるのだ。言ったろう、私は通常軍から一線を引いていると』

「一体何が詰まっていると言うの？」

『そいつは自分の目で確かめてみると良い。今答えを言ってしまっても構わんが、知ってしまった後では私の言葉など耳を傾けんだろうからな』

「？」

ここだけは純粋に、フローレイティアは疑問で眉をひそめた。

レイスは画面の向こうでため息をついて、

『どう受け取るかはそちらの好きにして良いが、豚どもに人の言葉を贈ろう。……今回の私は、貴様達の味方だよ。「情報同盟」全体がどう動こうともな』

妙に真摯《しんし》な言い草だった。

と、そこで画面の方に動きがある。小柄な少女の後ろに立った執事のような青年が腰を折り、そっとレイスの耳元で何かを報告したのだ。

『済まんな少佐、こちらも所用ができた。貴様達はどうせ何を言っても突っ走るだろうから別れの言葉はいらんよ。広いようで意外と狭いこの戦場でまた会おう』

そこでフローレイティアは気づいた。

ほとんど直感のようなものだったが、

「……お前、一体今どこにいる？」

『馬鹿正直に「情報同盟」の整備艦隊だとでも？　通常軍とは一線を引いていると、ああ、これでもう三回目か。とにかく驚嘆に値するニワトリ頭の指揮官殿、私は私のやりたいようにトラブル処理させてもらおう。……今回限り、私は貴様達の味方である。この言葉をゆめゆめ忘れんようにな？』

3

場所は大西洋の赤道近く。

『情報同盟』の『本国』である北米大陸東側と、『正統王国』が幅を利《き》かせる南米アマゾン方面のちょうど中間くらいの海域だった。

『ベイビーマグナム』と『ナイトロジェンミラージュ』の間で決着はつかなかったが、沖で待つ『情報同盟』側が一時的に身を引いた事で束《つか》の間《ま》の小康状態が生まれた。これもやはり、『資本企業』の潜水艦がどこかのドックに到着する『まで』で線を引いていたからだろうと推測される。

「人工火山基地ニューカリブ島へようこそ」

潜水艦を出迎えたのは左右に護衛をつけた我らが自慢の爆乳フローレイティア＝カピストラーノ少佐であったが、そもそも今の一言にも気になる単語が混じっている。

海岸線を建設重機で掘り進めて急ごしらえのドックを作っているが、ものは砂浜や岩壁とは違う。真っ黒な小石をクランチチョコのように固めた、ざらざらした地面だ。靴底で擦《こす》るだけで表面は簡単にポロポロと崩れる。

アスファルト敷きに失敗したような、転んだら超痛そうな足場の正体は火山岩である。

でろでろまみれで四苦八苦しながら潜水艦から降りた艦長らしき中年の男は、どこか不貞腐《ふてくさ》れたように海軍式の敬礼をしながらも、

「リーガス＝ブラックパッション、海軍大佐。このたびは無償のご助力感謝する」

「ふざけるなよ『資本企業』、この世にタダでくれてやるものなど何もない事なんぞ意地汚いお前達の方が身に染《し》みているだろうに。極めて有力な外交カードを一枚いただいた事実を死ぬまで忘れるな。これで将官の道は途絶えたぞ、大佐様？」

「っ、我々はそもそもこんな基地の存在を認めていない!!」

「あくまでマグロの増産基地という意味でだよ。軍事用なんてとんでもない。うちの愚兄は私に負けず劣らずの和風マニアでしかもはた迷惑な慈善家でもあるからなあ」

「民間の!? オブジェクトの整備運用を行えるのにか!?」

「あり合わせで頑張ったんだ、最初からそういう設計だった訳じゃない」

さて人工火山基地とは何なのか。

海に関するルールとして、各国が定める領土から二〇〇海里先までは自国の排他的経済水域として主張できるというものがある。ただしメガフロートや海底油田のリグなどの作り物には適用されない。

が、ここに一つの抜け穴がある。

「『信心組織』の言い方を真似《まね》るつもりはないが、天の恵みだよ。いやあまさかこのタイミングで海底火山が噴火して丸ごと新しい島が積み上がるとはなあ」

「地震計が不自然な揺らぎを検出しているのは分かっているんだ、どうせ海底の地盤をドリルで掘って爆薬でも埋めたんだろう!?」

「決定的な証拠もないのにがなり立てられても聞く耳持たんよ。『資本企業』お得意の弁護団とでも相談してみろ、きっと彼らも頭を抱えてくれる」

……という訳なのだった。

「(この島全部例のブラドリクス卿《きょう》が用意したオモチャなんでしょ、それもコンビニのレジ横にある募金箱に小銭を入れる感覚で。やっぱり『貴族』恐るべしだよ)」

「(よっぽどマグロの解体ショーを復活させてえみてえだなあのキザ野郎。メイドの代わりにゲイシャガールでも侍《はべ》らせて、東洋の神秘ニョタイモリでも楽しんでやがるのかもしれねえぞ)」

海のルールは陸を基準に算出されるが、ある日突然海の真ん中に全く新しい島ができてしまったら？　それが自国の領海やＥＥＺの中なら、当然新しい線引きがなされる。そして実際の真偽はどうあれ、今の技術ならもうある程度は計算ずくで火山を刺激するくらいは手が届く。ようは写真加工ソフトの普及によって心霊写真が一掃されたのと同じ。学校の集合写真の中でどうも足の数が合わないような？　というのと同じくらいの疑惑の島なのである。

太平洋と違って比較的島の少ない大西洋においては、温暖化によって開拓の目途が立ってきた北極航路並に海上交通インフラのブレイクスルーとなりかねない新技術だ。

嬲《なぶ》るような笑顔と共にフローレイティアは告げる。

「民泊を希望するなら協力をお願いしておこうか。その潜水艦には何を積んでいる？　回遊魚という海洋資源は全世界で公平に享受するはずだろう、『情報同盟』が大トロの安定供給を蹴《け》ってまでオブジェクトを差し向けてきた理由は何だ」

「何の事だか分からんよ」

「……重ねて言うが、我々は民間のマグロ増産基地を間借りしているだけだ。何なら全軍撤退しても構わんぞ、私は愚兄に頭を下げるだけだしな。当然ながら壊れた潜水艦と乗組員一同をここに置いて、だ。事情は分からんが『ナイトロジェンミラージュ』はよっぽどアンタ達に噛《か》み付《つ》きたいらしい。優れた壁役がいなくなればどうなるかは一目瞭然だな、賭けても良いが半日と保《も》たん」

嫌な沈黙が流れた。

だがそれも長続きはしない。

今この場においてパワーバランスがどちらに傾いているかなど論じるまでもないからだ。

「よい。今さら隠し立てするような事でもありません。全て話してしまいなさい、大佐」

品の良い口調ではあるが、十分以上にしわがれた老婆のものだった。

慌てて中年男が振り返ると、潜水艦のぬるぬるに足を取られないようクウェンサーとヘイヴィアの馬鹿二人に体を支えられた白衣の老婆がこちらへ向かってくるところだった。

「女史!!」

「よいと言ったはずです」

ぴしゃりと遮ったところを見るに、おそらく縦社会の人間ではなさそうだと当たりをつけるフローレイティア。

わずかに金色の残る白髪の老婆はリーガスの方など見もしないで、

「それに最悪、私は『情報同盟』以外なら行き先はどこでも構わない。何ならここで『正統王国』へ鞍替《くらが》えしてしまっても構わないのですよ」

「ッ⁉」

「私が望むのはただ一つ、『情報同盟』の追っ手がかからない自由な場所への亡命。さて、初歩的なミスでご破算にしてくれた『資本企業』と、ミスをカバーしてくれた『正統王国』。どちらが優れた壁役になってくれるのでしょうね」

これに対しては、鎖に繋《つな》がれた猛犬のような顔つきになっている艦長の他に、ノーレイティアも不機嫌そうに目を細めていた。

「年甲斐《としがい》もなくご自身をシンデレラか何かと勘違いなさっているようだが、我々はあなたの素性も知らない。そして厄介事を進んで引き受けるほどの人格者とは思わない事だ」

「情報が足りないのはそちらの一方的な落ち度に過ぎないのでは？　おっと失礼、未《いま》だに『情報同盟』のような言い回しが残っていますね、忌々《いまいま》しい」

「……今すぐ箱詰めしてニューヨークまで流してやろうか？」

銀髪爆乳の言葉に、流石《さすが》の老婆も軽く両手を挙げた。

これは昔々の大昔から決まっているのだが、亡命を希望する政治犯にとって一番怖いのはそのまんま元の国へ突き返される事である。

「カタリナ＝マティーニ」

渋々白状したにしては、やけに芝居がかった物言いだった。

自分の名前をプラスの取引材料として提示する事に慣れている。何とも鼻につく有能ぶりを見せつけたまま、老婆はこう言ってのけたのだ。

「『情報同盟』の天才少女計画を取りまとめ、後天的に才能を植え付けた子供達、総数にして数千人以上のマティーニシリーズを造った張本人と言ったら、少しは価値が分かりますか？」

4

『やあ少佐、そろそろ積み荷の確認は終わったかな？』

件《くだん》のレイスからフレンド扱いされているようだった。

フローレイティアはしかめっ面《つら》が止まらない。

「……手の届く範囲にいたらぶん殴っていたかもしれん」

『口に出ているぞ知識層気取りの野蛮人。「情報同盟」からの亡命希望者、マティーニシリーズの生みの親。カタリナ＝マティーニはなかなかの「爆弾」だったろう？　何しろ亡命先からすれば旨味《うまみ》があり過ぎる。容《い》れ物《もの》だけ変えた第二第三のマティーニを作るも良し、「情報同盟」

中枢を担《にな》う少女達の脆弱性《ぜいじゃくせい》を調べ上げるも良し。何にしたって四大勢力の一角を突き崩すには格好のエサだ』

よっと、という掛け声と共に映像がわずかにブレた。

どうやらレイスは手持ちでスマホなりカメラなりを掴《つか》んだまま、軽く跳んだようだった。おそらくはどこかの桟橋から、クルーザーのような船へと。

『情報同盟』通常軍とは一線を引き、別行動を取っていると思《おぼ》しき発言は前にも聞いた。

うんざりしたようにフローレイティアは言い放つ。

「今度はどこから介入してくる気だ？」

『第三国を経由して、とだけ。テーブルマナーにうるさい豚どもがニューカリブ島で引《ひ》っ掻《か》き回《まわ》してくれているが、本来この一帯は「情報同盟」の御膝下《おひざもと》だよ……ひゃんっ⁉』

「？」

いきなり飛び跳ねたレイスたんに、流石《さすが》のフローレイティアも眉をひそめる。

『い、いや大丈夫だ。これは決して足元に何かが這《は》っていた訳ではないぞ。（……ああもう、この手のグロいのが魚の餌になっていると思うとシーフード食べられなくなるだろうがっ）』

何やらブツブツ言いながら、レイスは船内ではなく甲板にあるビーチチェアの上へと寝転がった。サイドテーブルに通信機器を置いてくつろぎながら、

『さて、そろそろ私の言葉を聞く気がなくなっている頃だとは思うが』

「……、」

『そりゃあマティーニシリーズの生みの親を抱え込んだ状態で、その作り物の一人がコンタクトを取ってきたら特別な血を引く縦ロールの猿でもヤバいと思うわな。どう考えても機密保持のために戦争する気満々だろうって』

まさにその通りなのだが、だとすると何でコンタクトを取ってきているのか、フローレイティアには合理性を見出《みいだ》せずにいた。真正面からの殴り合いなら事前に警告を挟む理由はない。

『私の専門はあくまでも軍のトラブル処理だ。どちらかと言うと身内の恥をどうにかする方がメインだから、実際のところ外にいる「正統王国」にはさほど興味はない。特別憎悪《ぞうお》しておらんというだけであって、好感情を抱いてもおらんのだが』

「だからどうした」

『私が視野に入れている「本当の敵」は貴様達ではないという事だ。つまり今回に限り、貴様達を殺す理由は特にない。前も言ったな、どうせすでに聞く耳はないだろうが、この私の素晴らしい良識に基づいてもう一度だけ忠告しておこう。情報の専門家としては、同じ言葉がどれだけ変わって聞こえているかは興味が尽きん』

ニヤリと笑って、レイスは執事のような青年から透明なグラスの縁にカットフルーツをしこたま突き刺した冷たいドリンクを受け取りながらこう告げた。

『今回の私は、貴様達の味方だ。これだけは覚えておいても損はさせんぞ?』

5

さて面倒な話になってきた。

「ひゃー、よるまでもつってはなしだったのに」

ばしゃばしゃと水溜《みずた》まりを踏んで、ぴっちりした特殊スーツを纏《まと》うお姫様は一般兵舎の軒先まで逃げ込んできた。クランチチョコみたいに黒く固まった火山岩の地面だと水はけは良くないので、気紛《きまぐ》れな雨が降ればその辺に水が溜《た》まり、ちょっとした池や湖みたいになってしまう。

先ほどまでのカンカン照りはどこへやら。

頭上は分厚い雲が広がるばかり。

クウェンサーも息を吐いて、

「ゲリラ豪雨ってもう世界中どこでも起きるんだなあ……」

「『ナイトロジェンミラージュ』がばらまいているちっそとかもかんけいあるのかな。くもの中にミサイルうち込んであめをふらすてんこうへいきみたいに」

「……光化学スモッグとかにならなきゃ良いけど」

本当だったらその辺に置いたビーチチェアに寝転がって携帯端末でも覗《のぞ》き込《こ》んでいる予定だったのだ。防水機材の画面には尋問室の様子が映し出されていた。

つまり。

『資本企業』の潜水艦がニューカリブ島に到着した事で、『情報同盟』の『ナイトロジェンミラージュ』は一時的に撤退したらしい。戦力的にはお姫様と五分五分だったので、おそらく何かの一線を越えたため、作戦全体の方針を切り替える必要性が出てきたのだろう。

次はフローレイティアがお兄ちゃんにおねだりして借り受けたマグロの増産基地ごとまとめて吹っ飛ばす作戦に鞍替《くらが》えしてくる可能性も否定はできない。

「ふうー……」

金の髪を濡《ぬ》らすお姫様は軒下でそっと息を吐いていた。元が体の線をくっきりと浮かばせる特殊スーツなので、水滴が伝うとその流れを目で追い駆けるだけでわずかな起伏まであありありと少年の脳裏に焼き付いてしまう。

ざあざあと強い雨が降っても辺りは涼しくならなかった。サウナで焼けた石の上に水をぶっかけるように、蒸し暑さが増すだけだ。

「なんかがめんがざらざらしてるね」

「電子シミュレート部門の話だと配線の調子がおかしいんだって。元々あったマグロ基地の上からフローレイティアさんが軍事部分を増設しちゃったもんだから、施設全体から地面へ逃がすアース電流が許容値を超えちゃったとか何とかで」

「？」

「電解腐食って言ってさ、地面に電気を流し過ぎると地下ケーブルの周りにある地層や水分が電解液の代わりになっちゃうんだよ。ほら、電気分解って知らない？」

「水がさんそとすいそに分かれるヤツ？」

「そうそれ。そいつと同じ理屈でケーブルや鉄骨なんかを崩しにかかるらしい。変なノイズが走っているのも、どっかで光ファイバーが腐食されているからかもね」

テレビとレコーダーの配線が上手《うま》くいかないポンコツおねいさんに頼られたような心境でクウェンサーは尋ねる。

携帯端末の画面を指差しながら、

「別に何でも良いんだけどさ、どうしてまたお姫様はこんなの興味を持った訳？」

「ん。せいびへいのばあさんがじんもんにさんかするんだって」

何でまた、とクウェンサーは口にしかけて、一応の予測が追い着いた。

「……同じ時代を生きた老人同士の方が話しやすいって理屈か？」

「もちろん、それとは別にこうしょうにんも立てるみたいだけどね」

そうこうしている間に問題の尋問が始まる。

どうせ一部始終は録画され、発言や表情などは何度も何度も徹底的に精査されるはずだが、何となくライブ感に触発されてクウェンサーとお姫様はぐぐっと身を乗り出してしまう。

天井近くのカメラから捉えているのか、やや斜め上から見下ろすような画面の中ではボルトで留められた机を挟み、『正統王国』と元『情報同盟』の老婆達が向かい合っていた。

『お互い、今日まで生き残ったという事は奇麗ごとだけではなかったようじゃな』

『ええまったく。事情を話さないでいられるあなたが羨《うらや》ましい』

『……先に経験者から言っておくが、「亡命」という選択肢はお主が考えておるほど楽観的なものではないぞ』

『時にはマイナスとマイナスを天秤《てんびん》に掛けなくてはならない瞬間もあります。これもまた、あの時代を生き抜いてきた者ならお分かりでは？』

その一言二言だけでどれだけの想《おも》いが交錯したのかは、流石《さすが》に一〇年そこらの人生しかないクウェンサー達には想像できない。

『マティーニシリーズは今でこそ「情報同盟」の行政システムの穴を埋める生体ハードウェアとして認識されている。つまり、まだまだコンピュータで処理できない部分に人の脳を割り当てる事で巨大なネットワークの不足を補っている、という考え方ですね。……まあこの辺りのＡＩと人間の関係性は、「情報同盟」側でいくつか試験的に運用されているオブジェクトとエリートの構図を拡大させた考え方とも言えるかもしれませんが』

『……その分じゃと、モノ自体は成功したように見えるが？　軍に囲われて研究している分には金銭面での不自由はあるまい』

『そうです。私は成功し過ぎた』

疲れたように笑って、カタリナは坂の上からそっと巨大な鉄球を押し出すようにこう付け足したのだ。

『私にとって、マティーニシリーズは一人いれば良かった。マシンが支配する行政システムの穴を埋める生体ハードウェアの話は紐付《ひもつ》きの研究資金を手に入れるための方便に過ぎなかった。そして浴びるくらいの札束を投じても、結局完璧なマティーニは出来上がらなかった』

『具体的に、モデルとなった人物が存在したのか？』

『カサンドラ＝マティーニ。私の母だった人。四大勢力が固まる前、オブジェクトが陸海空の全てを滅ぼす事で最強の座の証明に明け暮れていた狂気の時代。まさしくルール無用の激動の中で最後の最後まで幼子を抱えて散っていった、私の英雄。純粋に、オリジナルの、完全完璧な意味でのマティーニです』

『……』

短い沈黙があった。

親が子を守る。ただそれだけの事がどれほど高難易度だったのかは、やはり今を生きるクウェンサー達には想像もつかない。しかし成し遂げたからこそ、カタリナ＝マティーニはここにいる。

『原動力は幼稚な母体回帰、か』

『子が母を作り、再びその傘に入ろうとする。マティーニシリーズとはオリジナルを参考にしてＭＲＩで輪切りにした脳と同じ「偏り」を意図して作り、天才と同じ重心へ揃《そろ》える実験だったんだが、土台、最初の最初から摂理に反した研究だった訳です。「信心組織」の言い回しは好みでないが、神の意志だったのですかね。ことごとくサイコロ遊びに嫌われた先にあったのは、一人の母の輪切り脳を一枚一枚継承していく無数の子達でしかなかった』

そこまで聞き届けた整備兵の婆《ばあ》さんは、そっと息を吐いた。

それから躊躇《ちゅうちょ》なく言った。

『で、亡命の理由は？　もしも研究環境に問題があって新鮮な場を求めているというのであれば、「正統王国」の答えはノーじゃ。我々は貴様の幼稚な着せ替え遊びのために、生きた子を差し出すつもりはない』

『今もこんなに操縦士エリートを増産しておいてですか？』

『このくそったれな世の中には必要悪もあるかもしれん。じゃがお主のそれは明らかに遊びが優先されておるじゃろう』

『「情報同盟」の自称良識派も最初はそうだった。結局は数値で測れない天才達を前にして、実利の欲に目が眩《くら》んだようでしたがね』

くすりと嗤《わら》って、悪魔が囁《ささや》く。

まるでこんなやり取りを何度も何度も経験してきたと言わんばかりに。

『……それに問題の核はそこではない。マティーニシリーズの失敗に不満があるのは確かだが、あんな事を繰り返したいとは思いません。もう二度と』

『何じゃと？』

『私は重大な問題を抱えたマティーニシリーズと戦い、「情報同盟」のシステムから彼女達を排斥できるであろう巨大な勢力の協力を求めている』

『自分で作った子を失敗とみなし、自分の手で殺すつもりか⁉　戦争でも暗殺でも利用して‼』

『まあ最後までお聞きなさい』

言いながら、カタリナは自分の老いた胸元へ掌《てのひら》を当てた。

いいや違う。

一体いつの間に手に入れたのか、クウェンサー達がこうして覗《のぞ》いているのと同じ『正統王国』の携帯端末を握り込んでいる。

ピピッ、という電子音と共に尋問室でも異変を察知した。

しかしそれよりカタリナがテーブルの上に端末を投げる方が早かった。

『本当に大事な機密データは心臓に埋め込んでいるんです。ペースメーカーの余剰部分にファイルを埋め込み、駅の自動改札と同じ非接触式で取り出せるようにしてね』

『……何じゃ、これは？』

『マティーニシリーズの問題の核。私の母、カサンドラ＝マティーニが「二つ目」のハンドルネームで活動していたその履歴です』

絶句があった。

ここからでは婆《ばあ》さんが何を見ているかは読み取れない。

だがまともな内容ではないのは明らかだった。

『母は合理の殺人者だった。……あの物資不足の時代の中、まだ幼かった私を支えるためにはそれくらいの事をしなくてはならなかったのかもしれませんが』

カタリナは断言していた。

私の英雄。そう言っていた彼女自身が。

『ルール無用の激動の時代。そこへ紛れる形で、もはや捜査もできない三九件の事件や暴動に関する詳細がファイルに描かれています。獲物の記憶を胸に留《とど》める目的のトロフィーだったのでしょうね。成功にしても失敗にしても経過を書き連ね、次へ繋《つな》げるためのフローチャートを足していく。そうやって母は一度の偶発的成功で満足する事なく洗練されていった。そう、軍民問わず厳重警備の施設から計画的に略奪を繰り返すプロフェッショナルとしてね』

『……つまり。つまり、こういう事か？』

『私はこの真実に気づく前から母を求めて天才少女計画を回していた。結果、オリジナルとなった母の凶暴性が誰にどこまで受け継がれているかは予測がつきません。完璧に近づけば近づくほど、合理のためには人の死すら厭《いと》わない存在となるでしょう。最悪、その全員が完成水準に達しているかもしれませんが』

『数千規模のマティーニシリーズはいずれも「情報同盟」の行政や軍部に深く食い込んでいるという話じゃったよな⁉　もしも彼女達がオリジナルの凶暴性まで再現していた場合、包丁や拳銃に頼るだけではなくなる。周囲から預けられていた莫大《ばくだい》な権力を己の武器としてぶら下げたまま「徘徊《はいかい》」を始めたら……‼』

『数限られた食糧のためなら姥捨《うばす》てや子殺しも辞さない心の持ち主が国家や軍部を丸ごと掌握したと考えれば良い。言われのない弾圧、虐殺、悪名高き魔女狩りを超える悪意と愉悦の時代が顕在化するかもしれないのです。こうしている今すぐにでも。それも「情報同盟」支配圏で同時多発的に、です』

クウェンサーとお姫様も思わず顔を見合わせていた。

この場合、同じ『情報同盟』の中から自浄作用を期待する事はできない。何しろスパコンが支配する行政や軍部の穴を埋める形で配備されている天才少女達が凶行の芽となっているのだ。最初から世界を支える脆弱性《ぜいじやくせい》をことごとく握っているのだから、自分の担当業務のオンオフを切り替えるだけで通常システムは固まってしまう。

そもそもカタリナ自身、いきなり亡命を選択した訳ではないだろう。『情報同盟』に属しながら何とかできないかと考え、行動してきたはずだ。その結果が奮わなかったから、こうして外から攻める方針に転換しているはずなのだ。

それは本当に、周りの危機感が足りなかったからか？

あるいは、すでにマティーニシリーズの誰かが裏から手を回していた可能性は？

『今の時代は四つの勢力が互いにいがみ合う事で支えている。奇妙な話ですが、敵対者が完全に倒れてしまってもバランスは壊れてしまうのです』

『……、』

『こんな理由で「情報同盟」が内から倒れてしまえば、四つ脚に支えられたテーブルはガクンと崩れます。そうなれば「クリーンな戦争」などというお題目も露と消える』

その言葉に、クウェンサーは何故《なぜ》か幼馴染《おさななじ》みのモニカの事を思い浮かべていた。高慢で悪《あく》辣《らつ》だった『貴族』のお嬢様はある日突然家ごと没落した事によって、街中の人から追われて『平民』の家の小さな食糧庫で、家族と一緒に震えてうずくまっていた。時代の変節とは必ずしもポジティブに働くとは限らない。当人の選択に関係なく、大きな力によって幸不幸を決定されてしまう。『平民』として常に頭を押さえ付けられ、決定に従うしかないクウェンサーにとっては悪夢のような想定だ。

あれと同じ、いいやあれよりひどい混乱が、それも世界中で。

『私の母が暗躍した、あのルール無用の激動の時代がもう一度表に出てくるかもしれません。仮初《かりそ》めの平和で肥大しきった時代に終止符を打ち、合理と効率で生きていこうと考えれば、それも不思議な話ではないのですよ』

「……」

6

……………………………………………………………………………………………………

フローレイティア＝カピストラーノは岩石みたいな顔で黙っていた。

ノートパソコンの向こうでは、クルーザーの奥に引っ込んだレイス＝マティーニ＝ベルモットスプレーが呑気《のんき》に水着を選んじゃっていた。

『おいフランク、私はこれが良い。遊びに行くのではないからな、これくらい布面積が多い方が良いだろう。今回は、真面目にな』

基本的に執事のような青年は高慢ちきな主《あるじ》に首肯しかしないので、何だかんだ言いながら全力全開で浮き輪を膨らませている少女には銀髪爆乳が地の底から響くような声でツッコミを入れるしかなかったのだ。

「……おいクソガキ、それは俗に言うスクール水着というヤツだ」

『みなまで言うな分かっている。テクノロジー大国「島国」のレジェンドというヤツだろう？　私にはさっぱり合理性は見えんが、きっとオーパーツ的な凄《すさ》まじい叡智《えいち》の結晶なのだろう。うむ、やはり戦場へ赴くならこれしかないな。何というか、この戦装束《いくさしょうぞく》はオーラが違う』

「ちなみに今年の流行はビキニだぞ背伸び全開の田舎娘。そもそも何で海に潜る準備をしているんだ」

『もしものための保険だよ。私は害虫のようにしぶとい貴様達がそう簡単には倒れん方に賭けているからな』

「……、」

『その棘《とげ》のある感じだと、虫は虫なりにそろそろマティーニシリーズの因縁《いんねん》についても聞き及んでいる頃か』

くつくつと嗤《わら》って、両手で素朴な水着を広げながらレイスはこう続けた。

『話を聞けば聞くほど深みにはまり、扱う情報は増えても安心に結び付くものは何もない。まさに泥沼だな、情報戦で一番陥りたくない状態だ。「情報同盟」とかち合う事が何を意味するか、お分かりいただけたかな?』

「殺人機械にこんな事を問《と》い質《ただ》しても意味はないのかもしれないが、一応尋ねておく。お前も殺人機械なのか?」

『戦争参加者はすべからくだよ、とでも言いたいところだが、戦場で哲学はよろしくないな。茶化しても心証は悪くなる一方か。……実際のところ、私が追い求めているのもそいつだ』

「自分の出自に脅《おび》えた事は?」

『いくらでも。そして地震の前触れのように研究の第一人者が突然遠い遠い別天地に亡命を希望し行動に移した。私が焦《あせ》る理由は把握してもらえたか』

「尋ねてどうする？　フランケンシュタイン博士にあなたは怪物じゃないと言われたところで、作られたお前は素直に信じられるのか」

『……まあ、かもしれん』

　ここだけは、ひどく疲れ切った老人のような目でレイスは応じた。

　執事のような青年が後ろから少女の両肩をそっと支えたのを受け取り、金髪の少女は両目を瞑《つぶ》って後ろへ体重を預けながら、

『エゴサーチのジレンマだ。検索してもろくな事にならんのは目に見えているのに、どうしても調べなくては気が済まん。プラスに期待しているんじゃない、マイナスが怖くて自己調査を続けている。ずっとずっとな』

「……、」

『ところで少佐、私を敵視するのは愚かな貴様の権利なので制限せんが、一つだけ助言をしておこう。信じるか否《いな》かはそちらの自由という事で』

　両目を開き、再び高圧な眼力を宿した少女は告げる。

『「情報同盟」全体でマティーニシリーズは数千人以上いる。つまり、この海域に派遣されている怪物は私一人だけとは限らんのだ』

「まさか」

『通常軍とは距離を置いているため、具体的に誰がというところまでは摑《つか》みかねるがね。……だが少佐、今はあらゆる可能性を考慮してしかるべき状況だ。何しろ後天的設計者のカタリナ＝マティーニに愛憎様々な情を抱いているのは、全てのマティーニシリーズに当てはまるのだろうからな』

7

ごんっ、ごんっ、という鈍い音が断続的に続いていた。

会議室の机に突っ伏したフローレイティアが、いかにも不機嫌ですといった表情を顔いっぱいに張り付けたまま、何度も何度も自分のおでこで天板を叩《たた》いている音であった。

「(……うわ近づきたくねえっ)」

「ヘイヴィア」

「もーこういう時だけお呼びだよッ!!」

頭も上げず、顔と机の隙間から滑り出るような低い声を耳にしてヘイヴィアはその場で垂直に跳ね上がった。しかしどんな理由があろうが軍は縦社会である。上等兵では少佐に勝てる道理がないのだ。

「一体いつから我々は『正統王国』以外のクズどものお守りまでしなくちゃならなくなったんだ？　答えろ」

「クラスの優等生と場末の酔っ払い、どっちのモードで対応すべきだ？　ええとですね、我々は国の境を越えた国際社会の安定と繁栄のため、人類共通財産である世界平和を皆で分け合うつもりで活動している維持軍でして……」

「だァれがそんな優等生な意見を求めたクソ馬鹿野郎ッッッ!!」

「うわあ選択を間違えたーっ!?」

全くムチャクチャな要求だったが縦社会とはこういうものだ。何かが噛《か》み合《あ》わなければ下の不備だったで一件落着になるよう調整が済まされている。

（……ぜってーこういう脳筋どもを顎《あご》で使える当主サマになってやる……）

「何か言いたそうだなヘイヴィア？」

「ちくしょう思念にまで絡《から》んでくんじゃねえよメンドクセエ!!」

不機嫌そうに言ったフローレイティアがようやっと顔を上げた。つまり目を見て会話続行するつもりがあるらしい。このまんまお開きという訳にはさせてもらえそうにないので、ヘイヴィアは向かいに腰掛ける。

テーブルの天板におっぱいを乗っけた少佐サマはこう仰《おつしや》られた。

「我が方には問題がいくつかある」

「……ブラック上司な銀髪爆乳も含めてイロイロとな。危ねっ⁉」

　スコンと細長い煙管《キセル》の先端をテーブルに置いた手の甲のすぐ横へ落とされ、ヘイヴィアは椅子に座ったまま飛び上がりそうになる。

　気にせずフローレイティアは先を続けた。

「一つ目、そもそも『自称』カタリナ＝マティーニの言い分は本当に正しいのか。秘匿扱いが災いしたな、諜報部門《ちょうほうぶもん》と掛け合って『情報同盟』の窓口をつついてもカタリナという人名が出てくるのが精一杯で、顔写真の一枚も見つかっていない」

「ああ、そこから崩れていたらどうしようもないっすよね。しかも情報を武器にして周りを混乱させるなんていかにもヤツらのやりそうな話ではあるし」

　テーブルの上で形を変えるおっぱいを見ながら答えるヘイヴィアだったが、そんな事にも気が回らないくらいフローレイティアはカリカリしているらしい。気だるげな動きで片手を使って顔の横の髪をかき上げつつ、

「二つ目、仮にあのばあさんが本当にカタリナ本人で言っている内容にも間違いがなかったとして、『情報同盟』側は何をどこまで掴《つか》んでいる。『ナイトロジェンミラージュ』を送り出した者の意図は？　単に亡命技術者を連れ戻すなり殺すなりして情報流出を阻《はば》もうとしているのか、あるいはマティーニシリーズの差し金なのか」

「まあ……後味の問題はありますけど、そこってそんなに重要っすかね？　どっちみち敵国の

オブジェクトなんだからお姫様に頼んで吹っ飛ばしてもらえば良いのでは？」

真正面から明確な舌打ちを頂戴した。

何かお気に召さなかったようだが、藪《やぶ》をつついても蛇しか出てこない事が分かっているヘイヴィアは深掘りせずに笑顔でご褒美《ほうび》を享受する。

「敵がマティーニか否《いな》かで予測される追撃のしつこさが変わってくる訳だが、まあ良い。……三つ目、仮にマティーニシリーズが時限爆弾を抱えていたところで、私達に何ができる？　尖《せん》兵《ぺい》となった『ナイトロジェンミラージュ』を吹っ飛ばしてめでたしめでたしには繋《つな》がらないだろ」

「ああん？　そんなもん例の婆《ばあ》さんを『正統王国』領内に匿《かくま》ってからヤツの抱えていたデータを『情報同盟』の上層部にでも送り込めば……ああいや、それじゃダメか」

「マティーニシリーズはすでに行政や軍部の奥深くまで浸透しているんだろう？　多分そういう方法で警告しても握り潰されるのがオチだな」

世界という車は四つのタイヤで支えられていて、その内の一つが勝手にパンクしようとしている。それが分かっていながら何もできない訳だ。運命共同体としては、自滅するのは構わないがこっちを大クラッシュに巻き込まないでくれ、というのが本音である。

フローレイティアはうんざりした顔でもう一度頭からテーブルに突っ伏すと、

「……山積みだなあ。一番楽なのはそもそも自称カタリナ＝マティーニの時点から大嘘《おおうそ》で、世界は別に何の危機感にも見舞われていなかった説なんだが」

「想《おも》いじゃ現実は歪《ゆが》みませんよ」

「分かってる、強く念じれば弾の方から避けてくれるようなら戦争は容易《たやす》い。そして軍とは常に最悪のそのまた一歩先まで予測しておくべきだ」

「つまり？」

「マティーニシリーズ破裂寸前説も視野に入れるしかあるまい。その上でどうするか、なんだよなあ……」

8

セレブ向けのクルーザーで外洋へ繰り出したレイス＝マティーニ＝ベルモットスプレーは青空の下、普段着慣れない水着の感触が気に障《さわ》るのか、しきりに小さなお尻の辺りに手をやって水着の縁を人差し指で直していた。

マグロを増産する目的があるため、普段この辺りに漁船などが行き交う事はない。主に暇を持て余したセレブ達がダイビングか一風変わったセックスを楽しむための海域だが、今は水平線の向こうで行われる海戦に押されるように、多数の船が逃げ惑ってしっちゃかめっちゃかになっていた。これだけの状況であれば、海図に不審な船影が紛れてもすぐには気づかれまい。

「フランク」

部下を呼びつけると、長身の青年は声どころか音もなくこちらへ歩み寄ってきた。波間に揺れる船の上であってもお構いなし。こいつはいつでもこうだ。あまりにも完璧で、あまりにも有能で……あまりにも聞き分けが良いので、本当の意味で少女の孤独が満たされる事はない。

トラブル処理専門、『繋《つな》ぎの死神』。

外からの敵よりも内からの味方に背中を狙われる方が多い役職。

故に、半端《はんぱ》な実力の護衛など傍《そば》に置いても意味がないため、ここまで鋭く研いだ者だけが生きて従う事になっただけの話なのだが。

ムードメーカーから順番に死んでいき、この青年だけが最後まで残った。

メコン方面での馬鹿騒ぎは、レイスに忘れていた時代を思い出させるに足る起爆剤としても機能した。

まさに、ああいうヤツらから消えていく職場だ。

死神はゆっくりと目を細め、そして忠実に待つ部下へとこう囁《ささや》いた。

「……私は狂っているかね？」

言って、少女自身が顔をしかめる。

決して逆らう事を知らない犬にこんな質問を飛ばしたところで何になる。フランクにできるのは機械的にレイスへ追従するか、あるいはレイスの顔色を見て彼女が求めている答えを推察する事だけだ。いずれにしても、フランクの本心は引き出せない。泥臭い我に固執してレイスの命令に反し、不祥事部隊を助けに走った結果、凶弾に倒れていった仲間達を散々見てきたのだから当然だ。

少女の孤独は埋まらない。

優等生しか傍《そば》に置かなかった、レイス自身が生み出した呪いのようなもの。

心が倦《う》んでいくのを自覚し、小さな金髪少女はそっと首を横に振った。思ったよりも反発に餓《う》えている自分に苦笑してしまう。

クウェンサー＝バーボタージュにへイヴィア＝ウィンチェル。

そしてその対極に位置するフランクを眺め、自分自身の胸に突き刺すようにこう吐き捨てた。

「自分からこうしておいて、贅沢《ぜいたく》な」

9

マティーニシリーズ破裂寸前説も視野に入れた上でどうするか。

答えはこうなった。

「……マジかよほんとにこんなので情報収集できる訳？」

「まあ見てなってそもそもスパイアクションに生身の人間をそのまんま投入する時代は終わったのよ。元々はオブジェクトの機内整備に使えないかなっていう自由研究だけど」

やいのやいの言っているのは電子シミュレート部門のスペースだった。オモチャ箱とかジャンクルームとか呼ばれているスルメ臭の漂う薄汚れた部屋に多くの人が集まっている。

屋根を叩《たた》く大合唱がなくなったので、気紛《きまぐ》れなゲリラ豪雨はもう止《や》んだのだろう。

表が雨だろうがカンカン照りだろうがやけに饒舌《じようぜつ》なのは、内向的なのに認めてもらいたい系の技術職、リリム＝ガゼット一七歳（♀）であった。ブログではははっちゃけるもののオフ会ではコンパクトになっちゃう子はここぞとばかりの大注目にややテンパりながらも、

「ここがマグロの増産基地で本当に良かった、周回ルートを見定めるためにいくつかのサンプルへ発信器を埋め込んで泳がせているのよ。つまり海で不審な電波が飛び交っていても『情報同盟』はあんまり気にしないはず。それどころか無線ルータの代わりになる」

「そのマグロの背中に親指大の盗聴ロボットをくっつけて運ぶって？」

「あの寿司ネタがどんだけの勢いで海を突き進むか知ってる？　下手な魚雷より速いんだって。和風マニアのブラドリクス卿《きよう》にかんぱーい!!」

どれどれ、とクウェンサーはアナログな紙の海図を取り出す。何でもデータにしたがる電子シミュレート部門には不釣り合いだが、テーブルの上に海図を広げて食玩の艦艇なんかを並べ

ていくと何だかシミュレーションゲームみたいな気分が高まってきた。

「俺達がいるニューカリブ島がここ。『情報同盟』の大船団が陣取っているのは北方《ほっぽう》に一二〇キロの海上。ええと、このシートでマグロの周回ルートを重ね合わせると、と」

「多分行けるはず。ダメなら海鳥の背中に乗せて運ばせても良いけどね」

どこかぼーっとしたお姫様は棚の上にあった盗聴ロボットとやらを人差し指でつんつんしていた。全長はおよそ三、四センチ。銀色に光るボディは何枚かの板を重ね合わせたようで、ひっくり返すと小さな脚がうじゃっと密集している。ダンゴムシか……いいや、フノムシ辺りがイメージソースなのかもしれない。

すでに必要なマグロは捕らえて仕込みは終わっている。事前に解き放たれた海の宝石が早くも『情報同盟』の艦艇に近づきつつあった。普段は格闘ゲームか水着のグラビアばっかり観《み》ている不埒《ふらち》な液晶画面では滅多にお目にかかる事のない、下からの煽《あお》りで軍艦の巨大なスクリューが回っているのが良く分かる。マグロに任せっ放しなのが逆に功を奏したのか、意外と画面の揺れも安定していた。物理でも電波でも相乗りしているフナムシは絶好調だ。

傍《そば》で見ていたヘイヴィアが感心したように言った。

「すげえな、マグロ魚雷に改造していたらこれで撃沈だぜ」

「一回でも使った手は学習されちゃうし、国際会議で吊《つ》るし上《あ》げにされるけどね。今や『貴族』が大枚はたくくらいの保護食材だよ」

クウェンサーも負けじとライバル技術者のテクノロジーを食い入るように眺めながら、

「でもこれ、どうやって船の上まで盗聴ロボットを上げるんだ？　マグロがイルカみたいに飛び上がってくれる訳じゃあないんだろ」

「ふっふっふう。比重は水より軽いんでマグロの背中から脚を離せば勝手に海面へ向かってくれるよ。後は基本的に波に揺られながら移動し、足りない場合は脚で水を掻《か》いて方向を細かく調整する事で、船の側面に張り付けばこっちのものよ。どれだけ傾斜がきつくたってフナムシちゃんは自由自在にすいすい進めちゃう」

そんなものなのか、と軽く驚きながらもクウェンサーやヘイヴィア、その他大勢のジャガイモ達は画面に注目していた。

しかしここでアクシデントがあった。

「うっぷ、うぇえ……。がっ、画面がっ、波で、ゆれ……っっっ」

「リリム頑張れ、格ゲーのやり過ぎでバカになりかけたスティックから手を離すな。お前が言い出した事だろ」

いわゆる『酔い』にやられたのはジャガイモ達の半分くらいだったが、やはり一番前のめりで集中していた操縦役のリリム＝ガゼット一七歳（重要）がひどいようだった。しかし青い顔の少女へクウェンサーにできるのはビニール袋と紙袋を二重に重ねる遠足御用達《ごようたし》エチケット袋を作ってやるくらいである。

それでも長い時間をかけた悪戦苦闘の果て、マグロ追跡用電波に乗っかった遠隔操縦システムを駆使して盗聴ロボットがご立派な艦船へ張り付いた。

「全体司令フラッグシップ019。おじゃましまーす……」

「何だよ前に助けた船か!? やっぱり恩を仇《あだ》で返して人の尻を刺しに来たじゃねえか!!」

「あの艦長は更迭されたんだし、今は全く別の人間が操ってんだろうけどね」

全長二〇〇メートル強の巨大な巡洋戦艦に引っ付くと、多少は画面の揺れも小さくなった。

とはいえ基本的には海の上での話なので、ゼロにはならない。

自分との戦いを続けるように相乗り電波で動く盗聴ロボットをぐいぐい上へ進ませるリリムと、傍《そば》で見ていて耐え切れなくなったジャガイモ、すぐ隣で盛大にやられてもらいゲロを誘発されたジャガイモなど、様々な汗と涙のドラマがあった。形を変えてはいるものの、これは間違いなく戦争である。

ようやっと垂直以上にせり上がった鋼の壁を登って、フナムシが甲板にまで乗り上げた。

だが船の上に上がってからが本番である。

「ようし確認するぞリリム。フローレイティアさんが知りたいのは『ナイトロジェンミラージュ』が誰の指示で動いているか、だ。マティーニシリーズからの干渉はあるのか、ないのか。その辺りの真偽もはっきりさせておきたい」

「……ついでに言えば、『ナイトロジェンミラージュ』そのもののきみつデータやせっけいずなんかもね。メンテ用のマニュアルなんかがころがっているとうれしいんだけど」

お姫様が付け足すように言った直後だった。


何か巨大なゴムの吊《つ》り天井のようなものが落ちて、唐突に画面が真っ黒になった。


「えっ、あ!? なになになに、いきなり電波が途絶えたけども!!」

「……今の、なあ。認めたくねえんだけど、クウェンサー、あのジグザグ模様の吊《つ》り天井って、なあおい……」

「俺に振るなよ! 言うなよ、何にも知らない『情報同盟』兵の靴底みたいだったなんて絶対言うなよ……!!」

「……、」

「どうしたリリム!! おっおいエチケット袋に手を伸ばしたら負けだぞっ、ああー!!」

これまでの努力が水泡に帰した事で細い線が切れたのか、一七歳が盛大にやっちゃっていた。夢の壊れたクウェンサーとヘイヴィアはもう涙が止まらない。

あんまりにも気づかれにくいというのもそれはそれで厄介である。

だが胃袋の中を全部空っぽにした事でかえってすっきりしたリリム＝ガゼットはこう言い直した。

「だっ、大丈夫。マグロは一匹三五〇キロもあるのよ。指先大の盗聴ロボットなんていくらでも積めるもの。残機はまだまだ‼」

どうやら撒《ま》き餌《え》のように海面へ大量の小型ロボットをばら撒《ま》いているらしい。その内の一台へ再びアクセスして即死系アクションゲームに挑戦していく一七歳。

「リリムだめだっ、巡回中のデブのルートは覚えないと‼」

「……、」

「あーっ、ネズミだ。ネズミに喰《く》われた‼」

「……。……」

「バカお前そこで天井の配管裏から直《ちょく》で便器に落ちるか普通⁉　うわあーっ‼」

「うっぷ……。もっ、もうだめえっっっ⁉」

もう腹の中には何にも残っていないはずなのにリリム＝ガゼット一七歳（新たな属性を獲得中）がゲロ袋を摑《つか》んでエア嘔吐《おうと》を繰り返していた。とはいえ良いトコまで来ているのだ。せっかくの機密情報入手のチャンス、このまま諦めて棒に振る訳にもいくまい。

「リリム」

「……（ふるふる）」

「リリム頼むよ、俺らのためにもう一度この太く反り返ったスティックをそっと握ってくれ‼」

「やめへえ‼　もうその汚《けが》らわしい棒をわらひの顔に近づけないでえ‼」

……何か盛大なトラウマを植え付けてしまったらしい。みんなで取り囲み、内なる吐き気と闘う事でぷっくり膨らんだほっぺたにぐいぐい硬いものを押し付けていたジャガイモ達も流石《さすが》に不憫《ふびん》になってきた。

代われるものならクウェンサー達も代わってやりたい。しかしこの即死系アクションゲーム、誰にでもトライできる難易度でもなさそうだ。というか当の開発者本人にもクリアできないなんて、ほんとにテレビゲームだったら苦情が来ているレベルである。

「この手の操縦系に詳しいヤツって言ったら誰だ……？」

「そりゃまあ、色んな資格を持っていて、手先が器用で、何でも操縦できちゃいそうな……」

クウェンサーとヘイヴィアが適当に条件を並べ、そしてジャガイモ達の視線が一ヶ所に集中していった。

一七歳のゲロ吐き娘に代わってスターダムへ上り詰めたのは器用貧乏を極めた清楚《せいそ》な野の花、ミョンリちゃんその人であった。

「へっ、ええ⁉」

「頼むよミョンリ」

「ちょっ待ってください人生の敗北者がすぐそこに転がっている訳でしてね！　これ絶対女の子が触れちゃあいけない悪魔のマシンか何かですよ⁉」

「分かったから、とにかくこのスティックを掴《つか》むんだ。顔を背けつつ、震える手をゆっくり伸ばして恐る恐るな感じでだ。何なら今にも割れそうな水風船を押し付けられて脅《おび》えるような表情で、片目を瞑《つぶ》ってくれても構わない」

ちなみに操縦系ミッションなのにあんまり期待されていないお姫様の頬が音もなく膨らんでいるのはご愛嬌《あいきょう》である。

でもってあれだけ文句を言っていたのに、いざ始めてしまえばミョンリの覚えは超速い。

「へえー、脚を一つ一つ動かすんじゃなくて十字の入力判定さえあれば後はオートで調整してくれるんですね。前進と左右旋回はあってもバックはできない、正面から壁にぶつかると自動的に垂直張り付きアクションに移行する、と。おもしろーい」

「……ミョンリってこういう時、とりあえずお試しで何機かわざと死んでみるのな」

「朗らかな笑顔でナチュラルに即死を強要する辺り、結構怖えんだけど。そうかこれが女子のリアルか……」

今現在は踏まれやすい床ではなく、逆さになって天井に張り付きながらフナムシちゃんが奥へ奥へと移動中である。隙間一つない閉じた水密扉は潜れない、あんまり奥へ向かいすぎるとマグロ相乗り電波が届かなくなる、などの弊害はあるものの、意外と自由度は高い。

「こいつ何ができんの？」

「ええと、元は機体整備用を目指していたんでしたっけ。基本のカメラとマイクの他に、辺りを飛び交う電波も傍受できるみたいです。つまり通話やメールなんかも。もちろん暗号の塊のままなので、別に解析用のコンピュータが必要になりますけど」

意外と高性能だった。

自分達が使っている内は呑気《のんき》なものだが、使われる側には回りたくない。

「くーすー……むにゃ……」

でもって置いてきぼりのお姫様は飽きたのか、作戦任務中だってのに寝ちゃっていた。

無防備に寄りかかられたクウェンサーにジャガイモ達全員の殺意が集約される。

「「「ようし分かったあいつ殺そう」」」

「ねえ今はミョンリちゃんのターンですよね⁉　投げますよこんちくしょう‼」

目立たない子が涙目になってみんなの注目を集め始めた。

SNSの人気取りのためなら株の空売り報告くらいやらかして捕まっちゃう人を見るような目でみんなはミョンリと向き合う。

「ええと、フラッグシップ019の図面って前に組み立てていましたよね。救助作戦のどさくさで測量しながら」

「俺らは戦車のお世話していたからその辺何とも実感ねえけどな。これじゃねえの？」

「うーん……、この分だと艦橋や戦闘指揮所は踏み込めなさそうですねえ。ちょっと、奥に進み過ぎるとマグロの相乗り電波が届かなくなりそうで怖いと言いますか……」

「おいミョンリ、じゃあどこに向かっているんだ？」

「昔っから洩《も》れてはまずい情報は給湯室に集まると相場が決まっているのです」

またしてもさり気なく女子のリアルが顔を出した。金玉が縮むのであんまりそっちに話を持っていってほしくないジャガイモ達だが、主導権を握らせたのは彼らである。クウェンサーは居眠りしているお姫様の柔らかい感触に全力で集中し、女の子のドリームを天秤《てんびん》のもう片方にどさどさ載せていく。この歳で思春期女子に幻滅するようではお先が危うい。

マグロ電波を借りてこそっと侵入したフナムシちゃんは見た。

水兵仕様なのか、白いセーラー服を着た女子達がたむろしている。

「うわー、う○こ座りしてる。うわあー！　すごい勢いでそんな所をボリボリ掻《か》いて、あー、あー‼　見たくないこれ、もうこの集団見たくなーい‼」

「静かにしてください、聞《き》き洩《も》らしますよ」

「いやでもこれ、誰かと誰かが寝たとか、あいつが急に出世したのは上官とデキてるからだとか、そんな話しかしてなくね⁉」

「黙ってください‼　むむう、こいつはえらい事ですよう……‼」

ミョンリの中で何かに火が点《つ》いてしまったようだ。

こりゃあ本気で迷走かなあ、とジャガイモ達が首をひねっていた時だ。

画面の中に変化があった。

『うーいお前達、あたしも交ぜとくれー』

『げっ！　お利口さん⁉』

『ピラニリエ＝マティーニ＝スモーキー。とはいえ天才ちゃんだからこそ肩が凝るっていうのもあるのよー？　あ、おっぱいないのに凝るトコ凝るんだとか言うのはタブーだかんね』

ルール無用のデスマッチへ一三歳くらいの小柄な少女が乱入してきたのだ。

元々船乗りだからかセーラー服を纏《まと》った女性達が多かったが、後から入ってきたウェーブの黒髪の女の子はちょっと毛色が違った。さらに上から青地に金刺繍《きんししゅう》のパレードコートを羽織っていたのだ。袖もぶかぶかで指先が見える程度、コートの裾に至っては床に引きずるような有り様なので、かえって小柄さを際立《きわだ》たせているように見える。青。『正統王国』の象徴色でありお姫様の特殊スーツなどにも採用されているが、海軍戦力では慎むべしとされているものだ。誤って海に落ちた時、発見されにくくなる事で有名なアレである。わざわざそいつを選んで身に纏《まと》っているというだけで、すでに操縦士エリート級の『個人の力が集団を押しのける』特権が見て取れた。

とはいえ、通勤通学の電車で祝福を受けたように少女の頭を肩に乗っけたクウェンサーにとっては重要な情報が出てきた。ぶかぶか袖から出した指先だけで器用に万年筆をくるくる回しているのは、

「マティーニシリーズの一人……？　となるとやっぱりこの作戦、『横槍《よこやり》』が入っているのか……」

カタリナに確認だっ！　とクウェンサーは大至急指でサインを送ったが、隣のヘイヴィアは怪訝《けげん》な顔をして耳をほじっていた。多分このメッセージは誰にも届いていない。

『でも女子会やるならこんな狭苦しいトコを選ぶ必要なくない？　もっと広い場所に出れば良いのにー』

『……うちらにはイロイロあんの』

『くっくっ。そんなになっても男子の目を気にするくらいのオトメは残っている訳だ』

『こいつっ!!』

『よいよい、かわゆいではないか。……ちなみにあたしを一発殴るのは結構だが、見える位置にアザをつけると取り返しがつかなくなるよん？　いいやあるいは、あたしがここで勝手にデコを壁に叩《たた》きつけただけで出世の機会はなくなるかもね。え・い・え・ん、に☆』

『……、』

『そゆことです。こっちも上のジジィどもと諸々《もろもろ》の調整続けて苦労してんだからさー、こういうトコくらいざっくばらんに行きましょうよー？　わざわざセーフティ、世話役の男も外してやってきたんだ。肩の力を抜きたいってのはほんとだよん』

のんびり言っているピラニリエだが、明るい調子の中にどこか人をねぶるような色合いがあった。ひょっとするとこういう扱いに慣れているのかもしれない。

腫《は》れ物《もの》扱いを逆手に取って、周囲の人間を雁字《がんじ》搦《がら》めにしてしまう事に。

やがておずおずと、給湯室の主の一人が口を開いた。

『その、やっぱり、男子達が見えないのって？』

『んー。今までそのためにジジィどもの機嫌を取ってきたんだし』

気軽な調子でピラニリエ＝マティーニ＝スモーキーは首肯した。

その上で、

『亡命希望者を本気で取り戻すつもりならオブジェクト同士で衝突なんてしている場合じゃなくない？「クリーンな戦争」だか何だか知らないけどさ、さっさとダイバー軍団編成して「正統王国」の拠点を襲っちゃうに限るよねえ。どうせ絶海の孤島で誰も見てないんだしい☆』

全員の背筋に悪寒《おかん》が走り抜けた直後だった。

窓もない電子シミュレート部門の大部屋の明かりが落ちて、周囲が真っ暗闇に包まれた。

10

「チッ、やはり始まったか。試練の時だな『正統王国』」

黒系のワンピース水着（『島国』ではスクール水着と呼ぶらしい）のお尻の辺りを気にしつ

つ、レイス＝マティーニ＝ベルモットスプレーもまたクルーザー上で静かに呟《つぶや》いていた。

「……まだくたばるなよ、敬愛すべき馬鹿ども」

11

いきなりの爆音と震動。

そして後追いするように連続する銃声。

今になってクウェンサーは気づいた。手元の携帯端末や無線がうんともすんとも言わない。停電のタイミングで強力なジャミング電波が照射されているのだ。

もはや隠すつもりもないらしい。

「やべえぞっ、もう潜入フェイズって感じじゃねえ！　全部の仕込みを終えて攻撃フェイズに入ってやがる!!」

「それよりヤツら何をきっかけに撃ち始めた？　狙いはカタリナ＝マティーニとかいうばあさんだろ!?　接触前に撃ちまくるとは思えない!!」

ぎゃーすか喚《わめ》きながらも『正統王国』のジャガイモ達は迅速に行動を始めていた。今まで寝ていたお姫様も目覚まし時計は必要ないようだ。

大きく分けて流れは二つ。

一つ目はカタリナ＝マティーニの安否を確認するための捜索隊。二つ目はお姫様を一番安全な『ベイビーマグナム』まで誘導するための護衛隊だ。

「……あれだけイカれていたように見えたサイロシティだって整備基地は盾になったんだぜ。それがマティーニシリーズとかいうのが出てきた途端にこれだ！」

「ルールは破られてからありがたみが分かるってヤツだろ。マティーニシリーズの『崩壊』がやってきたんだ、ここで食い止めないと世界中の『安全国』まで飛び火しかねないぞ」

ただでさえルール違反が進行する中、ここでオブジェクトを失ったら暴力の歯止めが利《き》かなくなる。『ナイトロジェンミラージュ』がニューカリブ島に乗り出してきたとして、止める役がいなくなるのだ。

ピラニリエ＝マティーニ＝スモーキーの詳細は是非知っておきたい。事件の中心へ近づくにはカタリナへ向かう必要があるが、クウェンサーとヘイヴィアが選んだのはお姫様の護衛だった。まず足場を固めなければ満足に歩を進める事もできないからだ。

ヘイヴィアはアサルトライフルを構え直しながら、

「やべえぞ……。いよいよ合理の殺人者に先導された虐殺の時代がやってくる。あんな連中に背中を押される『情報同盟』兵も哀れだぜ……」

「正論なんて勝ってから言わないと意味ないよ」

「分かってる！」

窓もないじめじめした電子シミュレート部門の大部屋はともかく、外に出ればカンカン照りの真っ昼間のはずだ。しかし扉を開けたヘイヴィアはそこで呻《うめ》いた。

視界がなかった。

一面を遮る壁の正体は、ピンクの色がついた化学的な煙幕か。もう足元のゴツゴツしたクランチチョコみたいな火山岩の地面さえ見えないような有り様だ。

「うえっ、げほっ!!　最悪だっ、敵襲と同士討ちに留意!!」

「目がしぱしぱする……」

見失ったらおしまいだ。ぶつぶつ言っているお姫様の手をクウェンサーはしっかり摑《つか》みつつ、

「とりあえず何すれば良いんだっ？」

「お姫様の頭摑《つか》んで腰を低く落とせっ。俺様のナニより高い位置にＶＩＰの頭を置くんじゃねえ！」

敵の行動にはばらつきがあるようで、ちょっと離れた場所から銃声が聞こえてくる。煙幕についてもここに撃ち込まれたというよりは、風に乗って流れてきている印象だった。

「このマグロ基地って『貴族』の荘園《しょうえん》扱いだろ、土足で踏み込んで敵国の銃声が響くとか本気かよ。ブラドリクス卿《きょう》の気が短かったら国際紛争になっちゃうよ……」

「もう戦争は始まってんだよ馬鹿が！　やっぱり悲惨なのは捕虜を収める営倉の方だぜ。闇雲にやってるんじゃねえ、こっちの図面も読まれてる」

ミョンリが表から軍用四駆を回してきた。

風に流れてきた分だけとはいえ、そろそろ煙幕で目や鼻も限界だ。クウェンサーはまず後部ドアを開けてお姫様の小さなお尻を押して車内に突っ込むと、自分も後から乗り込んでいく。ヘイヴィアは助手席の方に回り込んでから舌打ちした。

「くそっ、ルーフの重機振り回すなら後ろに乗るべきだった‼」

するとお姫様が小首を傾《かし》げて、

「私がガンナーやろうか？」

「クウェンサー今だけしがみついても良いからお姫様を止めろっ、何でＶＩＰ様のドタマを屋根から突き出さなくちゃならねえんだっ‼」

「時間ないんでこのまま行きますよ！」

ろくすっぽ視界も確保できない中、カチカチと歯を鳴らしながら、膝の上にサブマシンガンを置いたミョンリがアクセルを踏み込む。

一〇メートルも進まない内に、人にしか見えないシルエットをバンパーで吹っ飛ばし、絶叫と共に慌てて急ブレーキを踏もうとしたミョンリの頭を助手席のヘイヴィアが引《ひ》っ叩《ぱた》いた。

「『情報同盟』の軍服だ、撃破一！　そのまま行けえっ‼」

ほとんど運任せのドライブだった。四方八方全てピンク色の壁でガラスが覆われているので、方向の感覚さえ見失いそうになる。頭上のぼんやりした太陽より、手元の磁石で方位を探るような有り様だった。

「とはいえあんまり過信するなよミョンリ。ここは火山岩でできた人工島だからあっちこっちは鉄分を含んだ障害物の山だ。地磁気が乱れて針の向きが変わる事もある」

「お願いですから両手の空いている人がナビを担当してくれませんかね⁉」

「さっきバンパーで撥《は》ね飛《と》ばした兵隊、ドラムでケーブルを運んでいたぞ……」

都合の悪い事は耳に入らないクウェンサーであった。

「……俺と同じ爆破専門の戦闘工兵がいる。ニューカリブ島って大量の爆薬を使った人工地震でマグマ溜《だ》まりを刺激して作ったんだったよな」

「冗談じゃねえぞおいっ、ここで大噴火なんか起きたら逃げ場がねえ！」

馬鹿どもが囁《ささや》いていると、恐怖に駆られたミョンリが負の方向に覚醒《かくせい》した。

この濃密な煙幕の中、ほとんど勘だけで人影を捕捉して、さらに立て続けに敵兵を何人か撥《は》ね飛《と》ばしていく。

お姫様は綿菓子を敷き詰めたような窓の外へ無感情な瞳を向け、いやに偏りのある銃声を耳にしながら、

「うごきにまよいがない……。上にドローンでもとばしてサポートをうけているのかな」

「……こんな煙幕の中で？　仕掛けてきた『情報同盟』はどうやって敵味方を識別しているんだ」

「知るか、赤外線の点滅なり何なりで味方だけマーキングしてやがんだろ。死体を調べている余裕なんかねえぞっ、お姫様をオブジェクトに乗せるのが最優先だ！」

どんっ！　ばん!!　という鈍い爆発音が響いてきた。

目的地の方からだ。

「オブジェクトのかくのうこがこうげきされてる」

「動力炉って待機中も回したまんまだったよな。機内まで侵入されて動力炉にイタズラされたら、島が地図から消えちゃうぞ……」

「まったく最悪の一言だが、核でも破壊不可能な『ベイビーマグナム』がそう簡単にこじ開けられるものかよ。足場を崩される前に飛び込むぞ!!」

やっぱり煙幕というのは最悪だった。

ミョンリの操る四駆が突っ込んだのは大開きの正門ではなく、何の関係もない普通の壁であった。

真正面のエンジングリルが空き缶のように潰れ、クウェンサーの尻が浮いて運転席のヘッドレストと激しいキスをする羽目になる。

「ばはっ!?」

「馬鹿クウェンサー、そういう時はテメェがお姫様の肉のクッションになるんだよっ」

ミョンリがなおも未練がましくギアをバックに入れてアクセルを踏み込んでいたが、これ以上はどうにもならないようだ。

「ちくしょっ、また目が染《し》みるぞ。覚悟決めやがれ!!」

ヘイヴィアは彼女の肩に手を置いて合図を送ってから助手席を出る。クウェンサーもクウェンサーでお姫様の細い肩を両手で摑《つか》んで、後部座席から黒くてざらざらした地面が広がる表へ転がり出た。

生の銃声が鼓膜というより全身を叩《たた》く。

「ちかいね。やっぱり中からじゅうせいがきこえてる」

どっちがどっちを守っているんだか分かりゃしない感じでびくびくしながらクウェンサーはあちこち見回していた。

「ヤバいよほんとに戦争やってる音だよ、こんな所にいたら死んじゃうよ……」

「クウェンサーテメェ何しに『戦争国』までやってきたんだっけ?」

咳《せ》き込《こ》みながらも先へ進むしかない。

クウェンサー、ヘイヴィア、ミョンリの三人でお姫様を囲みつつ、一つのお団子状態になってジャガイモ達は巨大な格納庫の壁に沿って進む。いくつかある出入口の内、側面にある人間用の通用口に差し掛かった。

「中はハルマゲドンの真っ最中だぜ。クウェンサー、お前も念のために銃を持っとけ」

壁に張り付きながらサイドアームのマグナム拳銃を放り投げたヘイヴィアだったが、実際に受け取ったのは悪友ではなく横から手を伸ばしたお姫様だった。

無表情なまま彼女は言う。


「ばあさんがしんぱい」


ズパン！　ドン‼　パパン‼　と。

さっさと両手で構えてコトを始めてしまったお姫様にヘイヴィアとミョンリは頭を抱え、それから彼女の後を追い駆けていく。

増援が来たのは何となく理解したのか、足場の上の方から聞き慣れた声が飛んできた。

「二五ミリのグレネードに注意しな！　連発で来るよ、しかもスマート型じゃ‼」

「冗談じゃねえっ」

その辺に腰の高さまで積んであったタマネギ装甲のスペアに身を隠してから、ヘイヴィアは目を剝《む》いて口の中で呟《つぶや》いていた。

スマート型という事は電子制御の照準装置でロックオンされたらそこでジ・エンドだ。弾体は空中で弾道をねじ曲げてでもこちらを正確に食い潰そうとするだろう。物陰に隠れればやり過ごせるなんて話でもない。こちらがどんな盾に逃げ込んだところで、向こうが大雑把に撃ち込むだけで遮蔽《しゃへい》を飛び越えた位置で破裂して『盾の裏側』へ致命的なダメージを与えるとされている。あんなもので炙《あぶ》り出《だ》されてライフル弾を乱射されたら立て直しが効かなくなる。

しかし同時に分かってきた事もある。

（……グレネード本体と弾体はどうやってリンクしているんだ？ 電波は自分からジャミングしているし、この炎天下じゃ赤外線との相性は悪い。そもそも化学的な煙幕に光全般を遮断する役割があるなら赤外線から紫外線まで全部危うい。そうなるし……）

「来るぞ、グレネードだ！ 身を伏せて頭を守れ‼」

「っ」

手榴弾《しゆりゆうだん》と同じく、基本に則《のっと》って二ヶ所からの同時攻撃だ。

片方を処理しようとしてももう片方の爆発に巻き込まれる。

へイヴィアとミョンリが涙目で頭のてっぺんへ両手を乗せる中、クウェンサーだけがおかしな行動に出た。彼は近くにあった消火栓の扉を開けると、太いホースを引っ張り出して放水口を『情報同盟』の兵士達へ突き付けたのだ。

ノズルをぐるりと取り囲む金属のリングを回してやや広角に調整し、暴れ回るホースを無理矢理押さえ込んで高圧放水を叩《たた》き込《こ》む。

今まさに放物線を描いて飛んできた直径二五ミリの円筒が次々とあらぬ方向へ軌道をねじった。爆音と衝撃波に右耳を叩《たた》かれるが、ひとまずクウェンサー達は無事だ。

「すっげ……」

「広角ならサーチライトを向けるようなもんだ、そんなに難しい操作じゃない。それよりヘイヴィア、ホースは任せたぞ。身を乗り出し過ぎてライフルで撃たれるなよ」

「おいちょっとテメェはどうすんだ⁉」

「奥の作業場で丸ノコ動かして火花を散らすからその間支援してくれっ」

「何でだよ今から秘密兵器でも作んのか⁉」

「電波も赤外線も使ってない。でもばあさんの声はクリアに通ってたろ。超音波だ、ヤツら電気信号を耳に聞こえない帯域の音波に変えてやり取りしてるっ」

驚いたような顔になる間近のヘイヴィアにクウェンサーは畳みかけるように言う。

「この真っ昼間、最初に停電から始めたのもそのためだ。スピーカーとか拡声器を潰す目的でブラックアウトを起こしてる。でも電動工具は手持ちのものなら基本的にバッテリー式だ。適当に金属を削って大音響を撒《ま》き散《ち》らせばグレネードのスマート制御や誤射防止マーキングを寸断できる！」

迷っている時間はない。

元から満足に銃を扱えないクウェンサーが作業台に走り、あちこちから向けられるランチャーやライフルについてはヘイヴィアが消火ホースで水の壁を作り、ミョンリがサブマシンガンを連射して兵士を物陰に縫い止める。

高速回転するブレードを分厚い鋼板に押し込んでオレンジ色の火花を散らすと、状況が一気に動いた。

　プログラム制御で起爆するグレネードのリンク機能が失われると、後は多勢に無勢だ。もう消火ホースも必要ない。ジャガイモ達は遮蔽《しゃへい》で的確に射線から逃れつつ、調子を崩した『情報同盟』の襲撃者達を取り囲んで情け容赦なく鉛弾をぶち込んでいく。

　歴史の中では策士家やトリックスターが脚光を浴びる事もあるが、一つ気をつけなくてはならない。勝っている間はそれで良いかもしれないが、負けた時は普段以上に悲惨な目に遭う。

「よし、クリア！　ワイヤーが残されてねえか注意しつつお姫様をコックピットまで詰め込め!!」

「ヘイヴィア、死体の装備の中に超音波式のマーカーを見つけた。ほら、二の腕に巻いてるこのバンド。コンビニの軒下にぶら下がってるモスキート音のばら撒《ま》き装置とそっくりだ」

「クウェンサー、それ1つこっちにわたして。『情報同盟』だけがこいつをつけているんだよね。しゅうはすうをスキャンして対人レーザーのプラネタリウムで片っぱしからやき尽くしてやる」

（……うーん、やっぱりお姫様は戦争参加者なんだなあ。お化け屋敷《やしき》できゃーとか言って腕にしがみついてくれる人種じゃなさそうだ）

　にこやかな笑顔で最新鋭の戦乙女《いくさおとめ》を見送りつつ、クウェンサーは心の中に素直な感想を押《お》し留《とど》めた。多分こんな局面で操縦士エリートのテンションを下げるような事を言ったら味方全員からぶたれる。

いったん第一世代が動き出してしまえばこっちのものだ。

対オブジェクト戦にのみ特化した第二世代と違って、『ベイビーマグナム』は戦車や戦闘機、さらに言えば歩兵の集団相手との戦闘まで想定して設計されている。これだけ煙幕にまみれた中でも正確に敵と味方を識別してレーザー光線で作った横殴りの雨を叩《たた》き込《こ》む事ができるのだ。

ビジュブアア!! と格納庫の外で中華料理みたいな蒸発音が響き渡った。

一体何が気化したのかはあんまり想像したくない。

「おっ、ジャミングも途絶えたみたいだぜ」

「お姫様が沖の作業船か背中にお皿を乗っけた電子戦機でも吹っ飛ばしたんだろ」

そして無線が回復した途端に上官からありがたいメッセージが飛んできた。

『フローレイティアだ、全員注目!』

「どうせブラック命令だよ、早くジャミング再開して!!」

「そんなに注目してほしけりゃ自慢のおっぱいくらい放り出せってんだ」

『事態は沈静化したがカタリナ＝マティーニが見当たらない。すでに殺された可能性もあるが、ひとまず連れ戻された想定で捜索活動を開始する。この人工火山島から「情報同盟」の整備艦隊までを直線ルートで繋《つな》いで調べるぞ。基本的に速度で言えばお姫様の独壇場だが、彼女の手はそんなに器用じゃない。ホールドアップを決めた後に取り押さえるためには人の手が必要だ！　それも多ければ多いほど良い!!』

「どうすんのへイヴィア？」

「やだよ俺らはもう今日のノルマ分は働いたろ。残業代出ねえしクソして寝るよ馬鹿野郎」

『ちなみに集合場所はこの島と周辺二〇〇海里な。任務拒否したい場合は大至急エリアの外に出ないと同じ箱に突っ込まれても知らないぞー？』

「何してんだ早く海に飛び込めクウェンサーッ!!」

「流石《さすが》に二〇〇海里は無理だよ溺《おぼ》れて死んじゃうよ!!」

『三、二、一、ゼロ。よしよしアツい心を秘めた部下をたくさん持ってお姉さんは嬉《うれ》しいぞ。どうもありがとう！　はいここまで締め切りましたー』

「何だよもうこれ検索エンジンとかSNSとかの一方的な利用規約変更のお知らせなんかじゃないんだぞ！　命がかかってんの!!」

「あいつあの野郎こなれてきてやがる……」
Q、何故《なぜ》一般企業では到底許されないような劣悪な就労環境が見過ごされているのか!?　↓
A、一般企業じゃないから、と一言で返されてそれっきりな軍は辛い。ぐだぐだ言っても任務拒否はできないので、馬鹿二人はフローレイティアの指示を聞きながらオブジェクト整備場を飛び出していく。
外はようやくピンク色の煙幕が海風に流されていくところだったが、ゲリラ豪雨の名残《なご》りだった水溜《みずた》まりに変な色がついているのを見てげんなりするクウェンサー。

「こんなの環境汚染だ」

「地べたに這《は》って水溜《みずた》まりをするほどこの戦争は追い詰められちゃいねえさ」

「このカンカン照りで蒸発したらその空気は誰が吸うの？」

そんな風に言い合いながら『正統王国』のジャガイモ達が辿《たど》り着《つ》いたのは、仮設の滑走路脇に並べられた格納庫の一つだった。かまぼこ状の大きな建物の中からレッカーを使って引っ張り出されているのは、

「マーマンじゃねえか……。海難救助用のヘリだぞ、こんなの戦争用のオモチャじゃねえ！」

「何でマーメイドにしなかったのかでもうお説教をしてやりたいね」

何を見ても文句しか出てこない非生産系の馬鹿どもに、先に格納庫で待っていた我らが銀髪爆乳フローレイティア様はこう仰《おつしや》られた。

「敵がどこへ向かおうが我々より先行しているのは事実だ。追い着くには速度がいる。こいつは船より速い、低空を飛びながら不審な影を追え。サイドドアにガンナー用の銃座が欲しければ各自ＤＩＹで勝手に取り付けろ。猶予は六〇〇秒！」

パンパン！　と非常に豊かな胸の前で適当に両手が打ち鳴らされると同時にジャガイモ達は一斉に動き出した。大きくて良く弾むアレなんぞ凝視している場合ではない。別に命令に忠実だとかいう話ではなく、このバーゲンセールは負けたら丸腰で最前線に送り出される一大イベントなのだ。

『どけっ、五〇口径の重機は俺のもんだ‼』

『アンタさっき二〇連のロケット持っていったでしょ⁉』

『クズどもめ、どんな得物を摑《つか》もうが電動工具がなければ取り付けはできんのだ。いっひっひ、今の内に独占して後で高額トレードしてくれる……』

戦争前に味方同士で摑《つか》み合《あ》いとはまったく元気が有り余っている『正統王国』軍である。わーわー騒いでいる間に、愛と平和の海難救助用ヘリがゴツい殺傷兵器で包まれていく。

『あっ、やっ、わっ、私も電子戦装備を……』

『リリムほらエチケット袋だ！』

『まずい押し流される⁉　それ私の属性扱いするのやめてもらえる⁉』

『大空の旅になるぞ、ゲロ袋は多めに持っておけ‼』

右のサイドドアから外に向けて、無難に首振り式の重機関銃を取りつけていたクウェンサーはふと顔を上げて、

「なあミョンリ、ヘリの正面に顔を描く必要なくない？」

「なんかペイントが欲しくなっちゃうんですよね」

どうやら今回も同じ班になりそうだ。

約束の六〇〇秒経過と共にフローレイティアが再び両手を打ち鳴らすと、クウェンサー達はずんぐりした、前後に二つメインローターのついた大型ヘリに乗り込んでいく。

いよいよ出撃だ。

ミョンリが操縦桿《そうじゅうかん》を握るこのマーマンには、クウェンサーやヘイヴィアも合わせて八人ほどの兵士達がカーゴスペースに乗り込んでいた。元が海難救助用だったためか、壁には酸素ボンベやマスク、水中作業用工具、果てはＡＥＤや生理食塩水パックなどの医療器具まで、様々なものが引っ掛けられている。

「……やっぱり金持ちの道楽だ。死ぬか殺すかのうちの軍より良い医療品を使ってやがる」

「それより無線式のソノブイ落とすの手伝えよクウェンサー！　『平民』が楽して『貴族』の俺様だけ汗水垂らして働かされるのは間違ってる!!」

細長いサンドバッグみたいな機材を開いたサイドドアから投げ落としているヘイヴィアには、残念ながらノブレスオブリージュの精神は宿っていないようだった。

ソノブイは大きな『うき』のようなもので、海に落とすと潜水艦などが使うアクティブソナーの音波をばら撒《ま》き、危険な反応が返ってきた場合はその船影のデータをヘリに送ってくれる。カタリナ＝マティーニをさらった『情報同盟』が潜水艇でも使って海の中を移動している場合はこれで位置を知る事ができる訳だ。

「実際問題、見つかると思うか？　ニューカリブ島と整備艦隊の間のラインが最短コースではあるけどさあ」

「海の上も中も隠れる場所はねえ。上から眺めてソノブイを落としていきゃあ『情報同盟』の逃げ場はなくなるさ。救出対象が腹黒なばあさんってのが減点だがな。でもあいつ以上にピラニリエの情報を持ってるヤツがいねえんだ仕方ねえだろ！」

ゴッッッ!!　と。

ヘリ部隊のすぐ下を、全長五〇メートル超えの『ベイビーマグナム』が突き抜けていく。

ヘリコプターの限界速度は時速三〇〇から四〇〇キロくらいと言われているが、オブジェクトは五〇〇を軽く超える。海上を疾走する超大型兵器でありながら、大空を飛ぶ航空機を軽々と追い抜いていく光景は現実感を見失わせるには十分なインパクトがあった。

凄《すさ》まじい突風がヘリを上下に揺さぶってくる。

「きゃあっ!?」

「おひめさまっ、目立ちたがりなのを少し抑えてーっ!!」

しかし先行する『ベイビーマグナム』は気に留《と》めなかった。

というかこう返してきた。

『でも私がまえに出ないとたいへんなことになるよ？』

言われた事の意味がゆっくりと浸透していく。

そしてクウェンサーとヘイヴィアは顔を見合わせていた。

「あれ、双方のオブジェクトが普通に動いているって事は、『情報同盟』の『ナイトロジェンミラージュ』も表に出てくるよな。この辺まだ百発百中の対空レーザーの支配圏なんじゃあ……？」

「あっ、あの爆乳……。このタイミングで空飛ぶピニャータに生肉を詰め込めるだけ詰め込みやがった……っっっ⁉」

カッッッ‼‼‼　と。

直後に青白い閃光《せんこう》が大型ヘリのすぐ横を突き抜けていく。

おそらくクウェンサー達を狙ったものではない。そうなら一発で蒸発している。『ベイビーマグナム』を狙った牽制球《けんせいきゅう》に過ぎないだろう。

だが流れ弾でも当たったらおしまいだ。

さらに言えば、本格的に狙われる前に行動しておかないとまずい。

「ミョンリ！　できるだけ海面すれすれまで高度を下げるんだっ‼」

「五〇メートル以下まで下げると『ベイビーマグナム』の針路と重なるかもしれませんけど」

「馬鹿クウェンサー、これからオブジェクト同士の殴り合いだろ。くるくる回るダンス中にお姫様のデカいケツをぶつけられたら一発で昇天しちまうよ‼」

またもやレーザー兵器がヘリのすぐ近くの空気を焼き切った。

ただし今度は『ナイトロジェンミラージュ』から……ではない。

『……今デカいケツって言った人サイドドアから出してくれるウィリアムテルみたいにうち抜

いてあげるからヘイヴィア』

「もうバレてやがるよおー……‼」

そして今は身内でじゃれついている場合ではない。

クウェンサーはメインローターの爆音にかき消されないよう大声で、

「百発百中で撃ち落とされる『ナイトロジェンミラージュ』の対空レーザーと偶発事故の超重量級ケツドンなら高度を落とした方が生存率は高い。ミョンリ良いからこのヘリで海面を舐《な》めるんだっ‼」

『……まだ言うかヘイヴィア……』

「ちょっと待って良からぬ冤罪《えんざい》が拡大中だしッ⁉」

顔を真っ青にしたヘイヴィアを乗せたまま、大型ヘリのマーマンがぐっと下へ落ちる。海の波を上から押し潰すような格好で疾走を始めた直後だった。

真上で閃光《せんこう》が瞬《またた》く。

溶接のように凄《すさ》まじい輝きがこちらの目を潰しにかかってきた。逃げ遅れた同型機が蒸発していったのだ。

「くそっ、撃破一‼」

「ヤツの窒素レーザーは人工蜃気楼《じんこうしんきろう》を利用して自由に折れ曲がるんだぜ……。頭を低くした程度で避けられるもんじゃねえぞ」

『そんなことさせるじかんなんか与えない』

さらに『ベイビーマグナム』が前へ出て、そして『ナイトロジェンミラージュ』と本格的な撃ち合いに発展していった。

時間は稼いでくれているが、絶対の安全なんて確約はない。

クウェンサーはその間にも揺れる機内の壁に取りつき、元々あった海難救助用の装備を検《あらた》めていく。

「何してんだクウェンサー⁉」

「ヤツは大気中の極端な気温差を自ら生み出す事で人工蜃気楼《じんこうしんきろう》を作り出し、それをプリズム代わりにして紫外線領域の窒素レーザーを曲げている」

呟《つぶや》きながら、『学生』はアイシングスプレーのお化けのような巨大ボンベを見繕い、

「だけどそれは、『ナイトロジェンミラージュ』だけの特権じゃない。手品のタネは分かっているんだ、俺達だって蜃気楼《しんきろう》を作ってやれば‼」

開きっ放しのサイドドアから、感覚的には消火器の延長の感覚で白い煙のようなものをばら撒《ま》いていく。

直後に青白い閃光《せんこう》がいくつも折れ曲がり、そしてクウェンサー達の目の前でさらにあらぬ方向へ折れた。

「危ねっ⁉」

「……私達が見てるのって残像ですよね？　知らずに地雷原を渡り切ってから、後からラッキーだったねって教えられるようなもんですよこれ……」

超低空へ逃げた他のヘリもクウェンサーと同じ答えに至ったのか、白い煙のようなものをたなびかせている機体がいくつかあった。

だが直後に併走する別のヘリが青白いレーザーにぶち抜かれる。

「おいっ⁉」

「気象レーダーやコンピュータで正確に計算している訳じゃねぇんだ。そうカンペキに蜃気楼《しんきろう》を作れるもんかよ……‼」

お姫様は善戦しているようだが、今すぐ『ナイトロジェンミラージュ』を撃墜できる訳でもなさそうだ。

このまま空中にいれば狙い撃ちにされる。

機内の緊張が恐怖に塗り替えられてからは早かった。

「ボンベとマスク！　後は水中モーター制御のアクアスクーターの数を確認‼」

クウェンサーがなおもサイドドアから冷却用の二酸化炭素をばら撒《ま》いている中、ヘイヴィアは壁際《かべぎわ》にあった小型のボンベとマスクをコックピットの方へと放り投げていた。

潮時だ。

「飛び込め‼　撃ち抜かれちまうぞお‼」

ヘイヴィアはクウェンサーの肩を摑《つか》んでサイドドアから飛んだ。

海面にぶつかるよりも早く、青白いレーザーが海難救助用の大型ヘリを真《ま》っ直《す》ぐぶち抜いていった。

12

『ナイトロジェンミラージュ』の対空レーザーは絶対だ。

海上にいれば皆殺しにされてしまうため、クウェンサー達生存者は海の中へと逃げ込んだ。

しかし、

(……いつまでもは保《も》たないぞ)

クウェンサーは自前の無線機にアタッチメントをつけて無線式のマイクを喉元に貼り付けると、譲り受けたマスクで口元を覆いながらそんな風に考える。

問題なのはボンベのサイズだ。

ヘイヴィアが手で持って投げられるくらいの容量しかない。

(……どう節約したって一時間はなさそうだ)

と、そんな風に考えるクウェンサーの肩をヘイヴィアが摑《つか》んだ。悪友が指差す方向へ目をやると、意外と近くに海底の棚が見える。どうやら前に潜水艦を拾った場所とは違い、この辺りは水深が浅いようだ。

が、問題なのはそこではない。

『沈没船？』

錆《さ》びついた巨大な船が丸々横倒しで転がっていたのだ。ここから見るだけで海藻や、数百数千が一つの塊となった小魚の群れが集まる魚礁と化しているのが分かる。

海の中では電波は伝わりにくいのだが、流石《さすが》に隣同士なら問題ない。

『そっちじゃねえよ。ワイヤーで何か固定してあんだろ。駐車場にいくつか並んでんのは「情報同盟」製の高級車だ。ヤツらの潜水艇だよ』

時間の流れが明らかに違う。

合成技術を使った心霊写真のように浮かび上がっている『新品』は、当然ながら何の意味もなく流れ着くとも思えない。

『ニューカリブ島から逃げた「情報同盟」……？　カタリナ＝マティーニを連れてあそこに籠《ろう》城《じょう》しているのか』

『海だっつってんのに水着は出ねえわババアだわ……。こりゃ後で爆乳に労災を申請だな、あいつに足りない水着分を補ってもらおうぜ』

ひょっとしたら、『ナイトロジェンミラージュ』が派遣されたのは頭を押さえられて身動きの取れなくなったダイバー部隊からの救難信号に応じての事かもしれない。ヤツらは第二世代がオブジェクトやヘリ部隊を掃除するまで、あそこでじっと待機しようとしているのだ。

『……つまり結論はこうだ』

『あの中にゃまだ長期活動に耐えるだけの十分な空気が残ってるかもしんねえ。襲ってみるだけの値値はあるぜ』

ヘイヴィアが親指で示し、ミョンリ達も同意するように動き出した。

毎度お馴染《なじ》み、資源を巡る戦争が始まった。

専用の水かきや潜行用の鉛のベルトなどはないため泳ぎにくいが、それでもゆっくり近づいていくと、海底に転がっている一〇〇メートル大の船の正体が輸送船だというのが分かってくる。しかも民間規格ではない。巨大な通信アンテナやクレーンに似た給油用のアームを見るに、軍用規格の兵站輸送船《へいたんゆそうせん》だろう。

こうして見るだけでも錆《さ》びついた壁は複数破れているようなので、侵入経路にも困らないように思える。

しかしもう少しで茶色く錆《さ》びた船へ手を伸ばせる所までやってきた時だった。

ビスビスビビス!!　と。

くぐもった異音と共に、白い槍《やり》のように尖《とが》った直線的な気泡がいくつも迫ってきた。

最初、クウェンサーの頭には恐怖よりも疑問が先立った。

『えっ？』

『危ねえって!!』

しかしヘイヴィアの手で適当な岩場の陰に追いやられ、盾にしたその岩が削り取られていくのを見て、ようやく状況を悟る。

『すっ、水中ライフルです!!　狙い撃ちにされますよ!!』

加工方式はいくつかあるが、あの連射速度から考えるとおそらくアサルトライフルからの派生形だろう。水中では著しく勢いを削られるため一〇〇メートルも飛べば良い方で弾道もてんで安定しないが、それでも『情報同盟』の優位は変わらない。『撃てる銃』があるだけで十分に。

『こっちには水中作戦用の銃器なんてありませんけどどうします!?』

『くそっ、どこからだ？　ボンベの気泡なんかどこにもなかったぞ……』

『基本に立ち返れよクウェンサー。撃ち込まれた弾痕《だんこん》から距離と方角を逆算すりゃ良いんだ』

ヘイヴィアは指差しで銃撃の方向を知らせてくる。

四時と九時。

今のままでは逃げ場のない十字砲火に発展しかねない。

『これじゃ何もできずに皆殺しだぜ……』

『弾を一発も撃たずに倒せば良いんだろ。使えるのは何だ？　ナイフに、ガス圧式の杭打機《くいうちき》に……』

（海流は……水の場合はなんて言うんだ？　とにかくこっちから向こうへの追い風状態。それにこの海藻の削られ方に潰れたカニの甲羅、ドキュメント番組で見た事があるぞ。後は餌になるものがあれば、もしかしたら……）

真面目な顔で考えながら、クウェンサーは近くにいたミョンリの小ぶりなお尻へ無造作に手を伸ばした。

『ひんっ⁉』

この緊急事態に敵の方だけ見ていた乙女の体が真上へ跳ねるが、今欲しいのは大振りの軍用ナイフだ。人様の鞘《さや》から勝手に抜いて失敬すると、分厚い刃を使って盾にしていた岩場へ張り付いていた一枚貝を一つ一つ剝《は》がしていく。

水の流れに従って多くの貝を四時方向へと流していくと、変化があった。

ばぐんっ‼　と。

十字砲火に向けて徐々に位置取りを変えようとしていた『情報同盟』の兵士達の頭の上から、何か巨大な毛布のようなものが降り注いできたのだ。

いいや、

『ダイオウイカ‼　ヤツにとっては水深浅い方だけど、いる所にはいるもんだ‼』

『なんかしてやったりって顔してますけど私は一生忘れない……‼』

胴体部分から触腕を伸ばせば全長一五メートル以上、小さな漁船くらいなら逆に網を引っ張って横転させるくらいの巨体である。いったん無数の吸盤が絡《から》みついてしまえば、人力でどうにかできる相手ではない。

四時方向がやられた事で、逃げ場のない十字砲火の構図は作れなくなった。

『にゃろ‼』

慌てふためく九時方向の『情報同盟』兵に向けて、岩場から身を乗り出したヘイヴィアが何かを構えた。銃ではないが、形は似ている。おそらく海難救助ヘリにあった、ガス圧式の水《すい》中杭打機《ちゅうくいうちき》だろう。

本来は作業用ワイヤーを支えるステンレス製のハーケンを岩場に打ち込むためのものであり、飛び道具としては使えない。まして水中では抵抗も大きいので、九時方向の敵兵まで届くかどうかも怪しい。

しかし殺傷力の有無は関係なかった。

さっきの一枚貝と同じだ。大雑把に一定エリア内へ撃ち込めれば良い。

イカやタコはキラキラした疑似餌《ぎじえ》に飛び付いていく習性がある。

そしてライトの価値が無限に高まった。光源を手にするのも危険だが、不規則に乱反射する方がより効果的だ。

『……ッ⁉』

『‼』

無慈悲な海中では断末魔の叫びも届かなかった。新しいオモチャを見つけたダイオウイカが辺りにいた軍人ごと自分だけの宝石を捕まえるために突撃していく。

味、匂い、光。全てが命を守る武器になる。銃弾だけが全てではない。

おかげで飽きて放り捨てられた兵もいるのだが……、

『何だ？　勝手に喉を押さえてもがいているぞ』

『ボンベの気泡がねえって事は苛性《かせい》ソーダを使った循環式じゃねえのか。自分で吐いた息から二酸化炭素を吸着して空気を使い回せる優れものだが、密閉が破れて薬剤が水に接触すると毒ガスをばら撒《ま》いちまうんだ。……世界一小さなガス室へようこそ、最悪な死に方候補の筆頭ってヤツさ』

『ええっ？　ワーストはロードローラーで決まりじゃないの？？？』

『安全な整備場で味方のオブジェクトに踏まれるっていうアレか。けどよ、それを言ったら乗り物酔いと戦いながら長期作戦してた操縦士エリートが自分のゲロ袋から溢れ出た病原菌で白目剝《む》いて泡を噴いたって話もあるぜ』

『あっはっは！』

『わっはっはー‼』

うええ……と傍《そば》で聞いていた優等生のミョンリちゃんが青い顔になっていた。

とはいえ気紛《きまぐ》れなダイオウイカを『情報同盟』兵へけしかけている今がチャンスだ。手持ちのライトで遠くにある金属片をキラキラ光らせつつ、岩場の陰を抜けたクウェンサー達は今度こそ錆《さ》びついた兵站輸送船《へいたんゆそうせん》へ近づいていく。

『おっ、他のヘリに乗ってた連中もこの船に目を付けたみてえだな』

『……これで全部だとしたらちょっと少な過ぎないか？』

他の連中は他の方法で生還を目指してあらぬ方向へ全力で走っている事を祈りつつ、クウェンサー達は猛犬に食い破られた空き缶みたいになっている兵站輸送船《へいたんゆそうせん》の割れ目へ飛び込んでいく。

『水密扉だぜ』

『そのまま開けたら内部に海水が雪崩《なだ》れ込《こ》んじゃわないですかね？』

『二重扉のマークがついてる。海難救助口だ、ここなら大丈夫そうだ』

クウェンサー達は錆《さ》びついた鉄扉《てつぴ》の真ん中にある丸いハンドルを回して開ける。奥にあったのは小部屋だった。当然ながら、今まで以上に暗い。ここから先はライトを点《つ》けて進まなくてはならないようだ。入ってきた扉を閉めて手回しポンプで室内の水を抜いてから、内部へ繋《つな》がるもう一枚の扉を開けていく。

「ぶはっ！　お久しぶりの空気だぜ。そうだよ俺らは地球で生まれたんだった‼」

「しかしまあ、不思議な光景だな……」

ボンベは少しでも温存したいのですぐさまマスクは外しつつ、決して捨てずに腰の辺りへ取り付けておく。兵站《へいたん》輸送船《ゆそうせん》自体が横倒しなので、長い通路の壁や床の位置取りも大きく変わっている。落とし穴みたいにドアが並ぶ壁に立っていると、何だかトリックアートの世界に迷い込んだようだった。

空気中なので再びアサルトライフルやサブマシンガンの出番になってきた。

「各員、機関部の燃焼ガス誘導路に水が詰まってねえかチェック。相棒の機能を確認したら奥に進むぞ」

パンッッッ!!!!!! と。

通路の奥から乾いた音が響き渡ったのはその時だった。

クウェンサーとヘイヴィアは顔を見合わせたが、とっさにライトを消していたので互いの表情なんか見えなかった。

「……誰だ？」

「随分遠いぜ。こっちに向けて撃ってきてるって訳じゃあなさそうだ」

タン!! スパン!! と、さらに続けて二発、三発と銃声が続く。何はともあれ問題が発生しているのは間違いない。仮に追い詰められた『情報同盟』同士での仲間割れだとしても、向こうの中には救助対象のカタリナ＝マティーニもいるのだ。早急に状況を確かめなくてはならない。

再びライトを点灯し、足元もおぼつかない暗闇の中を進んでいく。

「あちこち錆《さ》びてるから踏み抜かねえように気をつけろ。特に鉄扉《てつび》は絶対踏むんじゃねえぞ」

「お前は俺を何だと思っ……ふわっっっ!?」

「ドジッ子!!」

突然の落下の恐怖に縛られたクウェンサーが全力全開で摑《つか》まるものを追い求め、両腕で細い腰にしがみつかれたミョンリが再びその場で跳ね上がった。暗がりの中でまったくえらいところに顔が埋まっていたが、クウェンサーは真面目に命懸けである。

「ふう、危ないところだった。今は戦争の真っ最中なんだな」

「……もう誤射で撃ち殺してやりたい……」

涙目で小刻みに震えるミョンリちゃんであった。柱や配管などで割と余裕のない通路を進んでいくと、散発的に続いていた銃声がいつしか止《や》んでしまった。鳴ったら鳴ったで緊張が心臓を締め上げるが、なかったらなかったで不気味さが這《は》い上がってくる。

「嫌な匂いがするぜ……」

「……、」

「あちこちの鉄錆《てつさび》じゃあねえ。似ているが、もっと濃密な何かだ」

通路の先には細長い階段があった。つまり船全体が横倒しになった今では、直角に折れた曲がり角に近い。敵襲を気にしつつそちらへ近づいたヘイヴィアは、ライトと銃を器用に持ったまま奥をそっと覗《のぞ》き見《み》た。

反応はなかった。

動きを止めた悪友に訝《いぶか》しんだクウェンサーもそちらへ近づいていく。

固まったヘイヴィアの肩越しに、少年は目撃した。


一面のおびただしい赤。

そして死体の山の中央に涼しい顔で立つ、黒いワンピース水着に長い金髪の少女。


時間が止まっていた。

ライトの光を浴びて浮かび上がるのは、分厚いゴムの潜水装備に身を包み、額や心臓に赤黒い穴を開けたままピクリとも動かない群れの正体は『情報同盟』の奇襲部隊だろう。すでに一度こちらの整備基地を狙われているので今さら同情の必要などなかったが、問題はそこではなかった。

天才少女計画を主導していたカタリナ＝マティーニは一体何を恐れていたか。

傍《かたわ》らに執事のような青年を従わせる黒い水着の少女こそが本物の脅威なのかもしれない。

『繋《つな》ぎの死神』レイス＝マティーニ＝ベルモットスプレー。

恐怖に駆られたド素人《しろうと》が思わず声を荒らげていた。

「お前……っ!!」

「よせフランク、殺す必要はない。そちらの実直なる変態どもについてはな」

「……どうしてスク水⁉」

「そこかよ、やはり『島国』のレジェンドはオーラが違い過ぎたか???」

一歩前へ出ようとした青年を、短い声でレイスが押《お》し留《とど》めた。

その一言がなければ一体何が始まっていたのか。理由があるから殺すのではなく、ないから見逃さない。二〇人以上の兵士達が一方的に殺戮《さつりく》されているこの絵面《えづら》を見れば明らかだ。

しかしそれ故に、クウェンサーの脳裏にある疑問がよぎった。

「……無差別、殺人……モードじゃない……?」

黒系の特殊なワンピース水着を纏《まと》うレイスは呆《あき》れたように小さな鼻から息を吐いてパチンと指を鳴らすと、控えていた青年が真っ赤な死体の山から何かを引っこ抜いた。いいや違う、必死になって死体のふりをしていた、別の誰かだ。

カタリナ＝マティーニ。

躊躇《ちゆうちよ》なく死者の中に飛び込めたのは、やはりシビアな時代を生き抜いた経験によるものか。

「この卑劣な亡命希望者から何を吹き込まれたかは知らんが、まあ、我々としても要件があるのはそっちの方……きゃっ⁉」

そこで妙な事が起きた。

冷静沈着に話していたレイスが突然言葉を切って小さく跳ねたかと思ったら、慌てたように近くにあった袖を摑《つか》んでしがみついたのだ。

おそらく執事役の青年と思ったのかもしれないが、なんという事でしょう、現実にはクウェンサー＝バーボタージュその人であった。

「なっ、何だ！　どっかに敵の銃口が⁉」

「こほんっ、い、いや何でも、そこまで話を大きくする必要は……」

「ヘイヴィア、ミョンリ、全周警戒だ！　あのレイスが悲鳴と一緒に飛び上がるほどだぞ。闇の奥でとんでもないのが待ち構えてる‼」

「……かっ、むし……」

「何だ何だ、『情報同盟』らしく攻撃用の水陸両用ドローンか？　冗談じゃないよ兵士が皆殺しにされても兵器の方だけ動き回るだなんて……」

「壁を這《は》うフナムシが怖かったんだッッッ‼‼‼」

ついに耐え切れなくなったように水着のレイスたんが叫んでいた。

意味が分からなかった。

「……血の海や死体の山をこんだけ作っておいて？」

「生きていようが死んでいようが人間は人間だ。でもあいつらは違うっ」

顔を赤らめ、しかしクウェンサーの袖を手放せないまま、ようやっとレイスが本題に戻っていった。その目線が『目的』の方へ投げられたのだ。

この時間が止まった赤い世界の中で、死神から唯一呼吸を許されている存在。

「カタリナ＝マティーニ」

「……、」

「このタイミングでの亡命申請。貴様は何をどこまで掴《つか》んでいる？　我々『情報同盟』が抱えているXデーについてだ」

青年に腕を掴《つか》まれ、上品な老婆は座り込んだまま沈黙していた。

そしてレイスはクウェンサー達『正統王国』より深い情報を掴《つか》んでいるらしい。というより、そもそもの図式が違う。

「何だ……？　このタイミングで、亡命申請？？？」

「このカタリナにしか見えておらんものがあるはずなんだ。逆に尋ねるが、地震予知の専門家が急に仕事を投げ出して旅行へ出かけようとしている風には見えなかったのか？」

「いや、ちょっと待て……」

「そしてその災害が人の手で再現できる人工地震だとしたら。事は単なる職務放棄に留《とど》まらないと思うのだがな」

こちらを振り返らずに水着のレイスは告げる。

「意図して埋めたものか、偶発の事故なのかは知らん。だが貴様はXデーの具体的な日取りを把握していたのではないか。だからこそ慌てて『資本企業』と渡りをつけ、ヤツらの潜水艦がヘマしたと思ったら今度は『正統王国』へ亡命先を変更した。とにかく泥沼の『情報同盟』へ突き返される事だけは回避するためにな」

「……、」

カタリナは先ほどから何も答えない。

直接的な恐怖に縛られて頭の中が真っ白になっているのか、または迂闊《うかつ》に口を開いて不利な証言をしてしまうのを避けているのか。

ともあれ、何かがある。カタリナにしか見えていない何かが。

「貴様は私達、マティーニシリーズに何を埋め込んだ。この頭の中の『偏り』の正体は何だ？」

必要とあらば特別な器具や薬剤の使用も辞さない。

そんな選択肢もある以上、レイスの叫びはかえって冷静で紳士的だったのかもしれない。

「答えろカタリナ＝マティーニ！　どうして私の同世代が『情報同盟』中心地、ニューヨークはマンハッタン島への攻撃を企図している⁉」

呼吸が詰まるかと思った。

クウェンサーは口をパクパクと動かして、それから何の声も出ない事にようやく気づく。

「まん、はったん……？」

「ああ」

「『情報同盟』の『本国』、チェサピーク方面のそのまたど真ん中だぞ⁉　そんな所が軍事攻撃で沈んだりしたら……‼」

「ああ‼　テーブルを支える四本脚の一本が確実に折れる。クリーンな戦争、オブジェクトの時代？　混乱に乗じて他の勢力が台頭する暇なんかない、世界は致命的に傾いて火の海へと投げ込まれる時代がやってくる‼」

クウェンサーも『没落』によって居場所を失った、かつてのモニカ様を思い浮かべていた。時代の変節とは必ずしもポジティブな結果だけをもたらすとは限らない。

レイス＝マティーニ＝ベルモットスプレーは歯噛《はが》みしながら、

「……意味が分からん。経済的な利害の話では成り立たん、かといってＡＩネットワークの行政システムと半一体化している我々が今さら全人類を焼き尽くすほどの憎悪《ぞうお》を自家生産できるものなのか……？　マティーニシリーズにはどんなバグが残っている、それは私の頭の中にも巣食っているのか⁉　自分で作っておいて、どうなんだッ‼」

老婆からの返事はなかった。

それより先に、死体が身に着けていた無線機から電子音が鳴り響いたからだ。

深い海の中では電波は直接届かないので、おそらく『情報同盟』は事前に有線のアンテナブイか何かを海面へ浮かべておいたのだろう。主が死んでも通信インフラは生きていたのだ。

『あっ、あっ、あぁー☆　マスター00よりスレーブ21へ。上については『正統王国』のヘリ部隊の壊滅を確認、第一世代はしつこいけど、「レーザービーム069」を後ろへ下げて別の海域へ案内する。酸素残量は大丈夫？　もうちょいで回収部隊を編成できるから呼吸のリズムで節約よろしくねー☆』

幼い少女の声だった。

それだけで連想するものはあったし、何よりクウェンサー達はすでにフライングをしている。フナムシ型の盗聴ロボットを『フラッグシップ019』へ送り込んで、その声を耳にしていたのだ。

しかし少年より先にそっと言葉を添える者がいた。

全てを創り出した、老婆のカタリナだ。

「……ピラニリエ＝マティーニ＝スモーキーです。序列七位。行政での役割は各種条約、パワーバランス、保護動物の生息域などに縛られてこう着状態に陥った戦線の円滑な復帰作業。つまり錆《さ》びた歯車に油を差し、偶発的に一時停止した戦争へ再び火を放つ係となります」

「……、」

レイスと同世代の誰か。

　それを知っただけで、マティーニシリーズの少女の目線が鋭くなっていく。

『あり？　返答がないな。おーい!!　……こりゃ予想より早く酸欠でくたばったかな？』

　小さな手が無線機を掴《つか》み取《と》り、そして息を吸って吐いてから、スクール水着に身を包むレイスはこう切り出した。

「スレーブ21よりマスター００。現場は異常なし」

『あっはは、符丁が足りないなあ誰かさん。けどまあこのタイミングで沈没船の中まで踏み込んでくるとはなかなかの精度だね。ひょっとして同世代かにゃ？』

「……言うほど大した話じゃない。ここには私の他にも別口から人が集まっているぞ」

『どっちみち同じ事だよ。アンタ達は周回遅れ。そうだね、あたしより三日ほど時間の流れが遅れている。何をどうしたところであたしには追い着けない』

「何故《なぜ》そこまで破滅を願う？」

『ちっちっちっ。それじゃあ筋が通らない。アンタが本当にマティーニシリーズの一人なら、感覚で分かるはずだよ？　理由があるからやるんじゃなくて、ないから見逃さない。あたし達ってそういうものでしょ』

「たかが辺境の艦隊を汚染した程度でどうにかなるとでも？　いっそ尊敬するほど愚かだな、一体どれだけの最新鋭機がマンハッタンを守っていると思っている!!」

『にゃっははは!!　……その考え方がもう周回遅れだっつってんのさ』

ズンッ!!　という鈍い震動が沈没船を襲ったのはその時だった。

元から横倒しになった兵站輸送船《へいたんゆそうせん》で、不安定な海底に置いてあるだけだ。何かのきっかけでさらに崩れたり転がったりする可能性も否定はできないが、おそらく違う。

これはもっと、不吉なモノだ。

あちこちにライトの光を振るクウェンサー達の耳に、ピラニリエの嘲弄《ちょうろう》が滑り込む。

『カタリナの婆《ばあ》さんには積もる話も色々あったんだけど、まあ、このまま「正統王国」だの「資本企業」だのに拾われるくらいなら真相の一部と引き換えにしてでも闇に葬《ほうむ》っちゃうべきかなあ？　ねえ、どうだと思う婆さん？』

「何を、」

『さあて問題。「正統王国」が重宝しているニューカリブ島はどういう理屈で出来上がった人工島でしょう？　そして海底火山に手を加えられるのが、ヤツらだけの特権だとでも？？？』

さらに不気味な震動が一つ。

まずい……とクウェンサーは直感で得た危機感に具体的な論理が追い着くのを実感した。

「人工噴火だ!!　ヤツら爆薬なりオブジェクトの砲撃なりで海底のマグマ溜《だ》まりを刺激しようとしている。このままだと真下から噴き上がる溶岩に呑《の》み込《こ》まれるぞ!!」

「……様々な事情でこう着状態に陥った戦線を復帰させるため、ピラニリエはあらゆる技術を学んでいます。火山島の出現を利用したＥＥＺ、領海、国境線の引き直しもそうした一環として習得しているはず」

『言っておくけど、沈没船から抜け出せばめでたしめでたしなんて風には思わないでよね。範囲は、もーっと、広いのよん☆　あははははー!!』

もはや拘泥《こうでい》していられなかった。

水着姿のレイスは無線機を放り捨てると、指を軽く鳴らして、

「フランク」

それだけで伝わるらしい。執事のような青年がカタリナ＝マティーニの腕を摑《つか》む。

ようやっとヘイヴィアが職務を思い出した。

「あっ、おい!!」

「この優しいおねいさんの水着姿が恋しいのかもしれんが、こんな事でいちいち呼び止めてくれるなよ。別に今すぐ別れるなんて話じゃない。それに今はカタリナをどちらの勢力に渡すかなどで嚙《か》み付《つ》き合っている場合でもない。何にせよ、生き残りたければ同じ行き先を目指す事になるだろうしな」

「どういう……？」

疑問を投げたクウェンサーの方がまだしも聞く耳を持っていると判断したのか、黒い水着を着た金髪の少女はこちらへ振り返りつつ、

「間もなく海底火山が立て続けに噴火を起こす。海中にはいられんが、上に出れば『レーザー

ビーム０６９』……失礼、微笑《ほほえ》ましいほど哀れなセンスで言うところの『ナイトロジェンミラージュ』の餌食《えじき》になるのがオチだ。あるいは『正統王国』の尻に押し潰されるかもしれんが」

「……、」

改めて突き付けられて、顔を真っ青にするクウェンサー。

何の癖なのか、レイスはレイスでペンでも探すように虚空《こくう》で手をさまよわせながら、

「距離的な問題を考えれば人工火山島ニューカリブ島まで逃げ切るのも難しい。というか最悪、あそこまで連続噴火が伝播《でんぱ》してしまうリスクもあるだろうし」

「ならどうしろって言うんだ……？」

「一つだけ安全地帯があるだろう。海底火山のダメージを受けず、ピラニリエの傀儡《かいらい》と化した第二世代の砲撃を受けずに済むこの世の天国が」

レイスは人差し指を真上に突き立てながらこう宣告した。

「『情報同盟』整備艦隊。どこにピラニリエ＝マティーニ＝スモーキーが相乗りしているかまでは知らんが、その船に乗り込んでしまえば、オブジェクトは高過ぎる火力が仇《あだ》となって我々を攻撃できなくなるはずだ」

距離的には、確かにニューカリブ島よりは近い。

自分で駒を置いた人工噴火やオブジェクトでわざわざ自滅するような位置取りに艦隊を置くほど、天才少女計画の産物の頭は弱くないだろう。

「カタリナ、設計者の貴様に尋ねたい。一〇〇隻以上の船のどこにヤツはいる？」

「中央のフラッグシップ０１９。ここは複雑に裏を読むより、ストレートに考えて問題ないでしょう。プロファイリングで紐解《ひもと》くまでもなく、あの子はそういう人物像に仕上がっています」

さも当然のような答えがあった。

カタリナにとっては資料のページをめくる必要もないのか。ひょっとすると、少女達一人一人というよりも、切り取られた『母』のどの部分が顔を出しているのかを思い浮かべるだけで良いのかもしれない。

が、

「じっ、冗談じゃねえぞ。戦争にだってルールがあるんだ。マティーニシリーズが顔出した途端にこれだぜ、今度は俺らに整備基地ベースゾーンを踏み越えろってのかよ⁉」

「最後までお利口さんでいたいなら止めはせんよ、愚かなほどに優等生の豚ども。ただ具体的に生き残りたい者は、『情報同盟』のダイバー達が使っていた潜水艇の数と定員を意識した方が良いな。……ひょっとしたら全員は賄えないかもしれん」

ドンッッッ‼‼‼　と、一際《ひときわ》大きく沈没船が揺さぶられた。

もう待っていられなかった。

クウェンサーとヘイヴィアが互いの顔を見合わせて走り出すのと同時、他の『正統王国』兵も一斉に動き出す。ライトの光をあちこち振り回し、追いつ追われつ抜きつ抜かれつ、もうちょっとで互いの髪を摑《つか》み合《あ》いそうな勢いで小型潜水艇の係留ポイントを目指す。

「ちょっと待て誰か婆《ばあ》さん連れてねえのか⁉」

「知るかよじゃあヘイヴィア引き返しなよ‼」

……相手がカワイイ美少女じゃなかったのがいけなかったのか、あるいは縁側で背中を丸めている柔らかい感じのカワイイおばあちゃんじゃなかったのがまずかったのか。

そして実際に辿《たど》り着《つ》いてから馬鹿どもは気づいた。

「……おい、想像以上に数に余裕あるぞ」

「ちくしょう、情報戦で敵を踊らせるのは向こうの十八番《おはこ》だってのか。ふざけやがって‼」

とにかく乗り込むしかない。

ピラニリエの行動予測に必要な設計者、カタリナをまんまと強奪したレイス達もまた、乗り物を使ってこの海域を脱出する以外に生存方法はないのだ。何なら少女の尻にビタリと張り付いて停船を要求しても構わない。武装がなければお姫様任せになるが。

化学素材でできた巨大な両刃の剣のようなシルエットに複数人が分乗し、クウェンサー達は沈没船から離れる。

直後にオレンジ色の大爆発があった。

「うわあっ⁉」

「冗談だろ、いきなり錆《さ》びた船が真っ二つにされやがった‼」

一点が破裂してしまえば後は早かった。冷たい海底に次々と大きな亀裂《きれつ》が走り回り、クウェンサー達を乗せた潜水艇をも追い抜いていく。あれだけ恐ろしかったダイオウイカまで小魚のように逃げ回っているのが分かった。地の奥からオレンジ色の輝きが滲《にじ》み出《で》たかと思ったら、ギロチンを逆さにしたような大噴出が襲いかかってくる。

「浮上だミョンリ、とにかく急速浮上‼」

「やってますって！　でもなんか舵《かじ》がおかしいんですっ、ヤバいひっくり返りそう‼」

個人装備ではなく、船の通信機から連絡が入ってきたのはその時だった。

『ザザザ！　この距離なら海中でも電波は届くと信じて助言しよう、勤勉で愚かな隣人達。海底火山噴火時には分かりやすい溶岩の他に、大量の窒素や二酸化炭素が溢《あふ》れ出《だ》す。それらが海水に溶けてしまえば毎度お馴染《なじ》み炭酸水になるぞ。船が無数の気泡に包まれると舵《かじ》が効きにくくなる他、浮力が増して想像以上に船体が持ち上がるから気をつける事』

「上から目線で語りやがって……ッ‼」

「そうか、なんか余裕があると思ったらレイス達は自前の潜水艇で乗り込んできていたんだったな」

『ちなみに静穏移動専門の諸君らと違って我が方は護身用として短距離の魚雷を四発積んでい

る。くれぐれも私を怒らせるなよ、それが生存の第一条件だ』

馬鹿二人はそっと金玉を縮めた。

『目的の整備艦隊はここより北北西に二〇キロの位置だ。すっかり炭酸に揉《も》まれている頃だとは思うが絶対上に顔を出すな。ただでさえ馬鹿デカいマグロの回遊コースで、しかも自前の人工噴火のせいで海の宝石も散々パニックを起こしている。今この時に限り、このサイズの船が海中を進んでいても連中のピケット艦には捕まらん』

なおも至近で噴き上がる溶岩や大小無数の噴石、挙げ句に暴れ回る大型魚などからの体当たりまで。様々な脅威と紙一重の位置をすり抜けながら、クウェンサー達『正統王国』のジャガイモ達は『情報同盟』整備艦隊の真下を目指す。

ヘイヴィアは恐る恐るといった調子で、

「……ピラニリエはともかくとして、周りの兵士達はどうして無謀な作戦に参加しているんだ。マンハッタン攻撃なんかやったって自分を追い詰めるだけだ。胸糞悪《むなくそわる》い話だが、事と次第によってはテメェの家族だって責め立てられるかもしれねえんだぞ」

『マティーニシリーズならという区分は正直に言って苛立《いらだ》つ意見だが、まあ美人で寛大な私は聞き流してやろう。その辺は「情報同盟」の特色かもしれんな。知っているか、正義に忠実な者は甘言に惑わされて道から外れると、そのままマジメに脱線を続けていくという話を』

「……マジかよ……」

『勇気が出なくていじめを止められなかった？　だけどぼくちんは最後の一線だけは守って決して参加しなかった？　違うな、全然違う。そいつは単に見て見ぬふりをする事にひたすら努力し続けた皆勤賞だ。誰が褒めてくれる訳でもあるまいに、愚直なほどに見捨てるという選択肢を貫いていじめの露見を防いだ功労者だ。悪事なんてそんなものだよ。ちゃらんぽらんなヤツが引き金を引いて、真面目なヤツほど徹底する。だから集団っていうのは止まらんのだ、何かがおかしいと心の中で思っていようが、決して口から出る事はない。出せば真面目じゃなくなるし、真面目じゃなくなった小市民は転落して死ぬと散々教育されてきたからな』

情報を駆使して体制をコントロールするのが『情報同盟』のピラミッド構造だ。

それはつまり、自分で自由に選択できるように見せて選択させない、実際には都合の良いように操られている事を自覚させない社会の構築を目指している。

細かく細かくジャンルを区切っていけばどんなニッチな本だって瞬間最大風速で売り上げ一位と表記できるように。スラムか金融街か、どこの街角で一〇〇〇人からアンケートを取るかで過半数の意見なんぞ好きなように調整できてしまうように。

メジャーどころしか摑《つか》もうとしない人間は、トップワードに何を表示するかで簡単に操れる。

そしてフラッグシップ019を中心とした整備艦隊にとって、ピラニリエ＝マティーニ＝スモーキーがそのトップワードと化しているという訳か。

「……『正統王国』も散々だって思っていたけど、どこだって地獄なのは同じか」

『少なくとも「しあわせ」な暮らしは約束するよ、そもそも民衆には疑問を抱くチャンスを与えんからな。それを一つ上からくすくす笑って眺めている管理者だって、同じように笑われている事には気づかんのだ。後はその繰り返しさ、きっと私も一つ上から笑われている』

そうこうしている内に海底火山の噴出の勢いが弱まってきた。

地獄の海域を抜けて距離を取ったというのもあるが、それ以上に目的の座標へ到達した事が大きいはずだ。

真上には早期警戒用のピケット艦。

そしてさらに奥へ、丸々太った魚の群れのような灰色の艦隊が次々腹を見せてくる。

「フラッグシップ019は……」

「スクリューの形だミョンリ。前に盗聴ロボットで乗り込んだ時にも見てたろ」

複数の護衛艦に守られた、一際《ひときわ》大きな巡洋戦艦の腹が見えた。

複数の小型潜水艇がじわりとにじり寄り、標的の特徴を確認してから音もなく浮上する。ヘイヴィアが潜水艇の備品だったロープを持ってハッチを開けると、先端を特殊な形に縛って真上へ放り投げる。

手すりの突起に固定させると、すぐさま登攀《とうはん》が始まった。

八、九メートルほどなので、慣れている者にとっては一分とかからない。

「みっ、ミョンリ、慣れない俺を引っ張り上げて！」

「……なんか今回狙い撃ちにされていませんかね……？」

運動不足のモヤシ系を上から引っ張り上げながら優等生のミョンリは大いに首を傾《かし》げていた。ちなみにいくら大部分を自動化、電子化しているとは言っても甲板上に見張りの兵くらいはいるので、不届き者が乗り上げればすぐバレる。

すでに始まっていた。

パパンスパパン!!　という短い連射の応酬と共に、ヘイヴィアがアサルトライフルで何人か射殺している。

「くそっ、女かよ。戦艦一隻で二〇〇人くらいだっけ？　中隊クラスだぞおい、鋼のゴーストハウスで小さな戦争なんて真っ平なんだがここからどうすんだ!?」

「それ以前に周りの護衛艦が反応するって!!」

ようやっと手すりを乗り越えて無賃乗船を果たしたクウェンサーはとりあえず艦内に逃げ込もうとしたが、それより前におかしな動きがあった。

ハイウェイの街灯のように一定の間隔で巡洋戦艦側面に敷設《ふせつ》されていた近接防御用のガトリング砲が、家電量販店の扇風機コーナーのように、一斉に首を振ったのだ。

ヴヴヴヴヴ――――――――――ツッッ!!!!!!　という壊れたブザーのような爆音と共に、フラッグシップ019から解き放たれた横殴りの雨がすぐ隣の護衛艦の表面をバラバラに崩していく。人も物もお構いなし。おかげで対岸の火事を見てライフルを構えるくらいの感覚だった護衛艦の水兵達が泡を食って分厚い装甲板で守られた艦内へ引き返していく。

お久しぶりの電子シミュレート部門、（一七歳♀）リリム＝ガゼット（ゲロ吐き乙）が携帯端末片手に意地悪な笑顔で親指と人差し指をくっつけて輪を作り、こんな事を言っていた。

「にっひっひ、外からのサイバー攻撃には強くても中から汚染される可能性は考えていなかったようですにゃあ。後付けなのかな、近接防御のガトリングとかミサイルとかがＩｏＴ家電みたいに接続されてるしい。ま、受け身な近接防御と違ってこっちから攻め込む艦砲やミサイルなんかはＣＩＣまで直接出向く必要がありそうだけど」

だがすっかり至近の爆音で目を回している馬鹿どもにはサッパリ何にも聞こえていなかった。

「……どぼっ……何を……ッ‼」

「ドヤ顔、ぶん殴っ……奥へ逃げるぞ‼」

「……おっぱい……‼」

どさくさに紛れて感極まったミョンリの口からとんでもない一言が洩《も》れていたような気がしたが、爆音の渦中《かちゅう》なので詳細不明だ。ひょっとしたら何かの聞き間違いかもしれないし、そうではないのかもしれない。

こんな所にいたら難聴になるわどこから弾が飛んでくるか分からないわなので、とにかくクウェンサー達は水密扉を開けて艦内へ転がり込む。

そっと一息ついている暇もなかった。

意外と狭い通路の角からセーラー服の女性兵士達がバタバタと足音を立て、顔を出してくる。

「やべっ!!」

浸水に備えてどこもかしこも分厚い水密扉なのは良い事だ。適当な船室のドアを開けて盾にしながらヘイヴィア達が応戦を始める。

が、

「危ないって何これ火花がすごいよあちこち跳ね回ってないか!?」

「ショットガン来ます!」

「あーっ!!」

複雑に入り組んだ構造で、かつ壁も扉も分厚い鋼鉄製だとアサルトライフルの利点はほとんど潰されてしまう。射程の長さは関係ないし、壁やドアを撃っても貫通しない。その分、近距離で絶大な威力を発揮するショットガンの方が相性も良かったりする訳だ。

このままだと肉薄されて大損害まっしぐらなのだが、実際はそうならなかった。

そもそも武装した水兵服の少女達はどうして角を陣取らず、直線通路へそのまま体をさらしたのか。

パン！　スパン!!　と全然別の方向から銃声が炸裂《さくれつ》した。

あの沈没船で耳にしたのと同じだ。そして銃声自体はセーラー服の女性兵士達がやってきたいたのだ。

方、角の向こうから響いている。ヤツらは攻め込んできたのではなく、逃げて追い立てられて
「うっぷ、やっぱり女の子の死ぬトコはきつい……」

「何だありゃ……。アサルトライフルでもできねえ壁抜きをやらかしてやがるぞ」

一人、また一人と摘み取るように破壊されていく水兵達。

そしてぬっと角から顔を出したのは、例の黒い軍服のレイスと執事のような青年の組み合わせだ。ただし黒い軍服のレイスの右手には小さな拳銃を、フランクは砲身を短く切ったリボルビング式のグレネードのようなものを摑《つか》んでいる。

だがクウェンサーは無視して叫んだ。

「何だよ、スク水タイムはもう終わりかよ！　どうして着替えちゃったの⁉」

「こっちが正装だ。……そんな露骨にがっかりせんでくれ、何だか私が悪い気になるだろ。まったくセクシーなおねいさん過ぎたかな、仕方がない。機会があればまた着てやるさ」

やれやれとレイスは首を横に振ってから、

「それにしても出遅れているな『正統王国』。よもやこの状況で勤勉にも給料分しか働かんなどと言い出すつもりかね？」

「……冗談だろ、今の壁抜き、グレネードでやったってのか？　爆発なんて全くなかったぜ」

「感動するほど愚かだな。確かにベースはそうだが、砲身をタングステン鋼に差し替えて中身

のぎっちり詰まった鉛弾を支給している。言うなれば世界最強のマグナム弾だな」

俗に言う対物ライフルが一二・七ミリで、グレネードが四〇ミリだから、単純に口径でなく全体の質量で考えると、鉛の弾頭の重さは、炸薬《さくやく》の量は、うん何倍か計算するのはもうやめよう、とクウェンサーは笑顔になった。答えを出しても良い事なんか何もない、どっちみち金玉が縮むのは間違いないのだ。

（……マティーニたんに気を取られがちだけど、あっちの優男《やさおとこ》も優男《やさおとこ》でバケモンだぞ。いやでも、一発芸に頼るって事は案外俺と同じ人種か？　ヘイヴィアみたいな基礎を固めていないから、地金が出るのを恐れてインパクト勝負に走っているのかも……？）

ちなみにマティーニたんと呼んでしまうと例の婆《ばあ》さんまで当てはまってしまうのだが、そのカタリナは青年に腕を摑《つか》まれたまま大人しくしていた。その気になれば万力以上の力を発揮できないとおかしいので、下手な手錠よりしっかりしているはずだ。特に何もしなくても、閉鎖環境での籠《こも》った銃声の連続だけで打ちのめされてぐったりしているのかもしれない。

「我々はこれから艦を制圧してピラニリエと決着をつける」

「大丈夫かレイス、この船でもネズミやフナムシが確認されているぞ。俺には抱っこしていい子いい子してやるくらいしかできないが」

「次そのネタで私をいじったら四肢をもいで臓腑《ぞうふ》を引きずり出してやるからな……‼」

赤い顔で叫ぶレイスの横で、老婆のカタリナが冷静に語りかけてきた。

「決着？　序列七位の構造を考えれば、彼女は艦橋か戦闘指揮所……つまり最も堅牢《けんろう》な『頭』を押さえたがるはずですが」

「お前が望んだ事だろう設計者。艦内には二〇〇人以上の水兵が乗船している。ちょっとした中隊規模だが、そこまで恐れんで良い」

「あん？　何でだよ」

　ヘイヴィアが怪訝《けげん》な顔をすると、レイスは指先で自分の金髪をいじくりながら、

「整備艦隊に蔓延《まんえん》している悪い空気の出処はピラニリエ＝マティーニ＝スモーキーという行政システムの象徴だ。だがそこにこの私、トラブル処理専門のもう一人のマティーニが乗り込んだんだぞ。新しい秩序を投じ、司令塔を二つに増やせば意外と簡単に一極支配は揺らぐ。いじめを蔓延《まんえん》させたクラスのトップ集団が、学校の外に出た途端ターゲットのバイト仲間に取り囲まれるのをクラスメイト一同が見てしまった時のようにな」

　適当に言いながら、レイスは粘着テープのロールをクウェンサーの方に放り投げた。

「ホールドアップ要求に従うなら手足を縛って口を塞《ふさ》ぎ、従わなければそのまま殺せ。別に水兵達を気遣う義理はないが、『情報同盟』将校として抵抗をやめれば助かるという『誘惑』は意外なほどに強く効く事だけは助言しておこう。これは理想ではなく、経験に基づく話だ」

「……つまり合法的にセーラー服の少女達を縛れる絶好のチャンスだと？（ピシッ）」

「どこのどの辺が合法に見えるのか言ってみろクズ」

話し合いは終わった。

『ナイトロジェンミラージュ』がどれだけ強敵だろうが、整備艦隊全体を暴走させているピラニリエを押さえてしまえば混乱は止められる。

「そうそうレイス、辺りに潰れたフナムシみたいなのがあるかもしれないけど心配するな。多分うちの盗聴ロボットの残骸があちこちに転がっているはずだ。しかし怖くなっちゃったらお前は抱き着いてきても良いし、俺が高い高いしてやっても構わない」

「……警告はしておいたはずだぞ……？　どうなると言ったか復唱してみろ」

言い合いながらも、ふとクウェンサーが船窓から海へ目をやった時だった。


ゴッツッガッツッ!!!!!!　と。

青白い窒素レーザーが空気を焼き、容赦なくフラッグシップ０１９の艦橋を抉《えぐ》り取《と》った。

13

雑音があった。

問題解決に際し、無用なハードルとなる雑音だ。

『正気かね中佐、友軍の死亡確認も取らず交戦海域全体の海底火山を刺激するなどと!!　良いか、生死不明という事は書類上その時点では心肺が停止していようが死亡したとはみなされない。これで冷えた溶岩の中から部下の亡骸《なきがら》が出てきた場合、君の誤爆で初めて戦死が確定したと判断される可能性もある事を忘れるな!!』

『そもそもニューカリブ島近海はマグロの海洋資源回復を企図した国際的な保護海域ですぞ。同海域の保護を名目に「正統王国」の整備基地やオブジェクトへ切り込むならともかく、海洋環境そのものに打撃を与えるような作戦展開をされますとですな、体面というものが……』

『何か勘違いしているのではないか？　貴君に任せたのはデリケートな海域での作戦展開であって総力戦ではない！　そもそも艦隊司令はこの私だ!!　外から助言を与えるだけのゲストが、一体いつの間に部下の命を顎《あご》で差して散らせるほどに偉くなった!?』

『本件は上に報告させていただく』

『マンハッタンのパノラマを楽しむ「本国」のお偉方が耳にしたら、さぞかし驚くだろうな！天才少女計画だか何だか知らんが、数千人もいるという事は替えが効くという事だ。いつまでもその特権の傘に入っていられるとは考えるなよ、必ず思い知らせてやる!!』


対する答えは一つだった。

経緯は色々あるが、天才少女計画は凝り固まった大人達の作った仕組みからは出てこない答えを弾《はじ》き出《だ》すためのプロジェクトである。

ある意味において、彼女は忠実だった。


「うーん、そろそろ『錆《さ》びてきた』かにゃあ。こいつらも」

14

たった一発で二〇〇メートルを超える巡洋戦艦が激しく揺さぶられ、クウェンサー達は立ってもいられなかった。直撃を受けたやや右舷《うげんよ》寄りの艦橋はもちろん、船全体が激しく身をよじり、耐えられなくなった壁や配管が次々破断していくのが分かる。

「やべっ、なんか配管破れてんぞ！　赤いパイプはスチームだ、高温の蒸気に注意!!」

「レイス、何でこんなトコにばあさんを連れてきた!?」

「外の潜水艇にでも残しておけば良かったか？　驚嘆すべき無意味な博愛精神だな。これでも私は利用価値がある内は人道主義を気取っているつもりなんだが」

『ぴんぽんぱんぽーん』

そんな中、艦内放送を使って分かりやすいコンタクトがあった。

これでは周りの水兵達にも聞こえてしまうのだが、もはや気にする心もないらしい。

『艦内の混乱から大体の事は予測がついているよ。やっぱり乗り込んできたな同世代。ま、それ以外にあの状況から生き残る術《すべ》はないもんねえ？』

「正気かあの野郎……。自前のオブジェクトで自分の乗ってる船を撃たせるだと⁉」

「まさにマティーニシリーズ、ですね」

この場で言葉を放ったところで相手に届くはずもないのだが、こちらの疑問など先読みしているのかもしれない。

『だいじょぶだいじょぶ、「レーザービーム069」の命中精度はかなりのもんだから、船が沈まない程度に窒素レーザーで肉抜きしてくれるよ。あたしは問題解決にあたり、邪魔なものから順番に撃ち抜かせていく。それはフラッグシップ019へ侵入した敵性分子であり、人様の権限を制限するロートルどもであり、そして戦闘を放棄して自ら無力化されたがる敗北主義者どもでもある』

「まずいっ、窓から離れろ‼」

ガカァッッッ‼　という恐るべき閃光《せんこう》が再び真横から巡洋戦艦へ襲いかかった。目も眩《くら》むような閃光にクウェンサー達は視界を潰されかけるが、やられたのはここではない。蒸発したのは別の場所から乗船した『正統王国』の部隊か、あるいは手すりを越えて海へ飛び込もうとした『情報同盟』のセーラー服どもか。

青年に庇《かば》われたレイスが、携帯端末のマイク部分に口を寄せていた。おそらくは経路を偽装しつつ、同じ『情報同盟』将校権限で艦内放送へ割り込んでいく。

『レイス＝マティーニ＝ベルモットスプレーだ、専門はトラブル処理。総員注目!! ピラニリエは恐怖で味方を縛ろうとしている。艦長以下を抹殺したのも不当に権限を一本化するつもりだ、甘言と恫喝《どうかつ》に揺さぶられるな！　今なら諸君らに軍法裁判は必要ない!!』

『にゃーははー!!　同世代に敬意を表していたんだけど、なーんだ序列四九位か。低い低い。そんな言葉が通じるかなあ？　それから移動の際は突然の落雷にお気をつけて。まあこれでもあたしだって天才少女計画の成功作の一桁台、序列七位よ。窓から人影が見えなくたって、大体の駒の動きは予測できるんだけどね？　あははははー!!』

「く、狂ってやがる……。そこらじゅう配管と火力の塊なんだぞ。同じ船に乗ってんだろ、機関室とか火薬庫の誘爆が怖くねえのか!?」

泡を食ったようなヘイヴィアだが、対照的な声がもう一つあった。

「そう演出して交渉不能な風に装《よそお》っているだけですよ。無条件で従わなければ死ぬだけだとね。人や情報の出入りを制限して交戦区域を区切った上で、領域内部の空気や雰囲気をパニックで呑《の》むのはピラニリエの常套手段《じょうとうしゅだん》です。本番の前の下拵《したごしら》えと呼んでも構わない。……私の母、カサンドラも大量の食糧を抱え込む備蓄倉庫を狙う時はまず周りを焚《た》きつけて暴動を起こすところから始めていました」

カタリナの柔和だが突き放すような物言いに、そういう風に作られたレイスは反目の視線を投げて、ペンでも探すように虚空《こくう》へ手をさまよわせながら、

「難度に変更はあっても予定は変わらん。艦橋が消失した以上、ピラニリエは戦闘指揮所に陣取っているだろう。ヤツを止めん事にはオブジェクトの砲撃も止まらんはずだ」

奥への移動が始まった。

ちょっと気を緩めるとあちこちの船室のドアから『情報同盟』の女性兵士達が顔を出す。当然、あの放送と『ナイトロジェンミラージュ』の行動を見れば、ピラニリエへの心酔など容易《たやす》く解けてしまう事だろう。

だが関係なかった。

『構え！　総員構えェ!!』

『やだよ怖いよほんとに撃たれちゃうよ、何で「クリーンな戦争」で私達がこんな……』

『うるせえ戦意なしとみなされればオブジェクトの砲撃が飛んでくるのよ。連帯責任なんてごめんだわ、行かなければ私が背中を撃つ。良いから早く前へ出なさいよお!!』

死の恐怖に囚《とら》われて、絶対見せちゃいけない女子の顔が目一杯出ちゃっていた。

「うえっぷ、どうしてどいつもこいつも女ばっかりなんだ！　ああもうっ、こんなセーラー地獄なんか真っ平だっ、一〇〇人斬りってのはベッドの上で挑戦するもんだろうがー!!」

「男女比が偏っているのは、貴様達の島を襲う段階で男どもが駆り出されて一足お先にボコボコにされたからだろうよ。残酷なほど世界は平等だ」

次々押し寄せてくる『情報同盟』の水兵達を、ヘイヴィアやミョンリ、レイスが次々撃っていく。船の連中は数だけ揃《そろ》っていても元のポテンシャルが全然活《い》かされていない。そもそも『機を待つ』という選択肢を封じられて総攻撃を命じられるばかりなのだ。ポーカーにしてもボクシングにしても、がむしゃらに前へ出るだけではボコボコにされるのがオチである。これではほとんど訓練所にあるレールに沿って進む紙の的と変わらない。

「チッ！」

通路の壁にペンキのように真っ赤な血の跡をなすりつけながら床へ崩れていく水兵の少女を見て、レイスが舌打ちした。あろう事か、この混乱の中で身を屈《かが》めて止血帯を取り出している。

「寄り道してる余裕なんかねえよっ！　ここで撃つのやめたら押し流されちまう!!」

「これまでの戦闘とはルールが違う。混乱終息のためならいくらでも冷酷になるがこれはそうじゃない。ピラニリエに脅されて打算で裏切っているのではない、本人にも制御の利《き》かん暴走なら彼女達に罪はな……ッ!!」

パン!!　という間近の銃声がレイスの言葉を遮った。

ヘイヴィアのアサルトライフルの銃弾が、座り込む負傷兵の脳天をぶち抜いたからだ。どうにかして友軍の命を繋《つな》ごうとしたレイスの白い頬に、容赦なく返り血が跳ねる。

『繋《つな》ぎの死神』らしからぬ、感情剝《む》き出《だ》しの叫びがあった。

「貴様……っっっ!!」

「良く見ろ、サイドアームの拳銃を握り込んでやがる！　トドメ刺すまでが遠足だ、途中でやめたら俺らの方がゼロ距離から撃たれちまう!!」

馬鹿から飛んできた思わぬ正論に、黒い軍服の少女の顔がくしゃりと歪《ゆが》んだ。

もちろんヘイヴィアだって好き好んで血の華を咲かせたい訳ではない。

あまりの光景に打ちのめされて戦意を喪失しかけているレイスを不良貴族が引きずるようにして進む。なおも皆殺しのパレードを続けながら、時折口元に手を当てようとする素振りが窺《うかが》えた。

「……結果第一主義の悲劇だぜ。うっぷ、胃もたれしそう」

呻《うめ》くヘイヴィアの横で、レイスが携帯端末に口を寄せていた。

自身の声があちこちのスピーカーから炸裂《さくれつ》する。

『ピラニリエは支給された人材と資源をその都度使い切るつもりだ！　そうしないと上が危機感を忘れて次の予算を削られるから、その程度の気持ちでな!!　年末の道路工事と同じ感覚で命を散らすつもりか、もう一度考えてみろ。良いかピラニリエはすでに「情報同盟」軍の命令系統から外れた存在だ、勤勉に従っても軍法裁判で裁かれるだけだぞ!!』

ぐっ、と総力戦の歯車がわずかに詰まった。

しかし、

『あれぇ？　レイスたんはこの破滅の泥船で生徒会長選挙戦でもお望みかな。まあ校内放送でも討論会でも良いんだけどさ』

『っ、総員伏せろぉ!!』

ガカァッッッ!!!!!!　と恐るべき閃光《せんこう》で眼前の壁が真横にぶち抜かれた。

クウェンサー達を狙ったものではない。明らかに照準はよそを向き、そしてまごまごしていた『情報同盟』のセーラー女子が溶けた鋼鉄と一緒に蒸発していった。

艦内放送は告げる。

『ねぇ四九位。民主主義に基づく決定なんて、最低限の身命が保護されて初めて成立するもんだよ。横一列に並べて頭の後ろに銃口突き付けている状況で、正しい判断だの自由な選挙だのが成立するとでも思ってるぅ？』

『ピラニリエ貴様ぁ!!』

『どうせアンタだって書類感覚で兵を使い倒しているだろうに。はいはーい。皆さんは序列四九位と七位、どっちが勝ち残ると思うかにゃ？　もちろん負ける方についたヤツは皆殺しだ、なので皆さん奮ってご参加くださいませねー☆　ちゃんと頑張らないと頑張るまでやる気を注

入しちゃうよん。だいじょうぶ、事実なんていくらでも曲げられるよ。証言者さえいなくなればね？』

ムチャクチャだった。

だけどそのムチャクチャによって、『情報同盟』の流れが再び変わる。

一度は理性的に踏《ふ》み止《とど》まりかけた女性兵士達が、結局理想論では身を守れないという事実に絶望して次々突撃してくる。

「ああ、見た事があります……」

「黙ってろ」

「母が私のために離乳食を強奪した時もそうだった。同じく餓《う》えた人々を焚《た》きつけておいて、失敗すれば皆殺しにされると後出しで宣告するんです。そして引くに引けない死にもの狂いの大混乱を潜《くぐ》り抜《ぬ》け、母だけがろくに追跡も受けず安全に離脱する……」

「良いから悪臭まみれのその口を閉じろクソババア!!」

まるで癇癪《かんしゃく》でも起こしたようにレイスが叫んでいた。

しかし、何も敵は遠くからやってくるだけとは限らない。

向かってくる突撃を押し返すためにアサルトライフルや拳銃で弾幕を張るヘイヴィアやレイスのすぐ横で、半開きの水密扉がゆっくりと動いた。

フランクがすぐに気づいて大砲のようなマグナムを船室へぶち込むが、事態はそこで終わらなかった。千切れた敵の腕が宙を舞い、そしてその手はピンの抜けた手榴弾《しゆりゆうだん》を掴《つか》んだままだったのだ。

「ッ⁉」

猶予は三秒から五秒。

今のまま起爆すれば狭い通路にいる全員が爆風と破片にやられる。

そしてとっさに後ろではなく前へ飛び出したレイス＝マティーニ＝ベルモットスプレーの意図は明白だった。

だが彼女のアクションが完了する前に横槍《よこやり》が入る。

覆《おお》い被《かぶ》さって爆風を抑え込もうとしたレイスより早く、床に転がったままのカタリナがその足で開いていた水密扉を蹴飛《けと》ばしたのだ。ドアの動きに合わせて手榴弾《しゆりゆうだん》が船室の方へと弾《はじ》かれ、密閉された鋼の箱の中で爆発する。

「……何故《なぜ》助けた？　貴様の忌《い》み嫌《きら》うマティーニシリーズが一つ減る好機だったのに」

「あなたが継承しているのは、おそらく安全な衣食住のため荒廃した避難所を立て直し秩序を回復させたカサンドラ＝マティーニです。でもあの時、母は全体の脅威を眺めるあまり至近に潜り込まれた強盗から脇腹を刺されそうになっていた……」

「そうではない、弱点が分かっていたならそのまま流して見殺しにもできたはずだ」

冷たい少女の詰問《きつもん》に、老婆はくしゃりと顔を歪《ゆが》めた。

「それが最大効率なのは分かっている。最良の選択が何なのかくらい分かっているんです」

カタリナは自分が何をしたのかが信じられない顔になっていた。

彼女はしわくちゃの顔の中でぎゅっと両目を瞑《つぶ》って、

「でも、どうしても目の当たりにすると、できない。死んでしまった方が良かった事にできない……」

「……、」

ふんとレイスは小さな鼻から息を吐く。

言葉の真意についてしつこく問《と》い質《ただ》している暇はない。こうしている今もあちこちから味方に背中を狙われた『情報同盟』の女性兵士達が雪崩《なだ》れ込《こ》んでこようとしている。

激しい銃声と、赤と黒しかなかった。

『倒すべき敵』とみなせないためか、この期に及んでまだレイスの拳銃は暴走兵の手足を狙って無力化を図ろうとしているが、上から被《かぶ》せるようにヘイヴィアが額や心臓へ撃ち直していく。

舌打ちしながら不良貴族が叫んだ。

「これじゃ弾の無駄だ！　やると決めたらきちんと撃て!!」

「～～ッッッ!!」

「指一本動けば引き金は引ける、手榴弾《しゅりゅうだん》のピンだって抜ける。こっちは道を塞《ふさ》ぐ地雷の上をまたいで進む訳にゃいかねえんだよ！　ミョンリ、テメェもだ！　そのサブマシンガンからばら撒いてんのはPDW用の小口径制圧弾だ、どっちみち手足に当てても砕けた骨が動脈を引き千切るだけだから救済にゃならねえぞ!!」

正論ではあるだろう。ただし無責任に戦闘放棄しているクウェンサーからすると、ヘイヴィア達もヘイヴィア達で雰囲気に呑《の》まれ始めているように見えなくもない。敵味方を問わず、モラルの基準線が下がり続けている気がする。

これがピラニリエ＝マティーニ＝スモーキー。

ヤツのはらわた、その極彩色《ごくさいしき》の世界。

「ムチとムチしかない……!!」

「ああもう、この銃じゃ威力が高過ぎる……。CICには他のオペレーター達も詰めているはずでしょう!?　どうしてあの子を取り押さえようとしないんですか!?」

クウェンサーやミョンリの常識的な疑問を、むしろレイスは好感をもって迎え入れたらしい。合理を極めたピラニリエや、対抗するため正論を振りかざすヘイヴィア達から距離を取るように、

「……決まっている。この色鮮やかな地獄の中で、ピラニリエのいる場所だけが唯一の安全地帯だからだよ。ピラニリエが死ねばそれまでだ、相手が全ての元凶だろうが何だろうが、自ら聖域を捨ててまで正義を実行する者なんかいるものか」

だがそれで『情報同盟』の水兵達は間違った希望へすがりついていく。

一体どちらの手で殺される方が嫌か。そんなムチャクチャな選択肢だけを突き付けられた、顔中汗まみれの人影が続々と迫りくる。

「これもまた……」

「アンタの母親の面影でも見つかったか？」

「いいえ、ピラニリエ自身の研究論文にありました。タイトルは外的刺激による生体の自由なコントロール。その実態は、鋼鉄で作った迷路の中にネズミを収め、ゴールへ辿《たど》り着くよう下からバーナーで炙《あぶ》るといったものでしたが。感覚的には同じ事なのでしょうね」

チウチウ、という小さな鳴き声がクウェンサーの耳に届いた。

このタイミングで、まるで呪いか何かのように。

「……ネズミ？」

おそらく港に停泊していた時点で入り込んでいたのだろう。そういえばフナムシ型の盗聴ロボットをけしかけた時もネズミにやられた事があったか。

鳴き声は一つではなかった。

いくつもの塊が機材と機材の間からじっとこちらを見据えている。

その意味を知ってクウェンサーは背筋に悪寒《おかん》が走った。

カタリナが言う。

「こいつら、私達が死んでただの肉になるのを待っているんですか……？」

「それよりモニタリングされてんのって『情報同盟』の部下だけか？　ヤツらの軍服や銃口近くにカメラがあんなら俺らだって危ねえぞ！　そろそろくそったれのオブジェクトから一発あっても良い頃だ‼」

「ッ‼」

　もう船のかなり下の方に来ているはずだが、『ナイトロジェンミラージュ』は気に留《と》めないだろう。喫水線の下だろうが、周辺の水密扉をきちんと閉めた後に砲撃で風穴を空けてくるはずだ。

　すぐ近くを再び極太の青白い光が貫き、突撃の意志を示すのがわずかに遅れた『情報同盟』が班単位で消滅していく。

「ちくしょっ、独壇場じゃねえか！　うちのお姫様は何やってやがんだ⁉」

「すでに海の藻屑《もくず》になってない事を祈っておこう、うわあ⁉」

　クウェンサー達はとっさに大部屋へと飛び込んだ。

　しばらく待つが……予想に反してどこにも窒素レーザーは飛んでこない。

　停滞は安心を生まない。まるで抱き枕の代わりに錆《さ》びついた不発弾を押し付けられたような気分だった。『ナイトロジェンミラージュ』は今どこにいる、『ベイビーマグナム』はまだ無事なのか。どうせ詳しい話を聞いてもろくな事にはならないのは分かっているのに、とにかく情報の飢餓感が全方位からプレッシャーを押し付けてくる。

「……？　ここは大丈夫、なのか」

「何だこりゃ、中央演算室？　馬鹿デカいスパコン置き場じゃねえか」

「フラッグシップ０１９は電子情報管制艦だったはずだし、ピラニリエはマンハッタン攻撃のために何かを企てているんだろ。おそらく『ナイトロジェンミラージュ』を直接ぶつけるなんて方法じゃないはずだ。となると大きなコンピュータを使って必要な条件を計算させているんじゃないかなって思ったんだけど」

「ヤツが砲撃を躊躇《ためら》ったという事は、存外当たりかもしれん。とはいえ、今さらスパコンを破壊した程度で勤勉なほどに愚かな計画全体が止まるとも思えんがな」

手の中の携帯端末を忸怩《じくじ》たる想《おも》いで見下ろしながら、レイスが会話に加わってきた。あれだけ凄惨な現場を乗り越えてきた後だ。流石《さすが》に『繋《つな》ぎの死神』も、真っ当な会話のできる人間とのコンタクトに餓《う》えているのかもしれない。

「どうして？」

「だとしたらもっと焦《あせ》って周りの水兵の尻を叩《たた》いているはずだ」

傍《かたわ》らの青年より一歩前へ出たレイスは、強化ガラスの向こうに並んでいる大型冷蔵庫の群れのようなものを眺めて目を細めると、

「アナスタシア、か」

「……何だ？　『資本企業』のオブジェクトみたいに女の子の名前でもつけているのか？」

「もっとシンプルだよ。こいつは私の実母のがん細胞を利用したDNAコンピュータだ。既存の○と一で計算する方式に対し、ATCGの組み合わせを取り扱う事で複雑な計算を高速で実行できるとされている。死期を悟った実の母がそれでも世界に貢献したいという事で検体提供したものさ」

実母、実の母、とレイスが繰り返したのは、彼女がまだマティーニになる前の日々を思い出しているからか。あるいはこの場にいるカタリナへのあてつけか。

もしかしたら、その人物さえ亡《な》くならなければ、レイスの名字は変わらなかったのかもしれないのだ。

「それは……」

「ああ、どんな形になっても自慢の実母だよ。何しろ染色体の設計図が完全にぶっ壊れているものだから、シャーレの中に入れておけば無限に増殖するしな。アナスタシアプロセッサは大好評につき増産が進んで、今では全世界で四〇〇トンくらい細胞があるらしい」

「……お久しぶりの美談でまとまるのかと思ったのに『情報同盟』はこれだよ‼」

ともあれ、レイス＝マティーニ＝ベルモットスプレーがAI社会の隙間を埋める天才少女計画に居場所を求める理由の一端には、このDNAコンピュータの存在があるかもしれない。実の母が作っているものを、支えるためにだ。

「問題はこのアナスタシアを使って何を計算させていたのか、だな。マンハッタン攻撃にまつわる何かに決まっているんだが」

「あなたに動かせるのですか？」

「オリジナルの『お母様』とやらはテレビとレコーダーの配線で涙目になるカワイイ機械音痴だったのか設計者？　私はこういう機材が生み出す予期せぬエラーを逐一潰すために巨大な行政システムへ組み込まれたマティーニシリーズの一人だぞ」

仕組みだけ聞くと不思議な感じのするＤＮＡコンピュータだが、コンソールの画面自体は普通のパソコンと似たり寄ったりだ。ありきたりなマウスカーソルをアイコンに合わせてダブルクリックしているのが、かえっておかしく見えてくる。

小さな肩越しに画面を眺めていたクウェンサーは、大量にブラウズされるウィンドウに顔をしかめた。

「ちょっと、待て……」

「？」

「ああ、ああ。まずい。ヘイヴィア、お前覚えているか。『ナイトロジェンミラージュ』が人《じん》工蜃気楼《こうしんきろう》を使ってあちこち自由に窒素レーザーを曲げていたの！」

「今さらそれがどうしたってんだよ？」

「じゃあ折れ曲がって外れたレーザーがどこに向かって飛んでいったのかは⁉」

「あァ……？？？」

要領を得ないへイヴィアを放って、クウェンサーは自らコンソールへ手を伸ばす。背の小さいレイスの後ろからなので、ほとんど覆《おお》い被《かぶ》さるような格好だ。

「冗談じゃないぞ……。ドローンは、ああ飛んでる。水に溶ける溶媒、最初の交戦は何日前だった、女の子の名前、そうだハリケーン、偏西風、到着までは、天候兵器、空中散布の条件も揃《そろ》ってる！　……嘘《うそ》だろ、だとするとヤツの窒素レーザー自体が呼び水でしかないかもしれない。電解腐食だ、あんなにバカスカ撃っていたのは本命を隠すため、狙いが光ポンピングによるエネルギーの励起だって事を気づかせないようにするためだったんだ……!!」

「おっ、おい、きちんと説明をしろ。んっ、耳元に息を吹きかけるなっ！」

世にも珍しいわたわた顔の赤面レイスたんと無表情で殺気立っているフランク執事がいる訳だが、クウェンサーは良い匂いのする女の子すんすんどころではなかった。

真面目な顔で狼《おおかみ》さんは覆《おお》い被《かぶ》さる。

「大西洋、中南米ラインからだと偏西風が北上している。ここで発生した巨大なハリケーンが北米大陸の東側を襲うから、アンタ達にとっても馴染《なじ》み深いものだろう」

「あ、ああ、それが……？」

不規則に脇腹を指先でつつかれたように身を縮めて小刻みに震えるレイスが尋ねると、画面に集中するクウェンサーはこう続ける。

「つまりここで発生した巨大な雲は、そのまんまニューヨークまで届くんだ。きちんとしたハリケーンの形を維持する事にこだわらなければね。高層大気に細工を施していた降水量を調整するための天候兵器と同じで、ピラニリエ達は直接戦闘のどさくさに紛れて雲の中に特定の溶媒を混ぜ込んだ上で、オブジェクトのレーザーをぶち込んで励起させた。ここにリストアップされているのは色素レーザーに使われる材料だ。でもって色素レーザー自体は水……つまり雲の主成分とおんなじ物体を使ってエネルギーを増幅している」

「だからどうしたと言うのだ。雲の中にある電気的なエネルギーを増幅して？　望んだ位置で正確に落雷でも落とすのか、あるいは電磁パルスか何かで広範囲のコンピュータへダメージを与える？　その程度で世界に名だたる中心地、呆《あき》れるほどに堅牢《けんろう》なマンハッタンが倒れるものか！」

「悪いが事態はもっとまずい」

クウェンサーは後ろから細い肩を抱くようにしながら、さらにコンソールのマウスをレイスの小さな手の甲ごと包み込んで、いくつかのファイルを検索表示していく。

「電解腐食って知っているか？　デカい工場や地下鉄の線路から大量の電気が地中に流れると、地層や水分が電解液の代わりになって地面に埋まっている鉄骨やケーブルを電気分解で侵食していくって現象だ」

「ちょっと、待った……」

「ああ。電解腐食の条件はいくつかあるが、その中にあるんだ。雷雲が近づく事で、引きずられるように地面の電荷が移動してしまう事でも発生するってな」

つまり、とクウェンサーは呟《つぶや》いてから、

「……自然界に存在しないほど凄《すさ》まじいエネルギーを持った雷雲が大都市の真上を通過すれば、それだけ急激に電解腐食が発生する。地下電線や通信ケーブル、高層ビルの基部、地下鉄トンネル、ガス管や水道管……とにかく土の中にある何もかもが硫酸へ放り込んだみたいに崩れていくぞ。こんなものがマンハッタンの真上を通過したら……」

「地盤そのものがぐにゃぐにゃに歪《ゆが》んで、あらゆるビルが一斉に倒れていく……？」

「その途中で水道管から溢《あふ》れた水分が分解されれば、大量の酸素と水素に化ける。ガス管が破れた時はもっと直接的だ。最悪、マンハッタンの地盤そのものが巨大な爆弾になる」

無論、ただの電解腐食ではここまでの作用は起きない。何年も何十年もかけて、少しずつ地下の配管が錆《さ》びていく現象に過ぎない。

だから、ピラニリエ＝マティーニ＝スモーキーはそもそも『ただの』雷雲になど頼らなかった。膨大な電力を注いだ加速器で自然界にはない元素を作るようなもの。オブジェクトという破格の力まで利用して、自然界には決して存在しない規格外を盤上に招き寄せたのだ。

震える声で、再びレイスは携帯端末に口を寄せた。

『……何がしたいんだ、ピラニリエ』

もはや説得に応じる者が出てくる段階を超えているが、それでも言わずにはいられなかったのだろう。艦内のあらゆるスピーカーから彼女自身の声が溢《あふ》れ返《かえ》る。

『そうまでして、どうして「情報同盟」のど真ん中を狙い撃つ!?』

『あれぇー、おかしな事を言うなあレイスたんは。トラブル処理が専門ならヘマした身内を跪《ひざまず》かせて処刑した事だって何度もあるでしょ？　命乞いする汚職軍人の後頭部にズドンと一発さ』

『っ』

後ろから覆《おお》い被《かぶ》さっているクウェンサーは、気丈なレイスの肩が一回り縮んだような錯覚を覚えていた。

知られる事に恐怖した。

それはクウェンサー達に対してか、あるいはカタリナに対してか。

ピラニリエもピラニリエで、秘匿通信ではなく誰もが嫌でも耳にする艦内放送で応じていた。どこの誰に聞かれようが関係ない。いっそ開き直ったような態度もまた、扱い方次第では毒舌家のカリスマへと繋《つな》がっていくのか。

『あたし達はオブジェクトを基にしたAIネットワークが形作る行政システム・キャピュレットの脆弱性《ぜいじゃくせい》を人間の発想で埋めていく予備人材。四九位、アンタは戦場の秩序を守るという範囲の中でならいくらでも人を殺せる人種であるはずだよ。そいつはあたしも変わらない。各種要因によりこう着状態に陥った戦線に油を差して火を注ぐ。正しく、戦争を、回すために』

キャピュレット。

ロミオとジュリエットに出てくる二大名家の片割れだ。『正統王国』の貴族趣味でもあるまいに、何故《なぜ》ここでそんな名前が採用されているのか。クウェンサーは静かに考えを巡らせる。

一方のレイスも呻《うめ》くような声を出していた。

『……何を言っている……？』

『世界の情報の中心地であるニューヨークはその実、世界で最も情報収集に非協力的な大都市でもある。何しろ多くの情報に触れている分だけ民衆の情報リテラシーが高いから、簡単な奇麗ごと程度じゃ騙《だま》されないんだよね。顔認識もブロック、検索履歴も保存拒否、ネットもメールもデコイのサーバーを一枚嚙《か》ませてIPを消してメールボックスの傍受も受け付けず、人によっては社会保障番号をいくつも持っている。でもそれじゃあ行政を取り仕切るAIネットワークからはどう映ると思う？　答えは簡単、映らないんだよ。今までは何人ものマティーニを派遣して電子の死角を補おうとしてきたみたいだけど、どうやら結論が出たみたい。計測できないものは存在しないものだって判断で、キャピュレットはニューヨークの優先順位を大幅に引き下げたようだね』

『……、』

『そうそう、この船アジア圏の……何だっけ、そうそう、メコン方面とかでトラブっていたじゃん？　戦車のドライブバイライトを応用した民間レベルの完全自動運転車がどうたらこうたら。実際、あれが最後のチャンスだったみたいなんだよね。走る凶器を街中に走り回らせてニユーヨーカーどもを監視できれば誤差は修正できた。でも、どうやらそっちもコケたみたいだしい、まあこれも思《おぼ》し召《め》しってヤツなんじゃあないのかにゃん?』

クウェンサーとヘイヴィアは思わず顔を見合わせていた。

何回人生をやり直してもあれを見逃すつもりはないが、ドロテア＝マティーニ＝ネイキッド達が張り巡らせていた謀略の裏にはこんな事情が隠されていたのだ。……もちろんこれは裏の裏であって、現場で金に目が眩《くら》んでいた当人達がそこまで深く考えていたとは思えないが。

『でもって生産と消費の観点で考えれば、ニューヨークは圧倒的に消費型。そして人の存在しないはずのゴーストタウンが「情報同盟」圏内で最も資源を貪《むさぼ》っているというエラーメッセージが出たら、行政システムはこの穴を塞《ふさ》ごうとしても何ら不思議はないと思うけど』

『いっそ清々《すがすが》しいほど本末転倒だ……。ニューヨークに住人が存在せんだと? 存在せんから攻撃しても問題ない? 貴様一体何のために特別権限を貸与されたマティーニシリーズだと思っている⁉ 私達は機械がこういう誤判断を起こした時に手動操作で修正するための予備人材だろうが‼』

『ほんとにそうかな? あたしは自分自身をＡＩネットワークが最も効率的に活動できるよう補佐する役割だと自任しているよ。行政システム・キャピュレットは間違えた。だけど、ここでいったん間違えておく事こそが「情報同盟」全体を最も効率的に繁栄させるシミュレーションだとしたら、あたしはその遠回りに従う』

『ＡＩは神ではないよ、ピラニリエ』

『もちろん。だからこそ、人の手で支えるのさ。近視眼を極めた無知なる群れに、キャピュレットのアンサーは間違いだったと握り潰されてしまわないようにね』

声はそれっきりだった。

ピラニリエからわざわざ伝える事は特になく、レイスは何を言っても伝わらないと言葉を詰まらせたのか。

ただ呻《うめ》くように、天を仰いだ小さな少女は呟《つぶや》いていた。

「……自由意志を捨てたのか」

「？」

「『安全国』各国の中央サーバーを繋《つな》いだＡＩネットワークの隙間を埋めるために派遣される我々は、常に何十億人分ものビッグデータを集約した行政システム・キャピュレットと自分一人の意見をかち合わせる日々を送る事になる。どちらが正しくて、どちらが間違っているか。……押し流されればあの通りだ。『島国』の棋士はＡＩソフトを使って訓練するが、それだってパラメータ次第で実力を上下できる間接支配だろ。ピラニリエはすでに電子の奴隷と化した。善悪さえ無視すれば、その方が楽なのは認めるしな」

みんなと一つになれない。

同じ向きを見て熱狂する事ができない。

一般大衆はおろか、おそらくは同じマティーニシリーズが顔を合わせても。

「天才少女計画全体のお手本になった女性には、合理の殺人を行う顔が隠されていた……」

「それが何ですか？」

何を今さら、といった顔の老婆に、だがクウェンサーはこう吐き捨てた。

「こんなのそれ以前の問題だろ。レイスやピラニリエ達を全方向から押し潰す孤独感がどんなものか、もう俺には想像できる限界を超えているぞ……」

ふん、と小さく鼻を鳴らしたのはレイスだった。

心配してくれる者の存在に感謝をしているのか、理解のできないものとして輪の外へ追いやられていると疎外感を受けているのか。それはクウェンサーには分からない。

いいや、そいつが本来の人なのだ。一目で理解できなくて当然なのだ。

マティーニシリーズはあまりにも分かりやすい忠誠心を期待され過ぎている。

「折れてしまわない方がかえっておかしいような状況に放り込んで、実際に折れてしまったらその責だけを押し付ける。そんなのが本当に正しいのか？　それもあらかじめ壊れても大丈夫なように、大人達の手で後天的な才能の持ち主を数千人以上も増産しておいてだ」

「もう良い。……馬鹿馬鹿しいほどのお人好《ひとよ》しめ」

レイスは咳払《せきばら》いしてから、

「どの雲が問題の電解腐食を引き起こす天候兵器かまでは分からんな」

「一つじゃないかもしれない。自然発生する偏西風頼みの風船爆弾なら、むしろ弾幕を張っている可能性だってある」

「到達までどの程度の猶予があるかも気になる。避難計画の策定や、場合によっては天候兵器を撃ち込んで爆弾化した雲そのものを雨に変えて消せるのかどうかなどの対抗策についても条件が変わってくるだろうからな」

そうなると、マンハッタンを守るためにどうしても必要な情報がある。

爆弾化した雲がいくつあって、今どこを漂っているのか。

それを正確に知る情報ソースはただ一つ。

「『戦闘指揮所へ乗り込もう。ピラニリエ＝マティーニ＝スモーキーから全てを引きずり出す』」

15

中央演算室を出てしまえば、再び『ナイトロジェンミラージュ』の脅威にさらされる羽目になる。いつどこで船の壁ごと窒素レーザーにぶち抜かれるか分かったものではない。

『情報同盟』側の敵襲は、先ほどよりもずっと数が少ないようだった。

「……何だ、粛清し過ぎて手駒がなくなっちまったのか？」

チウチウ、という小さな鳴き声が耳についた。

「……」

「見るなばあさん。良い事なんか一つもないぞ」

細かい捜索はヘイヴィア達が済ませている。クウェンサーは絶対にそっちを見なかった。あれは小動物がただの肉に群がっている音だ。何となく、誰もいなくなった理由が分かってきた。

「進むも戻るもできなくて、そのまんま攻撃を命じる上官と撃ち合いになったケースもありそうだ……」

「ただのマティーニだけで、ここまで使い切れるものか」

レイスは静かに歯噛《はが》みしながら、この沈黙に身を包んでいた。

「私は絶対に信じんぞ。ただマティーニであるだけで、こんなにも簡単に命をないがしろになんかできるものか……」

レイスの役割は『繋《つな》ぎの死神』、様々な条件で命令系統が破綻して戦場に取り残された部隊が各個撃破されないよう、次の指揮官が来るまでの臨時の頭脳部だ。一見すれば負け続けの戦場を眺めて冷たい采配《さいはい》を行うようでも、実際には状況を立て直し死者の数を減らすために動いている。そんな彼女には耐えられないのだろう、意味もなく味方を機関銃の弾丸みたいに使い捨てるピラニリエのやり方は。

あのマティーニは内から因子によって壊れたのか、外から孤独によって壊されたのか。

答えを知っても、もはや救いはないように思えた。

あちこち溶けて穴だらけになり、場所によって海水が入り込んでいる区画もある。大幅に迂《う》回《かい》しながらも、主にレイスの案内で目的地を目指す。

「……ありましたよ。あれが戦闘指揮所ではないですか」

向かって左舷《さげん》寄りに、両開きの巨大な扉があった。

派手な装飾は何もないが、壁も扉も他より随分と分厚い。部屋全体が非常時のパニックルームとしても機能しそうな造りだった。

そういえばぶち抜かれた艦橋は右舷寄りだった。滑走路としてスペースを譲る空母でもあるまいに。ひょっとすると船全体の重量バランスを調整する意味もあったのかもしれない。

「バール一本でこじ開けられそうな扉じゃねえぞ。ライフル弾ぶち込もうにも跳弾が怖えし……」

ぶつくさ言ってるヘイヴィアの横で、執事のフランクがリボルビンググレネードを改造した特大のマグナム銃を気軽に構えた。

まず密閉空間で大砲みたいに馬鹿げた爆音が膨らんで全員の鼓膜を打ち、さらに缶コーヒーに匹敵する巨大な鉛の塊がピンボールのように跳ね回った。

ダンゴムシより無様に床で丸まっていたヘイヴィアが涙目で叫ぶ。

「殺す気かバカヤロー!!」

「ダメだよヘイヴィア、こいつきっと相手がドSな金髪の幼女じゃないと挨拶もしてくれない種類の変態だよ」

フランク、と金髪少女が小さく呼び止めた。……はて？　あの特大マグナムが今こっち向いたような気がしたが？

しかしまあ、並の鉄扉《てっぴ》くらいなら握り拳大の風穴を空けるあの化け物マグナムを使ってもCICの扉は表面が多少へこんだくらいだ。やはり普通の方法でこじ開けられるものではないのだろう。

だから諦める、というのは民間人の発想だ。ならば普通の方法に頼らなければ良い。

「クウェンサー、爆薬の用意だ。扉のロッドが何本あるか調べて、全部へし折るように爆薬を設置しろ」

「……、」

「クウェンサー？」

返事をしない悪友に、ヘイヴィアが眉をひそめた時だった。

背負ったバックパックにも手を伸ばさず、あらぬ方向へ目線を投げたまま、クウェンサーはぽつりと洩《も》らしていた。

「……セーラー女子が出てこないのは、まあ分かる。ひどい結末だったとしても。でもおかしいんだ。ここまで順当にやってこられたのはおかしいんだよ」

「おい……？」

「あれだけ大回りに迂回《うかい》してきた中で、『ナイトロジェンミラージュ』はどうして一発も撃ってこなかった？　ここへ来てピラニリエ側に手加減する理由なんかない。ヤツは攻撃したくてもできなかったんだ。あちこち穴だらけになった船が強度的に保《も》たないってのもあるんだろうけど、そんなの枝葉だ。もっと直接的な理由がある」

「何だよ、それ。今、良い事を言ってんだよな。なのにプラスに転がる話に聞こえねえぞ……？」

「ピラニリエは兵士達の身につけたカメラで艦内の駒の位置を確認していたんだ。敵も味方も。『情報同盟』側の水兵がいなくなってしまった事で、ヤツは自由に艦内を移動する俺達の位置情報が分からなくなった。自分も乗っている船である以上手当たり次第に撃ちまくれとも言えない。指を咥《くわ》えているしかなかったんだ。……今までは」

ようやっと、ヘイヴィアは基本中の基本が追い着いた。

クウェンサーが何を見ているのか、それを自分の目で追い駆けて確かめたのだ。

床の上に、小さなレンズのついた軍用ショットガンが不自然に一丁。

いつかは必ず辿《たど》り着《つ》くゴール地点で、クウェンサー達の到着のタイミングを測るように。

「来るぞ……。『ナイトロジェンミラージュ』の窒素レーザーが来る!!」

「待てよっ、大丈夫だろ。だってここはCICの目の前だぜ!! ヤツは常にサイドから船をぶち抜いていたんだっ、左舷寄りの扉の前に寄り添っていればピラニリエとも射線が重なる。真横から船を串刺しにされるこたねえさ、だから俺らは安全なん……ッ!!」

言いかけたヘイヴィアの言葉は、クウェンサーが力なく首を横に振った事で遮られた。

少年は指を差したのだ。

船の側面ではなく、先端に向けて。

彼自身、誰かに否定してほしくてこう呟《つぶや》いたようにも聞こえた。

「……二〇〇メートル規模の鋼の塊。巡洋戦艦を真《ま》っ直《す》ぐ縦にぶち抜けば、戦闘指揮所を掠《かす》める形で扉の前にいる俺達だけを蒸発できる」

16

「ひっひ」

この四角い箱の他に、同じ船には一体あとどれだけの人間が残っているのか。

透明なアクリルの壁で仕切られ、たくさんのコンピュータが並ぶこの四角い箱が、残された世界の全てなのかもしれない。黙々と職務を遂行する事で押し寄せる現実から必死に目を逸《そ》らそうとしているオペレーター達はそんな取り留めのない妄想にすら襲われていただろう。

そんな中、小さな支配者の笑みだけがあった。

水兵服の上から青地に金刺繡《きんししゅう》のパレードコートを羽織り、ぶかぶかの袖で指先まで隠す、ウェーブの黒髪の少女の笑みが。

彼女は椅子に腰掛けたまま、コンソールの上へ細い脚を投げ出して、

「あっはっはっは!!　ひっひっはっはっはっはっはっはっはっはっは!!」

勝った。

終わった。

ピラニリエ＝マティーニ＝スモーキーは自分で出した結果に拍手を贈っていた。自由に動かせる駒の数が減り、移動式のカメラが減った事で艦内のどこでも攻撃指示を出せる状況ではなくなった。だからどうした。それなら侵入者が絶対に顔を出す場所、一点に罠《わな》を張っておけば良い。

ヤツらはまんまと引っかかった。

今さらどこへ逃げられる訳ではない。唯一の安全地帯はこの戦闘指揮所の中まで踏み込んでピラニリエを盾に取る事だが、ここは壁も扉も頑丈だ。人力や銃弾を叩《たた》き込《こ》んだ程度で扉は壊れないし、爆薬を使う場合にも丹念に計算して全てのロッドを折る必要がある。とてもではないが、『レーザービーム０６９』の砲撃に間に合わない。

「さよなら同世代。まあ人生なんてこんなもんだよ」

画面の中では『正統王国』の兵士が壁際《かべぎわ》に飛びついたようだった。今さらＣＩＣの扉が開くはずもない。

しかしそこで小さな警告アイコンが点《つ》いた。

ピラニリエはぶかぶか袖から出した指先だけで器用に万年筆をくるくる回しながら、

（スプリンクラー？）

すでに辺り一面穴だらけだが、かえって延焼などには発展していないはずだ。このＣＩＣの扉から三、四〇メートル離れた直線通路の先に、意味もなく大量の水がばら撒《ま》かれている。

ダメージコントロールとの兼ね合いもあるが、便所の水さえ節約を強いられる軍艦の中では比較的高値な設備だ。現場では被覆の破れた電子機器などがなければ海水をポンプで引き入れる方が推奨されるくらいに。それを何故《なぜ》今ここで？　眉をひそめたピラニリエが戦闘指揮所前の直線通路の図面を呼び出すと、連鎖的に不吉な情報が舞い込んでくる。

ある。何かある。

それは壁から伸びた配管だった。高温注意の警告を示すため、敢《あ》えて赤く色分けされたその配管の正体は、厨房《ちゅうぼう》のガス台から出た排気を機関室のエンジンから伸びる本格的な煙突と合流させるための専用ダクトだ。当然、金属製の太い管は灼熱《しゃくねつ》の排気にさらされてジリジリと炙《あぶ》られている。

高熱源体にスプリンクラーの水がぶつかれば何が起きるか。

（大量の蒸気が、いいや、寒暖の差が……）

「まっ、待て『レーザービーム０６９』‼　射撃を中止、繰り返す、射撃を中……‼」

遅かった。

ピラニリエ＝マティーニ＝スモーキーは頭に叩《たた》き込《こ》んでおくべきだったのだ。

レーザーは、曲がる。

屋外だろうが屋内だろうが条件は特に変わらない。

17

とっさの判断、というよりはほとんどギャンブルに近かった。

大雑把に、光は温かい空気から冷たい空気の方へ折れ曲がる、という情報しか頭にない。

「誰に当たっても文句なしだぁ‼」

いくつものたくる配管の中に『高温注意』のラベルがあるのを見て取ったクウェンサーが、とっさに火災報知機へ飛び付いてスプリンクラーを作動させた直後、真っ白な蒸気が噴き出した。

そこから数秒もなかったはずだ。

ガカァッッッ!!!!!! と。

真正面から、青白い色を帯びた莫大《ばくだい》な閃光《せんこう》が……。

いいや、実際には目で見た時には通り過ぎているはずだった。クウェンサー達が眺めているのは空気中の塵《ちり》や水分が焼けて残った残像のようなものでなければおかしいのだ。

しかし現にこうして、クウェンサー達はすでに通り過ぎたはずのレーザービームの残像を眺めてなお、全身は蒸発せずに残っている。

「逸《そ》れ……たッ!?」

ヘイヴィアが思わず叫んだ時だった。

ようやく破壊が追い着いた。

ギリギリのところでわずかに軌道を曲げた窒素レーザーが、クウェンサー達のすぐ横の戦闘指揮所へ突き刺さったのだ。それ自体がパニックルームのように強固な箱が、内側から明確に膨らんだ。爆発的に室内の空気が膨張したのか、プラスチック爆弾の仕掛け方にも難儀そうな扉が内からの力でぶち破られて反対側の壁へ突き刺さる。

「……っ、ぼ……ッッッ!!!?!?」

「――――、!!」

自分達で喚《わめ》いた声がもう聞こえなかった。

耳鳴り以外の音は二度と感じられないかもしれない。そんな恐怖さえあった。

だけど、生き残ったのだ。

恐怖を感じるだけの余裕は残されていたのである。

「ち、くしょ……次から生命保険に入っておこうかな……」

「おい、向こうもひでえぞ……」

戦闘指揮所の中もメチャクチャだった。

分厚い壁は突き破られて溶け落ち、コンピュータは軒並み吹き飛ばされている。床に散らばっている液体のようなものは、砕けて溶けたアクリル板かガラスだろうか。

そして、人。

「すげえ。何だこりゃ……。オペレーター達が揃《そろ》いも揃《そろ》って覆《おお》い被《かぶ》さってやがるぜ。死の間際《まぎわ》までこんなに呼吸が合うもんかね」

呻《うめ》くヘイヴィアに対し、レイスは何かを振り切るように首を横に振ってから、

「中にピラニリエがいる可能性が高い。ヤツは安全神話のチケットだったからな。ピラニリエが死ぬと命の保証がなくなるからって、ピラニリエのために肉のクッションになるのではこれ以上ないほど本末転倒だとは思うが」

「……、」

カタリナが難しい顔でその光景を眺めていた。

彼女が想像していた通りの最悪があった。だけど土壇場《どたんば》でレイスを守ろうとした彼女には、ピラニリエ撃破を手放しで喜ぶ事ができるのだろうか。

風向き次第では、マティーニシリーズ全体の流れも変わるかもしれないのだが。

クウェンサー達としても、マンハッタン攻撃に使う爆弾化した雲について話を聞かなくてはならない。

その時だった。

ズタズタに引き裂かれて高温で炙《あぶ》られたCICの中で、かろうじて残っていたモニタが警告アイコンを点滅させていた。

「まずいぞ……」

レイスは思わず呟《つぶや》いていた。

「『ナイトロジェンミラージュ』に止まる様子がない。驚嘆に値する馬鹿の主砲の射線予測が表示されてる、この戦闘指揮所に重なってる!!　ぶち込まれたら今度の今度こそ助からん!!」

「……何とかするしかないだろ」

クウェンサーは呟《つぶや》いてから、

「ミョンリ、死体の山の中にピラニリエが隠れていないか確認。息があるようなら手当てを頼む!　それからリリム!　電子シミュレート部門の腕を貸してくれ、このチーズみたいに外装の溶けたコンピュータ同士を繫《つな》ぎ直《なお》して、どうにかして艦砲を撃てるように調整しろ、中央演算室のアナスタシアが生きている場合はこっちのモニタに接続!!」

「チーズみてえに穴だらけになった船を動かして今さらどうしようってんだよ⁉ そもそも核にも耐えるオブジェクトに並の艦砲なんか通じねえぞ!!」

「直接の打撃力なんかいらない。やるべき事は同じなんだ」

「？」

「よし、基準射用の煙幕に使っているのは重油式だな。海上に油を撒いて火を点《つ》ける事で黒煙を上げるヤツ。これなら条件にも合致してる」

レイスは眉をひそめ、

「……また温度差を利用して蜃気楼《しんきろう》を作るつもりか？ 向こうの操縦士エリートも学習しているはずだ。そろそろ通じなくなると思うが」

「ヤツは蜃気楼《しんきろう》『には』警戒しているだろう。だけどだからこそ、それ以外の方法が見えなくなっている可能性が高い」

「クウェンサー、データリンクのオンライン完了！ 船尾側の主砲はまだ首振りできるよ!!」

「アナスタシアに計算を任せて自動照準。初撃は煙幕で良い。ぶち込めえッッッ!!」

青年とカタリナがとっさに幼いレイスの上へ覆《おお》い被《かぶ》さった。

彼女の耳を守るための行動だろうか。

凄《すさ》まじい震動と共に、七万トンはあるはずの船が確実に横滑りした。

ミサイルと違って誘導性能を持たない艦砲は風や波の揺れから重力や自転に伴う様々な影響にさらされる。一〇〇発撃って五〇発が敵陣に入れば命中として扱う、というくらい大雑把な攻撃手段なのだ。最初に煙幕を撃ち込むのは目晦《めくら》ましなどではなく、理論の上の照準と実際に落ちた砲弾との間の誤差を調べ、次の実弾では修正してから確実に撃ち込むためのものである。

「いくら自動装填《じどうそうてん》だからって今から実弾を用意するんじゃ間に合わねえ‼」

「いいやそうじゃない」

慌てふためくヘイヴィアと答えるクウェンサーとでは、時間の流れが違っていた。

「『ナイトロジェンミラージュ』は液体窒素や酸化鉄とアルミを利用した極端な温度差を使って人工蜃気楼《じんこうしんきろう》を作って、主砲の窒素レーザーを自由自在に折り曲げる第二世代だ」

「？　それが……」

「でもそこへ重油をベースにした煙幕弾を撃ち込んだら何が起きるかな。重油の中にはナフサが、大量の炭化水素をばら撒《ま》く可燃物質が混じっている。濃密な窒素に炭化水素。そこへ自然光とは比べ物にならない紫外線領域の窒素レーザーが直撃すると、ある化学反応が生じる。おそらく『安全国』の大都市で暮らしていれば誰だって馴染《なじ》みの深いものだ」

ニヤリと笑って、クウェンサーはこう言い放った。

「つまり、光化学スモッグ。人工蜃気楼《じんこうしんきろう》とは全く異なる屈折率で光を捻《ね》じ曲《ま》げる、ヤツが想定もしていなかった『プリズム』だよ」

ガカァッッッ!!!!!!　と恐るべき光が炸裂《さくれつ》した。

単なる失敗で、あらぬ方向へレーザーが逸《そ》れただけではない。従来の方式より高速複雑な計算を可能とするDNAコンピュータのアナスタシアが正確に盤上へ駒を並べたのだ。『ナイトロジェンミラージュ』自身があちこちに生み出した、複数の人工蜃気楼《じんこうしんきろう》が全く別の顔へと切り替わる。自分で撃ち込んだはずの強大なレーザーが次々予期せぬ屈折を繰り返し、大きく輪を描くようにUターンして、そして元の射手へと戻っていく。

最後の瞬間を、おそらく操縦士エリートは瞳で捉える事はできなかっただろう。光の速さで突き進む窒素レーザーを肉眼で追い駆ける事はできないのだから。

「……終わった、のか?」

恐る恐る、ヘイヴィアが呟《つぶや》いていた。

船は真正面から縦に大穴が空いていた。こちらから覗《のぞ》けば暗い暗いトンネルの先を覗《のぞ》くようだったが、そのずっとずっと先で何か巨大な水柱が上がっているのが分かる。

さらに時間差を空けて、とてつもない震動が元からボロボロだったフラッグシップ019を揺さぶってきた。ぎしぎしみしみしと、船全体が真っ二つにならないのが不思議なくらいの軋《きし》のである。

みが鳴り響く。

やはり終わったのだ。

『ナイトロジェンミラージュ』は海に沈み、その高波が今になってこちらまで押し寄せてきた

ミョンリはミョンリで、倒れたオペレーター達の中から誰かを見つけたようだった。

「い、いました。他のオペレーター達とは明らかに風貌《ふうぼう》が違います。盗聴ロボットで見かけた子と同じですから」

カタリナが重たい声で確認報告を行った。

「……この子が序列七位、ピラニリエ＝マティーニ＝スモーキー。私が作った母の一人で間違いありませんよ」

「……、ぉ……」

パキパキと乾いた唇にひびを入れるような調子で、仰向けに倒れた少女が喉を震わせた。

多分もう、長くはない。

医学を専門に修めた訳でもないクウェンサーにも、何となくそれが分かった。

隣で、カタリナが自分の唇を噛《か》んでいるのを見た。

「質問に答えろ」

ここだけは冷徹にレイスが突き付けた。

「マンハッタン攻撃に使う、爆弾化した雲はどこにいくつ漂っている？　全ての候補を口に出せ。お前の計画はもう終わったんだ」

「……だれ、が。誰が、くるわせたと思う？」

焦点の合わないピラニリエには、本当にレイスの言葉は届いているのだろうか。

見ようによってはうっすらと笑っているようにも見える顔つきで、マティーニの一人はこう呟《つぶや》いていた。

「……あたしは、『情報同盟』全体を取り仕切る行政システム・キャピュレットの正しさに、届した。でも結局、マティーニシリーズとは何だったのかな……。あたしは、てっきりさ。あたしは、全ての原因はカタリナ＝マティーニだと思っていたんだよ。設計者である彼女が目覚まし時計をセットして、自分だけ『情報同盟』の外へ亡命してから、自分で起こした対岸の火事を眺めようとしているって……」

「そんな話は聞いておらん。都市単位で急激な電解腐食を起こす励起した雲はどこだ⁉」

「……カタリナ＝マティーニじゃなかった……」

「おいっ‼」

「そうか、そう。マティーニシリーズを暴走させたがっているのは、何も内部犯とは限らなかったんだ……。そうだよね、外にいる人間があたし達を暴走させて、『情報同盟』全体に致命的なダメージを与えようとしているって考えた方が、まだ、しも……」

応急手当は間に合わない。

止血帯で傷口を押さえつけても、静脈から生理食塩水を注《そそ》ぎ込んで血圧の低下を抑えようとしても、どうしようもなく命が削れていく。

最期《さいご》の瞬間、ドラマのように瞳を伏せる事はないらしい。

見開いたまま、ぼんやりと焦点を失っていき、そして最後に彼女はポツリと洩《も》らしていた。

「……おかあさん……」

それっきりだった。

ピラニリエ＝マティーニ＝スモーキーは二度と動かなかった。

傷口を押さえていたミョンリが脈を確かめ、そして首を横に振る。そんな彼女の肩を摑《つか》んで横にどかす影があった。

「っ」

カタリナ＝マティーニだった。

彼女はズタズタになった少女の胸の真ん中に掌《てのひら》を当てて、自分の体重をかけていく。規則的に、力強く。それからすっかり赤黒い液体で汚《よご》れた唇に己の口を押し付け、大きく息を吹き込んだ。

何度でも、何度でも。

ピラニリエのささやかな胸元は上下している。だがそれは彼女の意思によるものではない。

まるで風船を膨らませるように、機械的に空気を送り込まれた事で肺の大きさが変わっているだけだ。

老婆は泣き出しそうな顔をしていた。

「カタリナさん……」

「もう少し」

「どうしようもありません。これが戦争なんです」

「私だって正解なんか見えない!! それでもあと少し、ほんの少しだけでもッ!!」

ミョンリがそっとカタリナの肩に手を置くと、そこで何かの芯が折れた。迷ったように老婆はその手をさまよわせると、それからいっそ噛《か》み付《つ》くような格好で動かない少女の胸元に自分の顔を埋《うず》めた。誰にも聞き取る事のない叫びがあった。そうしている間にも、機械的に吹き込まれた息吹《いぶき》はそのままピラニリエの口から抜け出て、胸元は元の起伏へ戻っていく。

クウェンサーがこうした。

皆で生き残るために。

やがてカタリナは掌《てのひら》に残る血を拭《ぬぐ》うと、開いたままの瞼《まぶた》に触れて、そっと閉ざしていった。

それから額に口を寄せてそっと口づけする。

「……もうお眠りなさい、可愛《かわい》い子よ」

ひょっとすると老婆も母親のカサンドラからそんな風に就寝のおまじないを受けてきたのか

もしれない。ともあれマティーニシリーズの暴走、一人の少女の物語は幕を下ろしたのだ。

だがこれはどういう事だ？

結局、マンハッタン島に向けて放たれた爆弾雲はどこにいくつあるのだ？

そしてマティーニシリーズに外から力を加えて暴走させようとしている者とは？

事は『情報同盟』の内輪揉《うちわも》めに留《とど》まらない。『正統王国』、『資本企業』、『信心組織』、四大勢力どこの誰にだって嫌疑はかかっている。

「どうすんだ……？」

呻《うめ》くようにへイヴィアが呟《つぶや》いていた。

それはすぐに特大の叫び声へと変わっていった。

「今度の戦争は、ここで終わりじゃねえのか⁉」

終章

人工火山島ニューカリブ島に陣取っていたフローレイティア＝カピストラーノの表情は険しかった。

ひとまずの難敵、『ナイトロジェンミラージュ』を撃破し、『ベイビーマグナム』も無事だった。残された整備艦隊の方でもズタズタに引き裂かれた中央管制のフラッグシップ０１９が時間をかけて沈んでいったようだが、指揮権限を委譲された二番艦からの『白旗』の信号も受け取っている。

それでも、晴れない。

決して晴れる事はない。


「マンハッタンが……地図から、消えた……？」

こちらで戦争をやっている間に、世界の情勢は大きく変化していた。

あるいは、呑気《のんき》に戦争なんぞ続けている場合じゃなかったとでも言ってやりたいくらいに。

ノートパソコンの画面の向こうにいる若い女の士官も、何が何だか把握しきれていないといった顔つきで、とにかく報告を続けていた。

『「情報同盟」全体の動揺が、どういう形で国際社会全体へと伝播《でんぱ》するかは分かりません。「クリーンな戦争」というお題目が崩れてしまうリスクもあります。少佐様におかれましても、予測不能な状況からの開戦に備えてください。「ベイビーマグナム」についての整備徹底、よろしくお願いします』

「了解した大尉」

フローレイティアは細長い煙管《キセル》を咥《くわ》え直《なお》し、

「……しかし論理的に説明されてなお、信じがたい」

『ええ。私としても、何が何やら』

偏西風の流れに乗った特殊な雲が、ハリケーンと同じ進路でニューヨークへと襲いかかった。オブジェクト主砲級のレーザーを使って励起した、自然界には存在しないほど強大なエネルギーを詰め込まれた雷雲である。ひとたび海から陸へ上がれば凄《すさ》まじい電解腐食を引き起こし、地中にある配管や基部、鉄骨などを片っ端から破壊して高層ビルの群れを引き倒していく。クウェンサーやヘイヴィアからの話だと、『情報同盟』のピラニリエ＝マティーニ＝スモーキー達の計画ではそういう筋書きのようだった。

しかし、実際には違う。

そうなっていない。

『マンハッタン島は地図から消えました』

まるで何かの確認を取るように、画面の向こうの大尉はそう言ったのだ。

『左右に隣接するジャージーシティ、ブルックリンも両側に広がり、マンハッタンに針路を譲る形を取っています。ニューヨーク全体でどこまで手が加わっているかは予測ができません』

「……、」

『問題の中心となるマンハッタン島は元あった座標を離れ、四〇ノットの速度を維持したまま北大西洋を航行中。報告にあった爆発雲が正確にいくつあったかは不明ですが、海上からマンハッタンへ接近した雲が三四個ほど衛星から消えています。ええ、マンハッタンからの強大な砲撃によって吹き散らされていると判断するしかない状況です』

それがどれだけ荒唐無稽だろうが、実際に得られたデータは否定できない。

『少佐、まさか。まさかと思いますが、これは……』

『情報同盟』の『本国』、そのまた最も過密な中心地。

自ら移動する力を持ち、強大な砲撃を可能とし、かつ、それだけのエネルギーを賄うだけのエネルギー源を抱え込んだ存在。

思い浮かべて、フローレイティアはわずかに目を細めた。

何より情報を活用し全ての頂点に立とうとした『情報同盟』は、その最大の秘密を白日の下にさらしてしまったのだ。

総括して、銀髪爆乳の将校はこう口を開いていた。

「世界最大の大艦巨砲オブジェクト、か」

呟《つぶや》き、フローレイティアは改めてかぶりを振った。

馬鹿げたスケールの話だが、しかし意外にも前例が全くなかった訳でもない。

歴史は証明している。だからこそ、彼女は『情報同盟』の神経を疑う他ないのだ。

（……海洋性で移動できても同じだ。北欧禁猟区、五〇〇万都市のアースガルドの末路をもう忘れたのか。ヤツらの中で間抜けな世代交代でも起きているんじゃないだろうな）

「一つ一つ処理していこう」

『は、はい少佐』

「イメージは戦艦が近いか。仮称マンハッタンが規格外のオブジェクトだとして、ヤツは何を使って爆発雲を吹き散らした。疑いがあるのは三四個という報告はあったが」

『衛星の情報が正しければ、セントラルパークが二つに分かれて中から斜めに傾いた巨大な塔のようなものが突き出ています。全長は概算で四キロ弱。おそらくは実体弾、レールガンかコイルガンに類する兵器ではないかと』

　これだけでも十分に規格外だ。

　五〇メートル級の既存のオブジェクトとは扱うスケールそのものが違う。

「……ただ弾の方もまともではないだろう。三四個の標的の分布は？」

『北大西洋上空、一五〇キロ四方にわたって浮遊していたはずなのですが……』

「つまり最低でも、一度の砲撃でそれだけ広範囲を爆風で吹き飛ばすほどの何かだ。実際の範囲はもっと広いかもしれないが」

『げ、現有兵器の限界を超えています。いいえ、オブジェクトの主砲どころか旧時代のＭＩＲＶだって純粋な爆風でそこまで丁寧確実な破壊をもたらすかどうか……』

「だが実際に起きている。データを否定するな、願いで弾は曲がらんぞ」

（……爆発は大規模、一瞬ではなく五〇秒から六〇秒にわたって展開、無線通信やレーダー、電波望遠鏡などに異常あり、高層大気に変化、電離層や磁気圏に影響を与えたのか不自然なオーロラのようなものも目撃されている、航空機に関しては被害ゼロとの事だが、さて実際はどうだかな……）

　細長い煙管《キセル》を咥《くわ》え直《なお》し、フローレイティアはわずかに瞳を泳がせた。

　外界から内界へ意識を向け、自分の持つ知識や経験を総動員して目の前の現象に説明をつけられるフレーズを探して回る。

やがて彼女はこう呟《つぶや》いていた。

「動力炉だ」

『オブジェクトの、ですか？　しかし最大効率でエネルギーを破壊力に変換する下位安定式プラズマ砲であったとしても、そこまでの大爆発は……』

「違う」

フローレイティアは短く遮った後に、

「マンハッタンの主砲はおそらくレールガンだ。ヤツはその特大の砲身を使って、JPlevelMHD動力炉で使っている、石炭ベースの化学燃料をペレット状に固めて目的座標の上空へ撃ち込んでいる。もちろん、レールガンで発射できるよう必要な加工を全て施した上でな」

『な……』

「その上で莫大《ばくだい》なレーザービームなどを後追いで浴びせて急激に反応させているんだろう。目標が地平線や水平線の向こうだろうが、『曲がるレーザー』については散々見せてもらった後だしな。高層大気でも利用しているのかもしれん。そして動力炉と違って超高出力の磁力線で保護されずにそんな事をやらかしてみろ、一体どれだけの大爆発が起きると思う？」

『動力炉を……裏返して、自由な空間世界で思う存分爆発を広げていくオブジェクト……？』

もちろん、それだけではないだろう。

電磁《でんじ》投擲《とうてき》動力《どうりょく》炉《ろ》砲《ほう》は散々抱え込んでいる動力炉の使い道の一つでしかない。何しろマンハッタン全体で五〇メートル大のオブジェクトの何倍になる。切り札が一つ二つしかないなどと考える方がおかしい。そもそも動力炉自体、一体何基抱え込んでいるのやら。

つまり、巨砲はいくらでもある。

あれだけやっても最大最強の切り札……とは限らないと見るべきだ。

「しかしそうなると、問題はさらに厄介な事になりそうだ」

『ま、まだ何かあるんですか？』

「ヤツは何故《なぜ》戦艦よろしく表に出てきた」

フローレイティアは核心を突いた。

「もちろん確実に迫りくる爆発雲が上陸を果たす前に、安全な海で決着をつけたかったというのもあるだろう。あるいは爆発雲を処理しきれなかった時に備えて予防的に爆発雲の予想針路から離れておく、とかもな。……だがそれなら、実際に疑わしい雲を全て吹き飛ばした後まで北大西洋へ乗り出す理由はあるまい。まさか巨体だから一度動き出したらブレーキに使う制動距離が滅法長いだなんて間抜けな話とは思えん。何か明確な理由があるはずだ」

『情報同盟』、その『本国』は国際社会にその本性を広く公開してしまった。

最初は純粋な予防行動からの選択だったのかもしれないが、絶対にヤツらは損失だけを被《こうむ》って納得はしない。演算機器か、マティーニ。とにかくこの危機をチャンスに変える。むしろこのタイミングで公開して良かったという事にイベントを作り替えてしまう。

だとすると、

(……電撃訪問という形で『情報同盟』全域を鼓舞し、他の勢力を脅すつもりか。敵国の手でイレギュラーに引きずり出されたのではなく、自ら危険な最前線まで打って出たと)

フローレイティアは細長い煙管《キセル》を咥《くわ》え直《なお》しながら、さらに思考を内向きに没入させていく。

(しかしそもそも今、『情報同盟』の内部はどうなっているんだ？　クウェンサー達からの報告では行政システム自体はマンハッタンを消去しようとしていたとあったが……。あれが『本国』の心臓というほど単純な話でもないのか。ニューヨーク担当のマティーニも気になるな)

『し、少佐……』

「今度はどこからの報告だ？」

『軍のネットワークの外へ誘導するのは軍規に反するかもしれませんが……動画共有サイトをご覧ください。再生ランクのトップナンバーに「情報同盟」からの声明があります』

「……？」

『我々「マンハッタン000」は帰属と庇護《ひご》を認められたあらゆる人種あらゆる民族の生命と尊厳を守るために戦う。そのためなら相手も手段も選ばない』

震える声で、画面の向こうの誰かは何かを読み上げていた。

『これはニューヨークの問題だ。よって「マンハッタン000」は出し惜しみする事なく最大戦力にてニューカリブ島及び近海で展開している悪の中核を直接叩《たた》く。叩《たた》かねばならない。……これでは三七までまとめて吹き飛ばされる構図になってしまいます、少佐!!』

凄《すさ》まじい震動があった。

先ほどまでの見慣れた緑の芝生や林の木々はない。ゴルフ場に毛が生えたようなセントラルパークは真っ二つに割れ、そこから斜めに倒した巨大な塔のようなものが突き出ていた。

レールガンにレーザービーム。

上下に方式の異なる二つの円筒を寄り添わせたモノ。

二つセットで規格外の海洋性オブジェクト『マンハッタン000』の主砲・電磁《でんじ》投擲動力《とうてきどうりょく》炉《ろ》砲《ほう》だと、さてその少女には理解できたか。

辺り一面へ無秩序に叫ぶ人が走り回る中からおほほを切り離すように、変わり果てたセントラルパークの一角へ複数の護衛車両が乗り込んでくる。急ブレーキの音が鳴《な》り止《や》む前に次々とドアが開き、黒服の男達が小さな少女の全周を取り囲む。

彼女達の知らない『何か』があった。

そいつがとうとう動き出した。

しかし縦ロールの少女があちこちに目線を振って、必死になって追い駆けているのはマンハッタンの正体や世界全体の行く末などではなかった。

もっと身近で。

もっと大切な。

「……う、さま……」

頭の中でいくらでも思い浮かべられる顔が、どうしても見つけられない。

今日ここで会うはずだった。

久しぶりに『本国』へ戻って、思う存分羽を伸ばすつもりだった。

そのためにいくらでもリサーチを重ねて、立ち寄りたいお店も厳選してきたはずだった。

待ち合わせの場所に来ていないとおかしい。

ちょうど今がその時なのだから。


「おとうさま⁉」


いくら叫んでも、返事はなかった。

個別の人どころか、そもそもセントラルパーク自体がすでに存在しない。

銀髪に褐色のレンディ＝ファロリート中佐が少女の細過ぎる肩を摑《つか》み、半ば強引に防弾車両へと押し込めていった。

彼女が担《にな》うのは、ジュリエット。

古典演劇における名家の令嬢の名を冠した機密を握る存在。もしもマティーニシリーズの暴走によりキャピュレットが引きずられているとしたら、これもまた切り札の一つとなるか。

!!Confidential!!

『信心組織』、『中央』管轄行き
聖者尊翁《せいじゃそんおう》。束ねて大輪を為《な》し皆で色鮮やかな華を咲かせる、序列なき花弁の一枚へ捧《ささ》ぐ
ご慧眼《けいがん》の読み通り、状況は一線を越えました。

メコン方面マングローブ地帯における『ハリーティ』。

北米大陸非武装線、通称グレーターキャニオンにおける『フェンリル』。

立て続けの撃破報告によって『信心組織』圏『安全国』の社会不安は激増しております。しかし、そこにきての『情報同盟』の『本国』に関する重大なスキャンダル。まったく聖者尊翁《せいじゃそんおう》の先見には驚嘆せざるを得ません。大きな波に揺さぶられる民衆は一見不安定なようでいて、実は他のどのような時代よりも圧倒的に指導者・超越存在の登場を切実に渇望《かつぼう》している。この

タイミングで有益な一手を打つ事ができれば、雨降って地固まるの構図を完成させ、これ以上ないほどに神話宗教が世界のあまねく地域へ広まっていくでしょう。

元々『信心組織』は外患よりも内憂の危機にさらされていた性質がありました。あらゆる神話宗教が同居し互いを尊重すると言えば美しいですが、実際には自の信仰のみを追求し他のそれを害する性質の内容も少なくなく、常に『共有可能な敵軍』の存在を『信心組織』の外に求める事で同じ向きに敵意を向けなくては我々は一つになれなかった。万難を排して神の愛を賜るべく日々邁進《まいしん》すべき同志が摑《つか》み合《あ》うとはまったく嘆かわしい事態であります。

我々はこの現状を打開する。

敵の存在なくとも組織が瓦解《がかい》しないよう、徹底的な内部強化に努めていく。

そのためのカタストロフ。かのラグナロクですら、神々と魔王が殺し合った後には灰の中から復活した光神や一部の生き残りの手で理想郷が築かれるとされております。聖者尊翁《せいじゃそんおう》におかれましては破滅の後に現れる絶対的指導者・超越存在の役を担《にな》っていただきたいと願っております。ご準備のほどを。

『情報同盟』内において、身を隠し弾圧を逃れながらも熱心な信仰を維持する協力者の不断の努力によって結び付いた結晶『ラグナロクスクリプト』については、そうとは知られぬ形で『資本企業』へ流布《るふ》しておきましたが、聖者尊翁《せいじゃそんおう》のご懸《け》念《ねん》にありますす災厄の規模については、足りぬと感じられた場合は例のアレを戦線復帰させる事も辞さない構えであります。

そう。

災厄には災厄を。『信心組織』史上最悪のシリアルキラー、スクルド＝サイレントサードを聖女猊下《せいじょげいか》扱いで再び浮世に戻してみるのも、一つの手ではないかと。

（以下は手書きのサインと文章）

対象の即時解放を許可する。

人の業がもたらす不浄の星に、どうか争いなき神の世の到来がありますように。

聖者尊翁《せいじゃそんおう》ティルフィング＝ボイラーメイカー

そしてニューカリブ島には『正統王国』軍の他に、正式な上陸許可をもらって滞在している軍人が存在した。

そもそも沈没した『資本企業』の潜水艦を拾い上げたところから今回の話が始まった事を忘れてはならない。

「まったく……」

潜水艦の艦長だった男。リーガス＝ブラックパッション。

混乱下で人材不足とはいえ、やはり鍵のかかった監獄である営倉から自由に抜け出している辺り、彼の立ち位置もまともなものではないだろう。

今日び、カトンボのようなドローンを牢獄《ろうごく》の窓まで飛ばし、武器や薬を施設の中へ持ち込ませる方法くらい刑務所でも普通に行われている。リーガスの場合は拳銃や開錠ツールなど小道具一式と通信用の衛星携帯電話の詰め合わせであった。

「こうして見捨てられなかったところを見るに、一応は目的の成果を達成したようだな」

モバイルを使ってどこかと連絡を取りながら、リーガスはクランチチョコのように固まった火山岩の地面を歩いていく。

「合流したら詳しい話を聞きたい。タイムテーブルは大幅に瓦解《がかい》していたようだが、あそこからどう盛り返した？　そもそも最初の予定では暴走を促したピラニリエはそのまま勝ち逃げしていたはずだ。『正統王国』の手で撃破されるなどありえない」

指定の海岸線まで向かう。

ドローンの電波は言うほど遠くまで届かない。一見すれば絶海の孤島だが、意外なほど近くに仲間達は潜んでいるはずだ。

「……マンハッタン島が動いたか」

『資本企業』は何よりビジネスが全てを決める勢力だ。

そして同時に彼らは気づいたのだ。金は無限に稼げない。造幣局で大量の新札を刷ったとしても、今度は通貨の価値が暴落するだけだ。いつかどこかで上限に達し、これ以上貯《た》め込《こ》む事に意味がなくなるボーダーラインがやってくる。

さらに、だ。

『正統王国』、『情報同盟』、『資本企業』、『信心組織』。これら四大勢力の最終的な富の総量、言ってみれば世界の終わり値に達した時、彼ら『資本企業』は世界の頂点に立てない可能性もちらつき始めていた。何よりお金を愛する専門家が、その分野においててっぺんを獲《と》れない。

屈辱以前の問題であった。当然の帰結として、彼らはこう結論を下す。

ボーダーラインを破壊する。

あらかじめ決められた上限を超えて、ひたすらに稼ぎ続けるために。

そのためならば。

一度はこの惑星を砕いてしまっても構わない。

「では、そのように。『ラグナロクスクリプト』はまだ使える。マンハッタンの露見によって、『情報同盟』内部でもキャピュレットとマティーニシリーズの関係について疑心暗鬼に陥っている頃だろう。ここでさらに暴走を促し、徹底的に亀裂《きれつ》を広げる。さあて、存分に稼がせてもらおうか」

回収地点に到着した。

黒々とした海岸線には小型の潜水艇がひっそりと乗り上げていて、誰かがこちらに向けて手を振っていた。

うっすらと笑って、リーガスもひとまずの帰還のため、小走りでそちらへ近づいていく。

だがおかしい。

様子が変だ。

そうと気づいた時には、すでにリーガス＝ブラックパッションは致命的な距離まで自らの足で踏み込んでしまっていた。


出迎えの者の全身に力はなく、明らかに後ろから誰かの手で摑《つか》んで腕を振られていた。

しかもその腹のど真ん中からは、血にまみれたカタナの刀身が飛び出していたのだ。


「いっ、ひ……!?」

驚いて腰を抜かしかけたリーガスの前で、ゆっくりと刀が背中側へ抜かれていく。支えを失い、完全に力を失った死体が黒々とした地面へ崩れ落ちていく。

後には奇怪な姿の人間しか残されていなかった。

銀の髪に黒の燕尾《えんび》服《ふく》が特徴の、細身の青年。しかしその手にはあまりに禍々《まがまが》しく濡《ぬ》れた真っ赤な刃が握り込まれている。

「な、ん……貴様は、いったい……‼」

「おっと、『貴族』の悪趣味が顔を出してしまったかな。この辺り、よその勢力の人とは温度差があると配慮して然《しか》るべきだったね」

大して気にした素振りもない。

自分はまだまともな方だと言外に語るのが、逆に『貴族』全体の異常性を証明している事にも気づかずに。

「そして何だも何も、ここは本来私が拠出して調達した民間のマグロ増産基地のはずだよ。ティアちゃんには滞在の許可を与えたけど、ご贔屓《ひいき》にさせてもらっているパリの寿司職人を連れてやってきてみればびっくりだ。こんな不審人物まで寿司パーティに招待した覚えはないんだけどねえ」

「……、」

「まあ、ティアちゃんの事だから毎度のように厄介事に振り回されているんだろうけど。そしていい加減、私も私に対してイラついている。剣の道をいくら修めたところで、可愛《かわい》い妹一人を家の事情から救ってやる事もままならん。こういう話をいちいち部外者の君に言っても理解できないだろうが、土足で勝手に踏み込んできたのはそちらだ。故に、敢《あ》えて言わせてもらおう。……あまりあの子に重石《おもし》を乗せるな。ブチ殺されてえのか」

この時点で、リーガスは完全に呑《の》まれていた。

理解不能の敵対勢力『正統王国』の上部構造、『貴族』という怪物に。

そしてその感覚は間違っていなかった。

素直に両手を挙げていれば、ここで終わっていたかもしれなかったのだ。

「『ラグナロクスクリプト』にマティーニシリーズの暴走か。何やら面白そうな話をしていたし、その辺から聞かせてもらおうか。焼石に水と分かっていても、お兄ちゃんだって少しはティアちゃんの役に立ちたいしね」

「はっ、は……」

リーガスは、事前に受け取っていたのだ。

九ミリ弾が二発しか入らない、カードサイズの拳銃を。それでも刃に対し銃器は絶対だ。ざっと見て七メートルの距離はある。どう考えたってこちらの方が早い。懐《ふところ》に踏み込まれる前に致命傷を与えられる。

周囲に銃器を持った部下や護衛などは見当たらない。

刀を持ったこの青年さえ仕留める事ができれば。

「うおあああッッッ!!!!!!」

だからこそ、リーガス＝ブラックパッションは己を鼓舞するように吼《ほ》えながら、即時行動に移っていた。

銀の髪の青年は片目を瞑《つぶ》った。

そしてブラドリクス＝カピストラーノという死神は宣告した。

「まずは、その右腕かな」

誰もが実力を見誤った。

銀髪の青年の周囲を護衛が固めていたのは、一人だと『やり過ぎる』からだったのだ。

「ちくしょう、来るぞ……」

予定調和から外れた戦争の終わりは、当事者達にも決められない。

「ヤツらが来るッッッ!!!?!?」

いよいよ四大勢力その全てが入り乱れての、泥沼の闘争が花開く。

UNKNOWN

【マンハッタン000】

Manhattan000

全長…推定20000メートル以上

最高速度…不明

装甲…不明

用途…不明

分類…海戦専用第二世代

運用者…『情報同盟』軍

仕様…不明

主砲…電磁投擲動力炉砲(他にも可能性あり)

副砲…不明

コードネーム…未設定(『情報同盟』ではマンハッタン000)

メインカラーリング…グレー

Manhattan000

あとがき

ヘヴィーオブジェクトもついに一四冊目です。

鎌池《かまち》和馬《かずま》ですよ。

最初の一冊目がスターター、他は全てブースターという位置づけのシリーズですが、一番小さな戦争、北欧禁猟区シンデレラストーリーとちょっと変化球なものが続いてきたので、いったん『クリーンな戦争』の話に戻してみよう、という意識を強く働かせたお話でもありました。

……すると三七のタフガイ達がまあ死んでいく死んでいく。正直、私がいくつか手がけるシリーズの中でも、敵はともかく味方が一冊の中でここまで死ぬのは他に類を見ないと思っています。この辺はやっぱり事件ではなく戦争なのだな、と。ともあれ、クウェンサーとヘイヴィアの馬鹿話にお付き合いいただければ幸いです。

今回は『情報同盟』にスポットライトを当てて、ＡＩにまつわる技術開発とそういった仕組みを支えているマティーニシリーズを前面に押し出しています。各章のゲストヒロイン枠を総なめでございます。敵だから味方だからという位置づけだけでなく、お気に入りのマティーニちゃんを見つけてもらえればと。

その時その時でちょっと気になった科学ニュースなどをとことん拡大解釈して話を広げていく事も多い当シリーズですが、ここ最近はやっぱりこれが際立《きわだ》ちますな。ＡＩ。便利な世の中になっていくものだと感心する一方で、結婚相談や転職案内にまで導入されようっていうんですからちょっと背筋に冷たいものが走ったりも。今後はプログラムから検索されやすい人生を辿《たど》る人にスポットライトが当たって勝ち組になっていくのか……などと考え始めると、これだけで一冊書けてしまいそうです。

オブジェクトについては得体のしれないゲテモノテクノロジーというよりは、古来の技術や現象に回帰したイメージを持たせてみました。紙束の鎧《よろい》、バネを使った対戦車兵器、そして古今東西様々な怪奇現象として語り継がれてきた蜃気楼《しんきろう》。オブジェクトについてはいくつもストックを用意しているのですが、こういう組み合わせで統一してみても特徴的なカラーが出るかなと思って試してみました。いかがでしたでしょうか。とはいえテクノロジーの世界は過去から未来への一本道だけでなく、時折『蜘蛛《くも》の糸の繊維構造を利用した防弾装備がうんぬん』『限られたスペースに人工衛星を格納するため折り紙の技術をどうこう』みたいな先祖返りを起こしたりもするのでなかなか侮《あなど》れないのですが。

スターターとブースターの関係とはいえ、書いている方は当然ながら自分が手掛けた順番を意識してしまうものですが、ひょっとすると歯抜けで良いので自由に読みたいものを手に取った場合、こういった先祖返りのように普通では見えない発見があったりするものなのかしら、などともやもや夢想する次第であります。

イラストの凪良《なぎりょう》さんと担当の三木《みき》さん、阿南《あなん》さんには感謝を。……何気にオブジェクト以外の兵器も多数登場したため、そちらでもお手間をおかけしてしまったかもしれません。今回もご協力いただきありがとうございました。

それから読者の皆さんにも感謝を。フローレイティアが小悪魔化（……小さい？）したり、ミョンリがおっぱいと叫んだ事にされたり、リリムが自業自得《じごうじとく》でゲロ袋と格闘したり、レイスたんがあっさりデレたりと、いつもと比べてもクレイジー度の高めな今回のお話、いかがでしたでしょうか。しれっとした顔でお姫様が安全圏に逃げ切っている辺りがポイントなのかなと思っています。表へ出すだけが萌《も》えではない、きっと一歩後ろへ下がる事でも表現できる領域があるはずだ!!

それでは今回はこの辺りで。

ほらそこ、四〇〇トンのママに萌《も》えるとか言わない！

鎌池《かまち》和馬《かずま》

◉鎌池和馬著作リスト

「とある魔術の禁書目録《インデックス》」（電撃文庫）
「とある魔術の禁書目録《インデックス》②」（同）
「とある魔術の禁書目録《インデックス》③」（同）
「とある魔術の禁書目録《インデックス》④」（同）
「とある魔術の禁書目録《インデックス》⑤」（同）
「とある魔術の禁書目録《インデックス》⑥」（同）
「とある魔術の禁書目録《インデックス》⑦」（同）
「とある魔術の禁書目録《インデックス》⑧」（同）
「とある魔術の禁書目録《インデックス》⑨」（同）
「とある魔術の禁書目録《インデックス》⑩」（同）
「とある魔術の禁書目録《インデックス》⑪」（同）
「とある魔術の禁書目録《インデックス》⑫」（同）
「とある魔術の禁書目録《インデックス》⑬」（同）
「とある魔術の禁書目録《インデックス》⑭」（同）
「とある魔術の禁書目録《インデックス》⑮」（同）

「とある魔術の禁書目録《インデックス》⑯」(同)
「とある魔術の禁書目録《インデックス》⑰」(同)
「とある魔術の禁書目録《インデックス》⑱」(同)
「とある魔術の禁書目録《インデックス》⑲」(同)
「とある魔術の禁書目録《インデックス》⑳」(同)
「とある魔術の禁書目録《インデックス》㉑」(同)
「とある魔術の禁書目録《インデックス》㉒」(同)
「とある魔術の禁書目録《インデックス》SS」(同)
「とある魔術の禁書目録《インデックス》SS②」(同)
「新約　とある魔術の禁書目録《インデックス》」(同)
「新約　とある魔術の禁書目録《インデックス》②」(同)
「新約　とある魔術の禁書目録《インデックス》③」(同)
「新約　とある魔術の禁書目録《インデックス》④」(同)
「新約　とある魔術の禁書目録《インデックス》⑤」(同)
「新約　とある魔術の禁書目録《インデックス》⑥」(同)
「新約　とある魔術の禁書目録《インデックス》⑦」(同)
「新約　とある魔術の禁書目録《インデックス》⑧」(同)
「新約　とある魔術の禁書目録《インデックス》⑨」(同)

「新約 とある魔術の禁書目録《インデックス》⑩」(同)
「新約 とある魔術の禁書目録《インデックス》⑪」(同)
「新約 とある魔術の禁書目録《インデックス》⑫」(同)
「新約 とある魔術の禁書目録《インデックス》⑬」(同)
「新約 とある魔術の禁書目録《インデックス》⑭」(同)
「新約 とある魔術の禁書目録《インデックス》⑮」(同)
「新約 とある魔術の禁書目録《インデックス》⑯」(同)
「新約 とある魔術の禁書目録《インデックス》⑰」(同)
「新約 とある魔術の禁書目録《インデックス》⑱」(同)
「ヘヴィーオブジェクト」(同)
「ヘヴィーオブジェクト 採用戦争」(同)
「ヘヴィーオブジェクト 巨人達の影」(同)
「ヘヴィーオブジェクト 電子数学の財宝」(同)
「ヘヴィーオブジェクト 死の祭典」(同)
「ヘヴィーオブジェクト 第三世代への道」(同)
「ヘヴィーオブジェクト 亡霊達の警察」(同)
「ヘヴィーオブジェクト 七〇%の支配者」(同)
「ヘヴィーオブジェクト 氷点下一九五度の救済」(同)

「ヘヴィーオブジェクト　外なる神」(同)
「ヘヴィーオブジェクト　バニラ味の化学式」(同)
「ヘヴィーオブジェクト　一番小さな戦争」(同)
「ヘヴィーオブジェクト　北欧禁猟区シンデレラストーリー」(同)
「ヘヴィーオブジェクト　最も賢明な思考放棄」(同)
「インテリビレッジの座敷童」(同)
「インテリビレッジの座敷童②」(同)
「インテリビレッジの座敷童③」(同)
「インテリビレッジの座敷童④」(同)
「インテリビレッジの座敷童⑤」(同)
「インテリビレッジの座敷童⑥」(同)
「インテリビレッジの座敷童⑦」(同)
「インテリビレッジの座敷童⑧」(同)
「インテリビレッジの座敷童⑨」(同)
「簡単なアンケートです」(同)
「簡単なモニターです」(同)
「ヴァルトラウテさんの婚活事情」(同)
「未踏召喚：//ブラッドサイン」(同)

「未踏召喚：//ブラッドサイン②」（同）
「未踏召喚：//ブラッドサイン③」（同）
「未踏召喚：//ブラッドサイン④」（同）
「未踏召喚：//ブラッドサイン⑤」（同）
「未踏召喚：//ブラッドサイン⑥」（同）
「未踏召喚：//ブラッドサイン⑦」（同）
「とある魔術のヘヴィーな座敷童が簡単な殺人妃の婚活事情」（同）
「最強をこじらせたレベルカンスト剣聖女ベアトリーチェの弱点
その名は『ぶーぶー』」（同）
「最強をこじらせたレベルカンスト剣聖女ベアトリーチェの弱点②
その名は『ぶーぶー』」（同）
「最強をこじらせたレベルカンスト剣聖女ベアトリーチェの弱点③
その名は『ぶーぶー』」（同）
「最強をこじらせたレベルカンスト剣聖女ベアトリーチェの弱点④
その名は『ぶーぶー』」（同）
「最強をこじらせたレベルカンスト剣聖女ベアトリーチェの弱点⑤
その名は『ぶーぶー』」（同）
「とある魔術の禁書目録×電脳戦機バーチャロン　とある魔術の電脳戦機《バーチャロン》」（同）

本書に対するご意見、ご感想をお寄せください。

電撃文庫公式ホームページ 読者アンケートフォーム
http://dengekibunko.jp/
※メニューの「読者アンケート」よりお進みください。

ファンレターあて先
〒102-8584　東京都千代田区富士見1-8-19
アスキー・メディアワークス電撃文庫編集部
「鎌池和馬先生」係
「凪良先生」係

本書は書き下ろしです。

電撃文庫

ヘヴィーオブジェクト　最《もっと》も賢明《けんめい》な思考放棄《しこうほうき》

鎌池和馬《かまちかずま》

2017年9月8日　初版発行

発行者　塚田正晃
発行　株式会社KADOKAWA
〒102-8177　東京都千代田区富士見2-13-3
プロデュース　アスキー・メディアワークス
〒102-8584　東京都千代田区富士見1-8-19
03-5216-8399（編集）
03-3238-1854（営業）
装丁者　荻窪裕司 (META＋MANIERA)
印刷　株式会社暁印刷
製本　株式会社ビルディング・ブックセンター

ISBN978-4-04-893331-5　C0193　Printed in Japan

電撃文庫　http://dengekibunko.jp/
株式会社 KADOKAWA　http://www.kadokawa.co.jp/

電撃文庫創刊に際して

文庫は、我が国にとどまらず、世界の書籍の流れのなかで〝小さな巨人〟としての地位を築いてきた。古今東西の名著を、廉価で手に入りやすい形で提供してきたからこそ、人は文庫を自分の師として、また青春の想い出として、語りついできたのである。

その源を、文化的にはドイツのレクラム文庫に求めるにせよ、規模の上でイギリスのペンギンブックスに求めるにせよ、いま文庫は知識人の層の多様化に従って、ますますその意義を大きくしていると言ってよい。

文庫出版の意味するものは、激動の現代のみならず将来にわたって、大きくなることはあっても、小さくなることはないだろう。

「電撃文庫」は、そのように多様化した対象に応え、歴史に耐えうる作品を収録するのはもちろん、新しい世紀を迎えるにあたって、既成の枠をこえる新鮮で強烈なアイ・オープナーたりたい。

その特異さ故に、この存在は、かつて文庫がはじめて出版世界に登場したときと、同じ戸惑いを読書人に与えるかもしれない。

しかし、〈Changing Times,Changing Publishing〉時代は変わって、出版も変わる。時を重ねるなかで、精神の糧として、心の一隅を占めるものとして、次なる文化の担い手の若者たちに確かな評価を得られると信じて、ここに「電撃文庫」を出版する。

1993年6月10日
角川歴彦

電撃文庫DIGEST　9月の新刊

発売日2017年9月8日

ソードアート・オンライン20
ムーン・クレイドル

【著】川原 礫　【イラスト】abec

平和になった《アンダーワールド》で、決して起こるはずが無かった殺人事件。その真相を探るキリトとアスナだが、真犯人の毒牙がロニエとティーゼに迫り……！

新説 狼と香辛料 狼と羊皮紙Ⅲ

【著】支倉凍砂　【イラスト】文倉 十

海賊の住む島からの船旅の途中、コルとミューリは、荒天のためウィンフィール王国の港町デザレフにたどり着く。そこで二人は商人の娘から助けを求められ――？

ヘヴィーオブジェクト 最も賢明な思考放棄

【著】鎌池和馬　【イラスト】凪良

砂浜に座礁した敵国の巡洋戦艦。国際条約があれこれで救助活動を強いられる馬鹿達の前に現れたのは、天才少女計画マティーニシリーズの一人、一二歳のレイスたんで……？

エルフ嫁と始める異世界領主生活5
－おきのどくですが　りりがるどは きえてしまいました－

【著】鷲宮だいじん【イラスト】Nardack

異世界から伝説の勇者現る！　聞けば俺の嫁・アクセリアたちを迫害していた悪の帝国はヤツによって滅ぼされたらしい。それは異世界帰還の障害が無くなったことを意味していて――。

だれがエルフのお嫁さま？②

【著】上月 司　【イラスト】ゆらん

男エルフの僕を「おとこ」にするため、彼女たちとの共同生活は続く。とってもまじめな目的のためなんだけど、やっぱりエッチなことがおこったりして……。

おことばですが、魔法医さま。②
～異世界の魔法は強力すぎて、現代医療に取り入れざるを得ませんでした～

【著】時田 唯　【イラスト】オガデンモン

魔法医療だけが発達した異世界に、現代医療を持ち込んじゃった医学生の伊坂練次郎。魔法医コーディと共に向かう次なる目的地は、魔物の襲撃を受ける異国の地!?

わたしの魔術コンサルタント②
虹のはじまり

【著】羽場楽人　【イラスト】笹森トモエ

永聖魔術学院に入学を果たした朝倉ヒナコと、それを見守る黒瀬秀春。だが入学早々、ヒナコの存在は学院に波紋を広げる。魔術士名家の娘・皇希遊と対決することになるのだが――。

新作 リア充にもオタクにもなれない俺の青春

【著】弘前 龍　【イラスト】冬馬来彩

オタクになるため部活に入るが挫折。リア充として生きるため髪型や香水に気をつかうが、ちょっと無理だった。オタクがメジャーになりすぎた時代の、新・青春ラノベ開幕。

新作 隠れオタな俺氏はなぜヤンキー知識で異世界無双できるのか？

【著】一条景明　【イラスト】小島 紗

俺氏、ヤンキー学校の隠れオタからファンタジーの住人に。やっと卒ヤンできると思ったら、異世界にはヤンキー文化が花開いてました……ハッタリを武器に成り上がれ異世界!!

新作 ラノベ作家になりたくて震える。

【著】うわみくるま　【イラスト】かれい

普段は話すこともないクラスメイトの睡蓮が言う。「わたし冬野君の作品を盗作したの……そしたら新人賞を受賞しちゃった」。って、はい!?

新作 嫌われエースの数奇な恋路

【著】田辺ユウ　【イラスト】赤身ふみお

肩を故障し、あげくに野球部内から「嫌われエース」と腫れ物扱いされる押井数奇。そんな彼がマネージャーとして入部した美人で変人な蓮尾凛と数奇な恋路に!?